ro
ro
ro

Dragonerstall
Valentinskamp
Gänsemarkt
ABC Strasse
Königs Strasse
Neustrasse
Grosse Bleichen
Bleichenbrücke
Alter Steinweg
Ellernthorsbrücke
Bei dem Grasskeller
Adolphsbrücke
Neuer Wall
Alter Wall
Adolphsplatz
Mönkedamm
Grosse Michaelis Strasse
An der kleinen Michaelis Kirche
Grosser Burstah
Kl. Burstah
Bohnen Strasse
Görttwiete
Markt Halle
Hopfenmarkt
St. Nicolai Kirche
Steinwiete

NEN ALSTER
Ferdinand Strasse
Georgsplatz
Alsterthor
Hermann Strasse
Herrg Strasse
Pferdemarkt
Breite Strasse
Rosen Strasse
Lilien Strasse
Schweinemarkt
Gertruden Kirchhof
Bei der Petri Kirche
St. Petri Kirche
Jacobi Kirchhof
St. Jacobi Kirche
Stein Strasse
Speersort
Rathhaus Strasse
Schul Strasse
Johanneum
Dom Strasse
Fischmarkt
Schopenstehl
Grosse Reichen Strasse
Kleine Reichen Strasse
Hopfensack
Klingberg
Messberg
Beiden Pumpen
Bergedorfer Strasse
1te Kloster Strasse
Deichthor Strasse
Beid. Bahnhof
1te Brandstwiete
2te Brandstwiete
Alte Gröninger Strasse
Neue Gröninger Strasse
Brauer Strasse
Hüxter
Dornbusch
Kleine Bäcker Strasse
Wandrahms Brücke
Neue Spring Strasse

BORIS MEYN, Jahrgang 1961, kennt sich als promovierter Kunst- und Bauhistoriker bestens in der Geschichte seiner Heimatstadt Hamburg aus. Der vorliegende erste seiner historischen Romane, «Der Tote im Fleet», avancierte in kurzer Zeit zum Bestseller («spannende Krimi- und Hamburglektüre», so die taz). Auch die Romane «Der eiserne Wal» (rororo 23195), «Die rote Stadt» (rororo 23407) und «Der blaue Tod» (rororo 23894) entführen den Leser ins 19. Jahrhundert. Daneben sind von Boris Meyn bisher drei in der Gegenwart angesiedelte Kriminalromane erschienen: «Die Bilderjäger» (rororo 23196), «Der falsche Tod» (rororo 23893) und «Tod im Labyrinth» (rororo 24351).

BORIS MEYN

Der Tote im Fleet

EIN HISTORISCHER
KRIMINALROMAN

Rowohlt Taschenbuch Verlag

14. Auflage Mai 2011

Originalausgabe
Veröffentlicht im Rowohlt Taschenbuch Verlag,
Reinbek bei Hamburg, August 2000

Autorenfoto Umschlaginnenseite: Peter Schwenkner
Karte Seite 2/3: Kartenausschnitt Hamburger
Stadtplan von 1868 (Hamburger Staatsarchiv)
Redaktion Edith Beleites
Umschlaggestaltung C. Günther/W. Hellmann
(Foto: Mit freundlicher Genehmigung des
Staatsarchivs Hamburg, Kiemer & Kiemer)
Satz Caslon 540 PostScript (PageOne)
Gesamtherstellung CPI – Clausen & Bosse, Leck
Printed in Germany
ISBN 978 3 499 22707 3

VORWORT

HAMBURG IM JAHRE 1847 – fünf Jahre nach dem großen Brand, dem ein Großteil der historischen Innenstadt zum Opfer fällt. Es ist die größte Katastrophe, welche die Stadt bis dahin erlebt hatte. Um einen raschen Wiederaufbau zu gewährleisten, wird eine *Rat- und Bürgerdeputation* sowie eine *Technische Kommission* eingesetzt, die bereits nach vier Monaten einen endgültigen Aufbauplan ausgearbeitet hat. Eine Voraussetzung für die Umsetzung dieses Wiederaufbauplans ist die Expropriation, die Enteignung der Bauflächen im Brandgebiet, weil die alte, teils mittelalterliche Parzellierung der innerstädtischen Grundstücke einer modernen Neustrukturierung im Wege steht. Ein großzügiges Straßennetz wird angelegt, Gasbeleuchtung und Kanalisation, Wasserversorgung und Feuerschutz halten Einzug in die Stadt. Die technische Modernisierung wird nach Plänen des englischen Ingenieurs William Lindley umgesetzt. 1845 werden Deputation und Kommission wieder aufgelöst; der Wiederaufbau aber ist erst 1848 so gut wie abgeschlossen.

HAMBURG 1847 – ein Jahr vor den März-Unruhen der bürgerlichen Revolution. Überall in Deutschland fordern aufgeklärte Bürger politische Mitbestimmung. In Hamburg steht diesem Mitspracherecht ein völlig veraltetes Regierungssystem im Weg, denn die Verfassung der Hansestadt stammt in ihren Grundzügen aus dem Jahre 1712. Seither wird die Staatsgewalt gemeinsam durch einen *Rat* (ab 1860 auch offiziell Senat genannt) und eine *Erbgesessene*

Bürgerschaft getragen. An der Spitze steht der *Rat* als Kollegialorgan. Er wird aber (noch) nicht von der Bürgerschaft gewählt, sondern rekrutiert sich aus ratsfähigen, das heißt angesehenen Bürgerfamilien, meist Großkaufleuten, und ist mit einem lebenslänglichen Selbstergänzungsrecht ausgestattet. Die 32 Mitglieder stellen die 4 Bürgermeister, 24 Ratsherren (Senatoren) und 4 Syndici – der Großteil davon Juristen. Politische Mitbestimmung hat allein die *Erbgesessene Bürgerschaft*. Sie setzt sich aus den Gremien der 15 Oberalten, der 45 Diakone und 120 Bürgern zusammen. Als erbgesessener Bürger gilt, wer einen Grundbesitz vorweisen kann, der sich, nach Abzug aller Schulden, auf einen Wert von mehr als 3000 Mark beläuft. Diese Bedingung erfüllen ungefähr zwei Prozent der Bevölkerung. In den Mauern der Stadt leben schätzungsweise 100 000 erwachsene Menschen – sechzig Prozent davon am Rande des Existenzminimums.

Die Grundzüge der Verfassung von 1712 behalten auch für die verfassunggebenden Versammlungen zwischen 1848 und 1850 ihre Gültigkeit. Erst 1859/60 wird eine neue Verfassung verabschiedet, die ihrerseits bis 1918 in Kraft bleibt. Ebenfalls festgehalten wird an der bis 1860/61 geltenden Torsperre der Stadt – ein anachronistisches Überbleibsel, mit dem die handwerklichen Ämter und kaufmännischen Interessenverbände ihre Privilegien gegenüber dem Umland verteidigen. Einige Modernisierungen erfährt der Hamburger Staatsapparat nach der französischen Besatzung, die 1814 endet. Das betrifft etwa die *Deputationen* – sinngemäß Vorläufer heutiger Behörden. So löst etwa die Hafen- und Schifffahrt-Deputation die historische Hamburger Institution der Admiralität ab, der Polizeiapparat wird nach französischem Vorbild neu strukturiert und unter eine gemeinsame Verwaltung gestellt, wie auch andere Bereiche in übergeordneten Deputationen zusammengefasst werden. Es entstehen ein Gesundheitsrat und eine Baudeputation. In den Deputationen können Vorschläge ausgearbeitet werden, die dann dem Rat vorgelegt werden, der nach Zustimmung der Bürgerschaft das letzte Wort hat. Häufig sind die Vorsitzenden der Deputationen gleichzeitig Mitglieder des Rates oder der Bürgerschaft, so etwa in der Baudeputation, wo Senator Jenisch als Präses fungiert.

IM HAMBURG DES JAHRES 1847 gibt es ein demokratisches Mitspracherecht in der Bevölkerung also nicht. Die Bürger dürfen sich politisch nicht formieren oder Versammlungen abhalten. Parteien existieren ebenso wenig wie öffentliche Gremien. Die Presse unterliegt einer scharfen Zensur. Die einzige Möglichkeit, Reformansätze zu diskutieren und die politischen Interessen aller Bevölkerungsschichten zu kanalisieren, bietet die Mitgliedschaft in einem der zahllosen Vereine, die dadurch zu einem entscheidenden politischen Faktor und zur Keimzelle gesellschaftlicher Reformen werden. Reformbestreben geht auch von der *Patriotischen Gesellschaft* aus. 1765 wird sie von Hamburger Kaufleuten, Juristen und Wissenschaftlern als *Hamburgische Gesellschaft zur Beförderung der Künste und des nützlichen Gewerbes* gegründet. Bereits 1843 legt sie einen Bericht der von ihr eingesetzten Kommission zur Verfassungs-, Verwaltungs- und Schulreform vor. Die darin aufgestellten Forderungen werden vom Senat als «Anmaßung» abgelehnt. In der Satzung der «Gesellschaft» wird verankert, «das Gemeinwohl zu fördern und Industrie und Gewerbe der Vaterstadt zu heben». So gehen unter anderem die erste Gewerbeschule, die erste Lebensversicherung und die erste Sparkasse in Europa auf

Initiative und Bestreben der «Gesellschaft» zurück. Auch hinsichtlich funktionaler Gestaltungsabsichten will man Zeichen setzen. So wird der 1847 eingeweihte Neubau der «Gesellschaft», in dem 1848 auch die verfassunggebende Versammlung der Bürgerschaft stattfindet, aus echtem, handwerklichem Material gebaut: Backstein. Bereits 1843, ein Jahr nach dem großen Brand, schreibt die Gesellschaft einen *Wettbewerb zur Fabrizierung und Lieferung von Ziegelsteinen vorzüglicher Güte und Schönheit* aus. Backstein gilt – zumindest einer Gruppe von Patrioten – als zeitgemäßer Baustoff.

HAMBURG 1847 – Im nächtlichen Schatten der Patriotischen Gesellschaft, deren Neubau an der Trostbrücke kurz vor der Einweihung steht, geschieht ein Verbrechen …

Der Tote im Fleet

Hendrik Bischop ging zügigen Schrittes über die alte Graskellerbrücke, bog links zum Rödingsmarkt ein und überquerte das enge Fleet der Görttwiete im nächtlichen Schatten der Kirchenbaustelle von St. Nicolai. Jenseits der Fleetbebauung zog es ihn hinab zu den steilen Ufertreppen, deren moderige Holzdalben an manchen Stellen nur knapp über dem Wasserspiegel lagen. Überspülungen zwangen ihn immer wieder hinauf zu den Deichwegen. Nur wenige Handbreit neben ihm neigten sich die hohen Giebel der alten Fachwerkhäuser wie gespenstische Riesen zur gegenüberliegenden Fleetseite. Ihre Fassaden wirkten noch unheimlicher, seit die Fensterhöhlen nur noch als schwarze Löcher im rissigen Mauerwerk klafften. Auch das Mondlicht, das im Brackwasser der Fleete tanzte, konnte sich darin nicht mehr spiegeln. Stattdessen gewährten sie nun Einblicke in die tote Kulisse der Fachwerkgerüste, die sich vor dem nächtlichen Himmel abzeichnete. Der Anblick dieser Gemäuer, die den Straßenzügen einst den Charakter bürgerlicher Selbstgewissheit verliehen hatten, erschien dem Commissarius wie ein Sinnbild der Vergänglichkeit. Noch nie war er sich dessen so bewusst gewesen wie an diesem Abend. Fröstelnd zog er seinen Mantel enger um die Schultern. Ein eisiger Wind kündigte den nahen Winter an.

Ein Bote hatte ihn zu fast nächtlicher Stunde über den Fund informiert, und augenblicklich war er aufgebrochen. Nun zog es ihn auf kürzestem Wege zum Fundort, vorbei an den Rudimenten des städtischen Bürgerstolzes, den verkohlten Resten der Speicher und Kaufmannshäuser zwischen Spital und Holzhafen. Der erdige Brandgeruch war immer noch gegenwärtig. Hendrik Bischop hatte sich schon so daran gewöhnt, dass seine Nase die morastartigen Ausdünstungen des brachliegenden und mit Kot und Abfällen vermengten Fleetschlicks und jenen süßlichen Geruch verbrannter Kultur nicht mehr auseinander halten konnte. Tagsüber fiel es dagegen leicht, die verbliebenen Reste städtischer Tradition von den Wahrzeichen des Wiederaufbaus zu unterscheiden; der Glanz des Neuen verbot, über die Lethargie der letzten Jahre zu berichten. Es sollte nichts bleiben, wie es gewesen war. Man hatte einen Engländer geholt, der die Stadt quasi aus ihrem Inneren heraus umkrempeln sollte. Als der Commissarius die Trostbrücke erreichte, hatte der nächste Tag bereits begonnen.

Man hatte dem Toten einen Strick um das Fußgelenk gebunden und versucht, ihn über die Brüstung hinaufzuziehen. Nun hing er kopfüber zwischen Brückenbogen und Fleet. Der herabgerutschte Gehrock verdeckte Kopf und Schultern, und die Aufschläge berührten die Wasseroberfläche, sodass die menschliche Silhouette zur Hälfte verborgen blieb. Gut ein Dutzend Schaulustiger hatte sich im Licht der Laternen versammelt und beobachtete die Szene in stummem Entsetzen. Erst die schaukelnden Boote der Fleetenkieker, die sich zwischen den ausgestellten Staken aneinander rieben, brachte wieder Leben in die Menge. Ruhig und konzentriert arbeiteten die Männer, bis der leblose Körper auf das Straßenpflaster der Brücke fiel. Im flackernden Licht der Fackeln und Laternen schien er sich noch zu bewegen.

«Ertrunken?», fragte der Commissarius und beendete das neugierige Schweigen der Umherstehenden.

Man befreite den leblosen Körper von seinem nun vollends verknoteten Gehrock und reinigte sein Gesicht vom klebrigen Dreck der städtischen Abfallstraße, um zumindest einen flüchtigen Blick auf den Unglücklichen werfen zu können.

«Wohl mehr ein bisschen ertränkt», präzisierte Conrad Roever, zerrte zwei große Mauersteine aus den Taschen des Toten und sah Hendrik bedeutungsvoll an. Amtsmedicus Roever war als Erster am Tatort zugegen gewesen. «Oder erschlagen», korrigierte er.

Dunkles Blut quoll zwischen den verklebten Haaren des Toten hervor, als er von kräftig zupackenden Händen auf den Leiterwagen gezogen wurde.

«Fahrt den Karren in die Leichenhalle; bei Tage werden wir sehen.» Medicus Roever vermied es, seinem Freund Hendrik Bischop im Rahmen dieser Amtshandlung die Hand zu reichen. «Der Dritte diese Woche. Aber er sieht anders aus, kein Vagabund. Die Kleidung ist vornehm.»

«Hat er irgendwelche Papiere bei sich?», fragte Bischop.

«Nein, Geldstücke, nicht sehr viele, und ein Messer. Aber schaut die Hände», erwiderte der Mediziner und deutete auf die prankengroßen und mit kräftiger Hornhaut überzogenen Handflächen, die in augenfälligem Kontrast zu dem feinen Tuch der nun schlammgetränkten Kleidung standen.

Bischop beugte sich auffordernd über die Brüstung und rief nach unten: «Wer hat ihn gefunden?»

«Ich habe ihn mit einer Stake getroffen! Er steckte im Schlick», rief ein junger Fleetenkieker zurück und zuckte mit den Schultern, als wenn ihn der Vorfall gänzlich unberührt ließe.

«Irgendwelche Schweinereien finden sie immer», murmelte der Nachtwächter, der gespannt zugeschaut hatte. «Manchmal fällt es schwer, Tier und Mensch auseinander zu halten.»

«Können wir weiter?», rief einer der Fleetenkieker. «Die Kähne sitzen sonst fest! Das Niedrigwasser setzt schon ein.»

Der Commissarius nickte. «Aber findet euch mittags auf der Station ein!», rief er. «Wegen dem Protokoll!» Dann sah er auf die entfernt aufragende Turmuhr von St. Catharinen, notierte die Uhrzeit und steckte den Zettel in sein Notizbuch. «Und stellen Sie bitte fest, ob die Wunde an seinem Kopf von der Stake stammt», bat er Roever, wobei seine Amtsmiene augenblicklich einem freundschaftlichen Ausdruck wich.

Conrad Roever nickte knapp. Ihrer beider Arbeitstag hatte früh begonnen.

Die eisenbeschlagenen Holzräder des schmalen Karrens, auf dem die Leiche lag, setzten sich in Bewegung, und mit dem schmirgelnden Geräusch aufgeriebener Pflastersteine löste sich auch die Menschenmenge im Schein ihrer Laternen auf.

Hendrik Bischop hätte sich auf den Heimweg machen sollen, doch die Stimmung der nun einsetzenden Morgendämmerung hatte ihn schon immer magisch angezogen. Er hasste die Nacht, denn er kannte alle ihre Nuancen nur zu gut. Wenn er gerufen wurde, war es stets Nacht. Nachdenklich stützte er sich auf das Brückengeländer. Gerade an diesem Ort war der Wechsel von Alt und Neu wie an keiner anderen Stelle erfahrbar. Er blickte auf das fast fertig gestellte Haus der «Gesellschaft», dessen Mauern dicht neben ihm in den morgendlichen Himmel ragten. Es fehlte der Glanz des Neuen, und doch mochte er die düstere Form, die ihn an das in weiten Bereichen noch nachvollziehbare mittelalterliche Stadtgefüge erinnerte. Seine Hand zeichnete die burgartigen Formen der hohen Mauerflächen nach. Gleichsam trat er in einen stillen Dialog mit einem steinernen Zeugen.

Die ganze Stadt erneuerte sich. Überall lagen zwischen den spärlichen Resten der alten Gebäude jetzt große brachliegende Flächen – Bauland, in das neue, gerade Straßenzüge eingezeichnet waren. Allenortes entstanden strahlende Neubauten, die das düstere, natürlich gewachsene Viertel der Gänge und Gassen nach und nach verdrängten. Ebenso Reinheit, Sauberkeit und Glanz. Trotzdem wünschte sich Hendrik Bischop seine alte Stadt zurück, seine ihm bekannten Wege und Abkürzungen, die Pinten und Spelunken, vor deren Türen und Fenstern er stets versucht hatte, das aufgebrachte Kauderwelsch fremder Handelsfahrer den Nationalitäten der im Hafenbecken verweilenden Schiffe zuzuordnen. Alles sollte sich ändern. Er blickte noch einmal zum Gebäude der «Gesellschaft» auf; es hatte etwas, nach dem er sich sehnte.

Als die ersten schwachen Sonnenstrahlen den verbliebenen Rest des verkohlten Turmschaftes von St. Petri erreichten, schwenkte der Commissarius um das kleine Alsterbecken in Richtung Arkaden. Sein Blick fiel auf den gewaltigen Neubau der Stadtpost. Noch standen sie still, die Zeiger des Telegrafen hoch oben an der vermeintlichen Turmuhr, aber bald würden sie dem gemächlichen Treiben auf den Straßen ein Ende bereiten; die neue Zeit erfasste auch den Rhythmus des täglichen Lebens. Hendrik Bischop flüchtete in den Tag und ging raschen Schrittes nach Hause.

Seine Schwester Amalie hatte ihm Kaffee und Milch aufgesetzt. Ihre Garderobe verriet ihm, dass sie auf ihn gewartet hatte – wie eine besorgte Mutter auf ihren Sohn. Ihr Gesichtsausdruck ließ auf den ersten Blick keine Sorgen erkennen, dennoch wusste Hendrik, dass sie nach seinem nächtlichen Aufbruch keinen Augenblick Schlaf gefunden hatte. Die Wohnung war bis in den letzten Winkel aufgeräumt. Sein achtlos beiseite gelegter Nachtrock war liebevoll zusammengefaltet und über das frisch bezogene Bett in seiner Schlafkammer drapiert. Selbst die Fransen des Teppichs in der Diele waren gekämmt, als stünde ein sonntäglicher Empfang bevor. Natürlich war ihm der pedantische Ordnungssinn seiner um drei Jahre älteren Schwester durch das gemeinsame Zusammenleben bestens vertraut, aber wenn sie begann, zu nächtlicher Stunde bei Kerzenschein die Wohnung zu putzen, empfand er ihn doch als zwanghaft.

Amalie hatte ihm eine Schüssel und einen Krug mit heißem Wasser ins Zimmer gestellt. Im Spiegel beobachtete er, wie seine markanten Gesichtszüge langsam bis auf die spitze Nase und die stets wachen hellgrauen Augen unter dem weißen Schaum der Seife verschwanden. Aber so sehr er auch versuchte, sich zu entspannen, die tiefen Falten auf seiner Stirn wollten nicht verschwinden. Es waren nicht nur Zeugen einer langen Nacht, sondern die Spuren von 25 Jahren Polizeidienst. Mit jedem Messerzug näherte Hendrik sich der Erkenntnis, es müsse sich etwas ändern, aber eine rechte Perspektive wollte sich ihm nicht auftun. Seit fünf Jahren war Helena tot. Fünf Jahre schon lebte er nun mit seiner Schwester zusammen, die ihn bemutterte wie ein unselbständiges Kind; dabei hatte er vor einem Monat seinen 45. Geburtstag gefeiert.

Wortlos verbrachte er die wenigen Stunden ohne Schlaf,

bis er sich eine frische Dienstuniform anzog und das Haus verließ. Seine Schwester wusste, dass es wenig Sinn hatte, ihn nach den Geschehnissen der Nacht auszufragen. Er ordne seine Gedanken, war seine immer währende Antwort. Sie ertrug es und hatte aufgehört zu fragen, wiewohl sie wusste, dass jeder seiner nächtlichen Gänge durch die Reste der verbrannten Stadt die Wunden stets von neuem aufriss und den Schmerz über Helenas Tod neu belebte. Erst wenn die Überreste der alten Stadt abgetragen waren, glaubte sie, würde er die Geschehnisse jener Nacht akzeptieren und zu sich zurückfinden.

Es war weniger das dienstliche Pflichtbewusstsein des Polizisten als vielmehr die Suche nach dem Warum, was ihn trieb. Als die Flammen sich gelegt hatten, war er tagelang durch die Trümmer geirrt und hatte seine Frau gesucht. Bis zum heutigen Tag hatte er nicht herausfinden können, was mit Helena geschehen war. Das Feuer war in der Nacht vom 5. Mai 1842 irgendwo in der Deichstraße ausgebrochen und hatte sich, angefacht von starkem Wind, durch die Hamburger Altstadt gefressen, dann entlang der Alster und immer weiter bis zum östlichen Wallring. Insgesamt war ein Viertel der Stadt den Flammen zum Opfer gefallen. Über 2000 Häuser und Buden, Sähle und Speicher, zudem die alten Kirchspiele St. Petri, St. Nikolai und die St.-Gertruden-Kapelle wurden vernichtet. Das alte Zentrum der Stadt, rund um die Trostbrücke, existierte nicht mehr. Mehr als 20 000 Menschen waren obdachlos geworden. Es war die schlimmste Katastrophe, welche die Stadt jemals heimgesucht hatte.

«Habt ihr schon etwas herausgefunden?», war die erste Frage des Commissarius an die ihm zugeteilten Inspektoren, noch bevor er sein Dienstzimmer in der Polizeistation betrat. Flur und Vorzimmer waren, wie jeden Morgen, von einer bunten Menschenansammlung blockiert. Alles redete durcheinander. Hier und dort versuchte ein Amtmann, mit autoritärer Miene für Ruhe zu sorgen, was aufgrund der vielfältigen Anliegen und ihrer vermeintlichen Dringlichkeit aber immer nur für kurze Momente gelang. Dabei hatte die Polizei so schon genug zu tun. Vor wenigen Tagen erst waren zwei Vagabunden erschlagen worden, und die beiden Inspektoren hatten mit der Untersuchung der Todesumstände alle Hände voll zu tun, denn Commissarius Bischop hatte sich beharrlich geweigert, die Abschlussprotokolle zu unterschreiben.

Hartnäckig war er. Sein resolutes Auftreten und die erfolgreiche Bilanz der letzten Jahre sicherten ihm den Respekt seiner Vorgesetzten. Ausdauer und Erfolg waren ihm eigen. Er weigerte sich, einen Fall unaufgeklärt zu den Akten zu legen, auch wenn ihm, wie bei den offensichtlich ermordeten Vagabunden, nahe gelegt wurde, den Fall mangels öffentlichen Interesses möglichst rasch abzuschließen.

«Sie möchten bitte Medicus Roever aufsuchen», entgegnete ihm Johannes Schütz.

Schütz war einer von Bischops Zöglingen. Bereits als Anwärter hatte er ihn unter seine Fittiche genommen und ihm zu einer raschen Karriere innerhalb des Commissariats verholfen. Umso mehr freute es Bischop, dass ihm Schütz nun als Inspektor zur Seite gestellt worden war. Johannes Schütz war weniger ein rein «geistiger Arbeiter», wie der Commissarius unter seinen Kollegen genannt wurde. Sein Vorzug lag vielmehr darin, dass seine Erscheinung ein effizientes Arbeiten vor Ort ermöglichte. Allein schon seine körperlichen Ausmaße erleichterten ihm das Recherchieren im Milieu. Dabei mangelte es ihm keineswegs an geistigen Qualitäten. Auf die ihm eigene Art ermittelte er ganz im Sinne Bischops, ohne dass dieser ihn in besonderer Weise dazu anhalten musste.

Im Vorzimmer saßen die für das Protokoll vorgeladenen Fleetenkieker. Sie hatten versucht, ihre Kleidung der offiziellen Vorladung anzupassen. Hier auf der Polizeistation wirkten sie nun inmitten der bunten Mischung aus Dirnen, Tagelöhnern, Seeleuten und all denen, die während der letzten Nacht auf die eine oder andere Weise mit dem Gesetz in Konflikt geraten waren, wie sonntägliche Kirchgänger. Hendrik Bischop sah nicht die geringste Notwendigkeit, Personalien und Aussagen dieser armseligen, im Angesicht der staatlichen Obrigkeit verängstigten Gestalten aufzunehmen. Er blickte auf die Wartenden, die wie versteinert auf der hölzernen Bank saßen. Ihre Silhouette zeichnete eine exakte Schattenlinie auf die unverputzte Wand des Vorzimmers.

Noch einmal kamen dem Commissarius für Sekunden die Bilder der letzten Nacht vor Augen, als ihm die Fleetenkieker in ihrer sicheren Distanz zum Geschehen wie anteilnahmslose Zeugen vorgekommen waren, und plötzlich verfinsterte sich seine Miene, denn eines hätte ihm bereits nachts auffallen müssen. Die Mauersteine im Gehrock des Toten waren nicht rußgeschwärzt. Sie hatten noch die scharfen Kanten unverbauter Ziegel. Als Medicus Roever die Steine herausgezogen hatte, war der Rock sogar eingerissen. Wo waren die Steine jetzt?

Mit einer abrupten Bewegung kehrte der Commissarius wieder in die Gegenwart zurück und beauftragte Polizeiinspektor Voss mit der Vernehmung der Zeugen.

Ganz im Gegensatz zu Bischop empfand Henning Voss die tägliche Schreibarbeit nicht als notwendiges Übel des Polizeidienstes. Mit amtlicher Miene streifte er die Ärmelschoner über, schnitt eine Kielfeder an und war während der Protokollarbeit ganz Secretarius, wie er es von seinem Vater, einem Buchhalter in der städtischen Finanzdeputation, gelernt hatte. Mit jedem Eintauchen der Feder in das Tintenfass erhob er wie beiläufig den Kopf, und mit einem herablassenden «So, so» versuchte er, sich mehr als den nötigen Respekt zu verschaffen.

Hendrik Bischop wusste nicht viel mit Voss anzufangen, aber zumindest hielt Voss die lästige Verwaltungsarbeit von ihm fern. Für das Protokoll hatte ihm Bischop, bevor er das Commissariat verließ, den entsprechenden Ordner überreicht. Voss ließ die Fleetenkieker in seine Amtsstube hereinbitten und schlug, ohne den Blick auf die Zeugen zu richten, den Ordner auf. Darin befand sich zu seiner Verwunderung nur ein kleiner Zettel mit der Notiz: 28. Oktober 1847, St. Catharinen, vier Uhr in der Früh.

Als Hendrik Bischop die städtische Leichenhalle erreichte, war es bereits später Mittag. Im Keller hatte Conrad Roever seine Untersuchungsräume: zwei weiß gekalkte, im unteren Viertel gekachelte Zimmer von der Größe eines bürgerlichen Speiseraumes, «meine Kannibalenküche», wie der Amtsmedicus sie scherzhaft nannte. In der Mitte stand der große Untersuchungstisch, eisenbeschlagen mit einer Ablaufrinne; ringsherum Regale mit martialischen Werkzeugen unterschiedlichster Art, dazu unzählige Flaschen und Behältnisse mit geheimnisvollem Inhalt hinter lateinisch beschrifteten Etiketten: Kostproben menschlicher Überreste, mit denen der Arzt die Ursachen des Ablebens näher zu ergründen versuchte.

Commissarius Bischop hatte aufgrund eines zwei Jahre zurückliegenden Giftmordes für die versuchsweise Einrichtung einer solchen Institution gekämpft, nachdem ihn der Freund von der Notwendigkeit kriminalmedizinischer Aufklärung überzeugt hatte. Mit einem kleinen Pulverfläschchen war Bischop damals zu ihm gekommen und hatte ihn um Amtshilfe gebeten. Über die Jahre der Zusammenarbeit verfestigte sich ihre Freundschaft ebenso wie das kriminalistische Gespür, welches den beiden eigen war. Dabei ergänzten sich Rationalismus des einen und Humanismus des anderen als konstruktive Antipoden im Dienste der Aufklärung.

«Guten Tag, Conrad!» Hendrik Bischop ließ die Kellertür ins Schloss fallen und ging zügigen Schrittes und ganz außer Atem auf Roever zu.

Jener stand mit einer schweren, grauen Schürze bekleidet inmitten des Raumes. Unter einer Gaslaterne bildete sich ein kreisrunder Lichtkegel, in dessen Aura sich die Gestalt des Arztes Ehrfurcht gebietend abzeichnete.

«Guten Tag, Hendrik. Hast du schlafen können? Du siehst müde aus.»

Der Blick des Commissarius wanderte suchend durch die Regale und Ablagen. «Nein, geschlafen habe ich nicht. Die Steine gingen mir nicht aus dem Kopf. Was hast du herausgefunden?»

«Die Wunde im Nacken stammt nicht von der Stake», stellte der Arzt fest.

«Und die Steine?»

«Sie liegen dort in der Kiste. Falls jemand die Absicht hatte, die Leiche damit zu beschweren, muss er ein ziemlicher Dummkopf gewesen sein, denn sie reichen natürlich nicht aus, um einen schweren Körper unter Wasser zu halten.»

Hendrik Bischop griff zu den Ziegeln. Es waren schwere, gepresste Steine mit scharfen Gratresten.

«Die Verletzung ist sehr untypisch. Wie von einem

stumpfen Messer; aber es ist nicht bis zum Halswirbel eingedrungen. Daneben ist ein spitzer Einstich auszumachen, der …»

«Conrad, hör mir bitte zu! Die Steine weisen keinerlei Putz- oder Mörtelreste auf. Schau sie dir an! Sie sind wie neu. Und sie dienten nicht zum Beschweren der Leiche. Aber warum trägt jemand zwei Ziegelsteine in seinem Rock?» Er reichte dem Freund die Steine.

«Ach Hendrik, wie viele Ziegelsteine hast du in den letzten Jahren in der Stadt gefunden, sie umgedreht und nach Hinweisen abgesucht? Die ganze Stadt ist doch voll mit Ziegeln!»

«Trotzdem! Diese Steine sind neu. Schau dir die Farbe an!»

Conrad Roever nahm die Ziegelsteine und betrachtete sie unter der Laterne. Dann löschte er die Gaslaterne und trat an das Kellerfenster, durch das ein dünner Strahl vom Tageslicht hereindrang. Er drehte die Steine. Sie leuchteten in einem dunklen Rostbraun.

«Wo kommen die her? Ich habe Derartiges noch nicht gesehen. An einigen Stellen glänzt die Oberfläche wie Eisenerz.»

«Auch das Format ist anders als das in Hamburg übliche», fügte Hendrik der Feststellung des Freundes hinzu.

«Ich habe mich nie eingehend mit Mineralien beschäftigt, Hendrik. Wenn du willst, kann ich Clara die Steine zur Untersuchung in die Apotheke mitgeben. Sie freut sich sicher, wenn sie helfen kann. Aber was versprichst du dir davon?»

«Weiß ich noch nicht. Grundsätzlich kann jeder das in seinen Taschen haben, was er will», sagte Hendrik. «Wenn es ihm gehört», ergänzte er nach einer kurzen Pause. «Aber wenn er tot ist, sehe ich die Sache mit anderen Augen. Ich finde es einfach sonderbar, dass jemand Ziegelsteine in seinem Rock herumträgt.»

Conrad Roever musterte den Freund – und schwieg. Er wusste, dass es wenig Sinn hatte, Hendriks Gedankengänge erforschen zu wollen, wenn er an einem Fall arbeitete. Insbesondere dann nicht, wenn dieser Fall noch keinen Tag alt war. «Wie geht es deiner Schwester?», fragte er schließlich.

Hendrik streifte seine Dienstjacke ab, legte sie zusammengefaltet über den einzigen Stuhl im Raum und lehnte sich an eines der hohen Regale.

«Sie macht viel für mich. Aber ich werde den Eindruck nicht los, sie tut es nur aus Mitgefühl. Wir reden nicht viel.»

Conrad legte die Schürze ab und stellte sich mit verschränkten Armen vor den Freund.

«Hör auf, dich zu bemitleiden, Hendrik! Du kannst die Zeit nicht aufhalten. Helena ist seit fünf Jahren tot, und seit fünf Jahren entsteht ein neues Hamburg. Finde dich endlich damit ab, dass es ‹deine Stadt›, wie du sie immer genannt hast, nicht mehr gibt. Akzeptiere das Neue, es ist so schlecht nicht.»

In der Dunkelheit konnte Hendrik Conrads Gesicht nicht erkennen, aber er ahnte, dass der Blick des Freundes auf ihn gerichtet war. Langsam drehte er den Kopf zur Seite.

«Die neue Ordnung ist nur eine äußere. Im Herzen der Stadt und seiner Bürger hat sich nur wenig verändert.»

«Das Elend wird abnehmen.»

«Nein, es wird verdrängt!»

«So willst du es sehen.»

Hendrik drehte dem Medicus den Rücken zu und stützte sich auf das Regal.

«Du gehst durch die Straßen mit einer Perspektive des Gestrigen; so siehst du nur, was fehlt, nicht was entstanden ist», sagte Conrad.

«Ich sehe nicht, was fehlt», entgegnete Hendrik. «Ich frage mich, wo es geblieben ist, wohin es verdrängt wird. Die Menschen und Schicksale werden ja nicht neu gebaut. Es sind bloß Fassaden, die entstehen.»

Conrad zückte ein Streichholz und hielt es an den Docht einer kleinen Petroleumlampe. Der kurz auflodernden Flamme folgten dunkle Rußpartikel, die im flackernden Schein der Lampe zur Decke emporstiegen, dort ihre Richtung änderten und sich im Raum verteilten, um nach einer Weile als hauchdünner, ölig-klebriger Film an den Oberflächen aller Gegenstände im Raum haften zu bleiben.

«Und hinter den Fassaden», betonte Conrad, der das Flackern mit dem Aufstecken des Glaskolbens beruhigte, «entsteht ein bisschen mehr Lebensqualität.»

Hendrik kannte Conrads Gabe, gedankliche Zusammenhänge mit Hilfe anscheinend nebensächlicher Demonstrationen zu veranschaulichen. Nun aber war er sich nicht im Klaren, worauf Conrad es anlegte. Natürlich zog mit dem Neubau des abgebrannten Stadtteils ein Großteil moderner Errungenschaften zur Erleichterung des täglichen Lebens in die Häuser und Wohnungen ein: fließend Wasser, Abwasserentsorgung, Toiletten auf den Etagen, und eben auch Gasbeleuchtung, deren Vorzüge Conrad mit dem Entzünden einer alten Petroleumlampe soeben demonstriert hatte.

‹Und wer wird in dem Stadtteil wohnen›?, hätte Hendrik fragen können, aber er hatte seiner Skepsis schon deutlich genug Ausdruck verliehen. Vielmehr beschäftigte ihn, wie Conrad der lodernden Flamme mit dem Überstülpen des Kolbens eine Richtung gegeben hatte, sie kontrollieren und nach Bedarf regulieren konnte.

«Wann wirst du die Steine deiner Tochter mitgeben?», fragte Hendrik, griff nach seiner Jacke und wendete sich der Tür zu.

«Brauchst du einen Bericht? Sonst mach ich mich gleich auf den Weg», entgegnete der Mediziner.

«Voss wird darauf bestehen, du kennst ihn ja, ‹der Ordnung halber›.»

«Dann geh übermorgen zu ihr. Sie wird sich freuen, wenn du sie in der Apotheke besuchst. Grüße deine liebe Schwester von mir.»

Der Commissarius schloss die schwere Kellertür und entstieg dem Gewölbe. Das Tageslicht blendete ihn.

Seltsame Steine

Zwei Tage darauf machte sich Hendrik Bischop auf den Weg zur Apotheke, in der Conrads Tochter arbeitete. Hendrik kannte Clara Roever seit fast zwanzig Jahren. Inzwischen befand sich die einzige Tochter seines Freundes in den besten Frauenjahren, hatte sich ihren jugendlichen Teint und ihr kindliches Lachen aber über die Jahre bewahrt. Hingebungsvoll hatte ihr Vater sie allein großgezogen, da ihre Mutter bei der Geburt gestorben war. Sein bescheidenes Familienvermögen und sein Berufsstand ermöglichten es ihm, die nötige Zeit für die Erziehung des Kindes aufzubringen. Anfangs hatte ihm seine viel jüngere Cousine, eine Schwester von Hendriks Frau, geholfen, aber nach und nach hatte er die Erziehung des Kindes in seine eigenen Hände genommen, mit der Folge, dass sich Clara ganz entgegen der üblichen gesellschaftlichen Konventionen zu einer selbstbewussten Frau entwickelte. Ihre durch den Vater ermöglichte Bildung hatte bei ihr nicht allein ein Interesse an Literatur, Theater und Musik geweckt – nein, in erster Linie interessierte sie sich für die Naturwissenschaften. Aufgrund ihrer Fähigkeiten war sie für den mit ihrem Vater bekannten Apotheker Heinrich Semper mehr als eine angestellte Hilfskraft. Nachdem Semper die talentierte junge Frau in die Lehre genommen hatte, entwickelte sie sich mehr und mehr zu einer qualifizierten Assistentin und fungierte in der Apotheke durchaus nicht nur als ‹Verkaufsdame›, wie ihre Stellung offiziell bezeichnet wurde.

Hendrik hatte bei seinen Besuchen im Hause Roever

wohl gemerkt, dass Clara ihn stets mit ehrfürchtigen und bewundernden Blicken anschaute. Doch obwohl diese Blicke durchaus etwas Verlangendes enthielten, so hielt Clara doch keuschen Abstand gegenüber dem väterlichen Freund und respektierte die Trauer, die Hendrik niemals abgelegt hatte. Er sprach stets von ‹wir›, und Clara wusste, dass es nicht seine Schwester war, die Hendrik in diesen intimen Plural mit einbezog. So bewahrte sie ihre Wünsche in abwartender Stille. Dennoch war Hendrik froh, dass sein Besuch unter dem Vorzeichen eines dienstlichen Anliegens stand.

Die Apotheke lag in der Großen Bäckerstraße; der Commissarius erreichte sie um die Mittagszeit. Auch hier hatte der Neubau der Stadt fast einen ganzen Straßenzug erfasst. Große Bögen spannten sich über den Schaufenstern der Geschäfte; wie Sockel leiteten sie zu den oberen Etagen über. Meistens waren es drei, manchmal auch vier Geschosse, die sich in regelmäßiger Flucht übereinander auftürmten. Ganz im Gegensatz zum alten Hamburger Stadtbild, in dem kunstvoll arrangierte Fachwerkgiebel oder solche aus fein stuckiertem Putz mit geschwungenen Voluten dominierten, standen die Häuser nun mit der Traufseite zur Straße hin ausgerichtet. Die einzelnen Geschosse wurden durch feine Gesimsbänder voneinander getrennt. Bei vielen Häusern lag noch ein Halbgeschoss am oberen Ende der Fassade, das für gewöhnlich die Räume des Personals, die der Dienstmädchen, Köchinnen oder anderer Hausangestellten beherbergte. Von der Straße aus waren die zumeist flach geneigten Dächer der Häuser nicht zu sehen. So boten die in strenger Symmetrie oder auch spiegelbildlich angeordneten Fassaden in ihrer scheinbaren Einheitlichkeit einen befremdlichen Eindruck, der die Vermutung hätte nahe legen können, ihre

Besitzer hätten sie, einer stillschweigenden Übereinkunft gleich, in Absprache gestalten lassen.

Das Haus des Apothekers fiel allein dadurch aus dem Rahmen, dass seine oberen Wandflächen über und über mit feinstem Putz in Form italienisch anmutender Sgraffiti überzogen waren. Hendrik hatte derartige Fassaden bislang nur während seiner Hochzeitsreise in Venedig gesehen. Seine Frau war damals von diesem Wandschmuck so sehr angetan gewesen, dass sie eigens einen Stuckateur auf einer nahe ihrer Unterkunft gelegenen Baustelle besucht hatten, der ihnen detaillierten Einblick in seine Handwerkskunst gewährte. Für einen kurzen Moment sah er die sich wandelnde Stadtgestalt in einem anderen Licht. Dann stieg er die kleine Steintreppe empor und öffnete die gläserne Tür, die den Besucher mit kleinen Glockenschlägen ankündigte.

Clara empfing den Commissarius mit der ihr eigenen Zurückhaltung, verlieh ihrer Freude über Hendriks Besuch an ihrem Arbeitsplatz aber mit einem charmanten Lächeln Ausdruck. Sie trug einen spitzenumsäumten weißen Kittel, der ihre feingliedrige Gestalt dezent umhüllte. Ihr eigentlich schulterlanges, weißblondes Haar wurde von einer aufgestellten Haube bedeckt. In ihrer «Uniform», wie Clara ihre Arbeitskleidung nannte, wirkte sie auf Hendrik immer noch wie ein kleines Mädchen, das sie mit ihren 28 Jahren jedoch längst nicht mehr war. Aber vor seinen Augen hatte sie nach wie vor diesen tänzelnden und unbeschwert-sorglosen Gang, der für gewöhnlich die Jugend vom reifen Alter unterschied. Fast schwebend bewegte sie sich auf ihn zu. Für einen kurzen Moment ertappte sich Hendrik dabei, wie er in Gedanken Claras zierlichen Körper unter ihrer unfreiwilligen Kostümierung nachzeichnete.

«Lieber Hendrik, wie schön! Darf ich dir eine Tasse Tee anbieten?» Da sie allein im Raum standen, nutzte sie die Gelegenheit, ihn mit Vornamen anzureden, was ihn fast ein wenig verlegen machte. Bevor er antworten konnte, korrigierte sie die Anrede, da der Apotheker aus einem der hinteren Zimmer den Verkaufsraum betrat. «Darf ich dem Polizei-Commissarius den Herrn Apotheker Semper vorstellen? Herr Semper … Herr Bischop.»

Hendrik Bischop trat einen Schritt zurück und rückte seine Dienstuniform zurecht. «Sehr erfreut, Sie kennen zu lernen.»

«Bitte, bitte, Fräulein Roever, nicht so förmlich, Sie sind doch befreundet!»

«Durch meinen Herrn Vater», korrigierte Clara betont distanziert.

«Aber bitte, setzen wir uns doch nach hinten!» Mit einer freundlichen Geste wies Semper Clara und dem Gast den Weg.

Die raumhohen Schränke und Regale, mit denen die Wände an den Gängen voll gestellt waren, ließen nur einen schmalen Gang frei, der wie in einem Labyrinth zu den rückwärtigen Zimmern des Hauses führte. Im Vorbeigehen versuchte der Commissarius, eines von den kleinen emaillierten Schildern auf den Schränkchen und Hunderten von Schubladen zu entziffern, was ihm in Anbetracht der schummrigen Beleuchtung nicht gelingen wollte. «Bei dieser Gelegenheit», begann er, «möchte ich mich für die Hilfe bedanken, die Sie mir und Herrn Medicus Roever zuteil werden ließen. Darf ich mir erlauben …»

«… eine Tasse Tee zu trinken», vervollständigte der Apotheker den Satz.

Der väterliche Habitus des Apothekers, der etwa im gleichen Alter wie er selbst zu sein schien, und der überaus freundliche Empfang machten Hendrik Bischop – wie so oft – unsicher. Aus Angst, gesellschaftliche Grenzen versehentlich zu überschreiten, vermied er daher jegliche persönliche Konversation.

Als habe Semper die Zurückhaltung des Commissarius gespürt, sagte er: «Die Steine sind in der Tat erstaunlich. Das wollten Sie doch von mir hören?»

Hendrik Bischop hatte nicht erwartet, so schnell zum Kern der Sache zu kommen. «Erwartet weniger …»

«Aber erhofft? Was Sie mir zur Untersuchung zukommen ließen, hilft Ihnen doch bei der Aufklärung eines Verbrechens, nicht wahr? Fräulein Roever hat mir von Ihrer Arbeit erzählt, von der hilfreichen Hand des Medicus, von Ihrem Anliegen … Zu dieser Aufklärung einen Teil beizutragen, bin ich nur allzu gerne bereit, lieber Commissarius. Eine außergewöhnliche Methode der Verbrechensaufklärung, die Sie eingeschlagen haben. Findet sie Anerkennung bei den zuständigen Deputationen, wenn ich fragen darf?»

«Nun, die medizinische Untersuchung von Toten ist seit dem Mittelalter bekannt. Sie hilft uns ein wenig weiter, und mir wurden mehrere Inspektoren für die Arbeit in meiner Abteilung zugeteilt.»

«Seien Sie nicht so bescheiden Herr Commissarius! Sie wollen die wissenschaftliche Analyse doch sicherlich nicht mit mittelalterlicher Scharlatanerie gleichgestellt wissen! Außerdem wurde das Mittelalter, zumindest hier in Hamburg, gerade zu Grabe getragen. Schauen Sie sich um in dieser Stadt! Sie erneuert sich von Grund auf. Und Ihre Arbeit entspricht genau dieser Modernisierung, sie ist gewissermaßen ein Bestandteil der Kräfte, die diese Veränderungen erst ermöglichen.»

Hendrik Bischop schwieg. Nicht dass er sich unverstanden fühlte, aber als Pioniertat hatte er seine Arbeit bislang nicht verstanden.

«Um nun zu den Steinen zu kommen», fuhr der Apotheker fort, «sie haben erstaunliche Eigenschaften. Die genaue Zusammensetzung kann ich Ihnen noch nicht verraten, aber sie besitzen eine sehr hohe Festigkeit. Die Oberflächen sind wenig porös. Es muss also ein kalkarmer Ton verwendet worden sein. Dadurch nimmt der Stein sehr wenig Feuchtigkeit auf. Bislang konnte ich nur feststellen, dass die Anteile von Quarzsand bei dem einen sowie der Eisengehalt bei dem anderen Stein sehr hoch ist. Daher rührt das Farbspiel.»

«Sie meinen, die einzelnen Steine sind von unterschiedlicher Zusammensetzung?»

«Nein, die Grundsubstanz der tonigen Massen ist identisch, nur die Zusätze unterscheiden sich. Außerdem scheinen die Steine bei unterschiedlichen Temperaturen gebrannt worden zu sein.»

«Die Steine sind also unterschiedlicher Herkunft?», fragte Hendrik Bischop erstaunt.

«Zumindest kommen sie nicht aus der Elbniederung, so viel steht fest. Aber fragen wir doch meinen Bruder, er kennt sich ja bestens mit Baumaterialien aus. Kennen Sie ihn?»

«Nicht persönlich», entgegnete Hendrik Bischop. «Aber seit seinen Bemühungen für den Wiederaufbau der Nikolaikirche ist sein Name wohl jedem Hamburger bekannt. Schließlich gab es genug Zeitungsberichte über ihn und seine Profession. Wenn es Ihnen keine Umstände bereitet?»

«Bestimmt nicht. Er kommt in vier Tagen aus Dresden und wird Ihnen sicherlich hilfreiche Hinweise geben können.»

Der Commissarius war erstaunt über die Hilfsbereitschaft des Apothekers, dessen freundliches Zuvorkommen und fast familiäre Anteilnahme er vorerst nicht einzuordnen vermochte. Nachdem er sich verabschiedet hatte, brachte er den verbleibenden Rest des Tages damit zu, über sich selbst und sein Wirken in dieser Stadt nachzudenken – eine Stadt, die ihm in den letzten Jahren so fremd geworden war. Er dachte nach über Sinn und Notwendigkeit, einem Toten, den niemand kannte, eine Identität zu geben, über sein ihm eigenes Verlangen nach Aufklärung und den gleichzeitigen Wunsch nach Ruhe und Ordnung – eine Ordnung, die er sich als schlafende Stadt vorstellen wollte, was ihm jedoch nicht gelang.

Er wollte das Werk, oder doch zumindest die Ideen seines Vaters fortsetzen. Dr. Jan Bischop war ein angesehener Hamburger Advokat gewesen, und er hatte zeit seines Lebens für eine Neuordnung der bis dahin militärisch strukturierten Polizeigewalten gekämpft. Als Grundlage der Verbrechensbekämpfung sollte ein ziviler Polizeiapparat aufgebaut werden. Aber sein früher Tod ließ ihn das Resultat seiner Bemühungen nicht mehr erleben. Vielleicht war es auch besser so, dachte Hendrik, seit der in Hamburg schon lange so mächtige Amandus Augustus Abendroth die Polizeibehörde 1821 ganz nach französischem Vorbild und daher viel zu zentralistisch strukturiert hatte.

Zwei Jahre nach dem Tod des Vaters war auch die Mutter gestorben, und Hendrik war in den Polizeidienst gegangen, um dem Anliegen seines Vaters weiter nachzugehen. Er war ein hartnäckiger Eigenbrötler. Die Einrichtung einer criminalen Abteilung war allein sein Verdienst, denn nicht einmal ein ziviles Commissariat, für das sein Vater plädiert hatte, war Bestandteil der neuen Abendrothschen Polizeiverwaltung gewesen. Trotz seiner Erfolge hatte man Hendrik aber zu verstehen gegeben, dass es weder einen weiteren Ausbau der Abteilung noch eine dem gewöhnlichen Polizeidienst übergeordnete Einrichtung geben werde. Auch Schütz und Voss wussten das, was ihrem Arbeitseifer jedoch keinen Abbruch tat. Über die Jahre hatte Hendrik der Resignation getrotzt. Die wichtigste Stütze war ihm dabei Helena gewesen. Stets hatte sie ein offenes Ohr für seine dienstlichen Sorgen gehabt, hatte alle Entbehrungen in Kauf genommen, die sein Beruf mit sich brachte. Selbst wenn er spät in der Nacht oder erst frühmorgens heimgekommen war, hatte sie keine Miene verzogen und war wie selbstverständlich für ihn da gewesen. Belastet hatte sie all die Jahre nur, dass sie keine Kinder bekommen konnten.

Henrik blickte an sich herab. Er hatte sich während der letzten Jahre nur noch um seine Arbeit gekümmert. Allen weiteren Interessen hatte er entsagt. Die häuslichen und organisatorischen Dinge nahm ihm seine Schwester ab. Niemals wäre Amalie auf die Idee gekommen, ihm zu sagen, dass er sich gehen ließe. Seine Hand strich langsam über sein Kinn. Zu Helenas Zeiten wäre es nicht vorgekommen, dass er unzureichend rasiert war. Und grau wurden diese Barthaare langsam auch schon. Aber wenigstens seinen Backenbart hatte er sich schon vor längerer Zeit abnehmen lassen. Trotzdem war er sich sicher, dass er die Eleganz der Jugend mit Helenas Tod abgelegt hatte, auch wenn sein Haar noch voll war und der Bauch sich nicht unter der Uniform abzeichnete. Nein, noch war es nicht so weit, dass seine Kräfte nachließen. Er war voller Tatendrang, auch wenn es ihm seit einiger Zeit so vorkam, als bestimme er die Richtung nicht mehr selbst. Aufklärung war für ihn Wissen, Wissen und Erkenntnis. Aber es war ihm nicht oft möglich, einmal gewonnene Erkennisse erneut einzusetzen, wie er mit zunehmendem Bedauern feststellte. Seine Arbeit schien ihm ein ewiger, endloser Prozess. Stets begann er von neuem, nachdem er einen Fall aufgeklärt und damit die Früchte seiner Arbeit präsentiert hatte. Stets schlug er ein neues Kapitel auf, ohne die bisherige Handlung zu kennen. Er arbeitete sozusagen rückwärts. Manchmal kam er sich vor wie ein immer erst beim 3. Akt anwesender Zuschauer im Theater. Wenn er mit einem neuen Fall konfrontiert wurde, sah er es als seine Aufgabe, den bisherigen Handlungsverlauf akribisch nachzuzeichnen, bis er wusste, welches Stück gerade gespielt wurde. Aber in der Regel, das hatte Hendrik feststellen müssen, waren es Uraufführungen, denen er beiwohnte. In diesem Fall waren es nun Steine, deren Herkunft er ergründen musste – wieder eine Premiere.

So kam es, dass Commissarius Bischop am Ende der Woche erneut die Apotheke aufsuchte, um sich mit dem aus Dresden angereisten Baumeister Semper zu treffen. Als er die Apotheke betrat, kam ihm Clara in Hut und Mantel entgegen. Sie war auf dem Weg zum Hopfenmarkt, um einige Einkäufe zu erledigen. Hendrik war erleichtert, denn er fürchtete, dass Clara den erneuten Besuch womöglich falsch interpretieren könne. Gleichzeitig ärgerte er sich über seine Verlegenheit und beschloss, bei nächster Gelegenheit für Abhilfe zu sorgen.

Der Apotheker erwartete den Commissarius bereits und begleitete ihn, nachdem er die Apotheke vorübergehend abgesperrt hatte, in die darüber befindliche Wohnung.

«Ich habe meinen Bruder kurz über Ihr Anliegen aufgeklärt und ihm die Steine gezeigt.»

Über ein stattliches Treppenhaus gelangten sie in die

Wohnräume der ersten Etage, und der Apotheker führte den Commissarius durch ein heilloses Durcheinander, welches dieser hinter der bürgerlichen Fassade, die sich ihm nun auftat, nicht erwartet hätte. Er hatte immer gedacht, sein Freund Conrad Roever sei der Einzige, der Arbeiten und Wohnen nicht voneinander trennen konnte. Es musste sich wohl um eine Art Seelenverwandtschaft handeln. Sie durchschritten ein Labyrinth von Tischen und Stühlen, auf denen sich Bücher und Zeitungen stapelten sowie auch die unterschiedlichsten Überreste heimischer Fauna und Flora ausgebreitet waren.

«Sie entschuldigen die Unordnung, aber ich habe meinem Bruder den Salon für seine Arbeit zur Verfügung gestellt und alles ein wenig zusammengeschoben.»

Der Salon schien normalerweise als Bibliothek genutzt zu werden. Zumindest waren alle Wände mit zimmerhohen Regalen verstellt. In der Mitte des Raumes stand ein Tisch, so groß, dass er mindestens zwei Dutzend Gästen Platz für ein Festmahl geboten hätte. Über den Tisch stand ein Mann gebeugt, der so konzentriert an einer Zeichnung arbeitete, dass er die Ankömmlinge nicht wahrzunehmen schien.

«Darf ich Ihnen meinen Bruder, Herrn Gottfried Semper, vorstellen, der mir die Ehre erwies, auch mein Haus zu errichten?», nahm der Apotheker das Wort.

«Und der nicht verstehen will, wie diese vorzüglich geplanten Räume einzig als Studierzimmer missbraucht werden können!» Lachend drehte sich der Architekt um und ging auf die beiden Männer zu.

«Es freut mich, Ihre Bekanntschaft zu machen. Wie mein Bruder erzählte, sind Sie ein Mann des Fortschritts. In dieser Sache haben wir den gleichen Weg!» Gottfried Semper reichte Hendrik Bischop die Hand.

«Die Arbeitsweise mag fortschrittlich sein, das Ergebnis jedoch ist stets finster», gab Hendrik zu bedenken und fügte hinzu: «Ihre Arbeit produziert Schönheit, wie die Fassade dieses Hauses. Ich bewundere die Sgraffitis.»

«Ich sehe, Sie interessieren sich für die Gestalt Ihrer Stadt?»

«Ich interessiere mich für die Geschehnisse *in* der Stadt. An den Scraffitis habe ich ein rein persönliches Interesse; ich sah Ähnliches in Venedig.»

«Nun, wenn es Sie interessiert, es handelt sich um einen Versuch. Ich habe dem Mörtel ein wenig Schlacke von Steinkohle beigemischt, um die Festigkeit zu erhöhen. Die hohe Luftfeuchtigkeit hier im Norden ist eine zerstörerische Kraft. Nun werde ich die Haltbarkeit des Materials studieren können.»

Gottfried Semper schob den Commissarius auffordernd an den großen Zeichentisch, nachdem sich der Apotheker mit einem Verweis auf das Geschäftsleben zurückgezogen hatte.

«Wenn Sie Venedig kennen, wird Sie dies interessieren.» Der Architekt deutete, indem er diverse Karten und Pläne auf dem Tisch zur Seite schob, auf eine große Skizze.

Auf den ersten Blick sah Hendrik den Dogenpalast und den Campanile auf der Piazza San Marco, dann erkannte er aber das kleine Alsterbecken, eingerahmt von Arkaden und der gerade fertig gestellten viertelkreisrunden Treppenanlage, die zum Wasser hinabführte. Dahinter erhob sich ein mächtiges viergeschossiges Gebäude mit der Perspektive endloser Fensterfluchten, rund- und spitzbogig, an der Dachzone mit kleinen Zinnen verziert und an den Ecken in wehrhaften Türmen endend. Zum Ufer des Fleets öffneten sich ebenerdige Arkaden, in welche andeutungsweise flanierende Menschengruppen eingezeichnet waren. Im Hintergrund überspannte eine im verkleinerten Maßstab errichtete Rialtobrücke das Alsterfleet. Die ganze Ansicht war von einer in imaginärem Wind wehenden Fahne mit dem Hamburger Stadtwappen gekrönt.

«Wird das unser Rathaus?», fragte Hendrik erstaunt.

«Gefällt es Ihnen?», entgegnete Semper ausweichend. «Es ist sozusagen mein vierter Anlauf. Eigentlich bin ich mit dem Bau einer großen Galerie in Dresden beschäftigt und habe nur wenig Zeit. Im Angesicht aller bisherigen Entwürfe für das Rathaus meiner Heimatstadt sehe ich mich aber geradezu genötigt zu handeln.»

Hendrik Bischop versuchte sich die lichten Nebel Venedigs, die ihn dort während der Novembertage vor elf Jahren so begeistert hatten, in Hamburg vorzustellen; das diffuse Licht am Morgen und die Sonne, deren Umrisse sich nur schwach hinter den Reusenstangen der Lagune abzeichneten. Es wollte ihm nicht recht gelingen, diese Atmosphäre auf sein Hamburg zu übertragen.

«Es soll ein Forum werden, ein freies Forum als Ausdruck einer freien Stadt», erklärte der Baumeister.

«Wollen Sie das Rathaus aus Backstein errichten, oder werden die Fassaden wie hier mit Sgraffitis überzogen sein?», kam der Commissarius auf sein eigentliches Anliegen zurück.

«Nein, keine Ziegel. Dieses Kleid entspricht nicht der Würde der Bauaufgabe. Könnten Sie sich Venedig als Backsteinstadt vorstellen? Die neue Mitte der Stadt soll in noch größerem Glanz erstrahlen. Aber ich sehe schon, Sie möchten meine Meinung zu den Steinen hören, die Sie meinem Bruder gaben.»

Semper schob die Zeichnung beiseite und trat ans Fenster.

«Konkrete Hilfe zu ihrer Herkunft werde ich Ihnen nicht geben können. Aber nach dem, was mir mein Bruder über die Steine berichtete, könnten sie aus dem Brandenburgischen stammen. Der dortige Stein besitzt ähnliche Eigenschaften, was Widerstandsfähigkeit und Format betrifft. Aber die Farbe … sie entspricht nicht dem dortigen Ocker. Die Produktion ist ganz auf Berlin ausgerichtet, wo Ziegel von hellroter und ockerfarbener Tönung für Sichtmauerwerk bevorzugt wird, insbesondere bei der Kombination mit Formsteinen und Terrakottaplatten. In Hamburg hingegen scheint der Backstein keine Zukunft zu haben.»

Der Baumeister öffnete einen Fensterflügel und deutete auf die gegenüberliegende Häuserzeile. «Hamburg baut Häuser für seine Bürger, keine Gefängnisse.» Und da sein Gesprächspartner ihn etwas ratlos ansah, konkretisierte Semper seine Worte: «Die bürgerliche Schicht scheint keinen Gefallen an Bauformen zu finden, deren Wert sich über die Nutzhaftigkeit des Materials definiert.» Er machte eine kurze Pause und fügte dann hinzu: «Zumindest vorläufig nicht.»

Hendrik wollte gerade anmerken, dass sehr wohl Gebäude aus reinem Backstein in Hamburg entstanden; er dachte an den Wiederaufbau von St. Petri, den gerade fertig gestellten Neubau der Post mit seinem hohen Telegrafenturm, an das Gebäude der «Gesellschaft», in dessen nächtlichem Schatten der Tote gefunden wurde, aber Semper kam ihm zuvor.

«Betrachten Sie einmal Ihre Kleidung, Herr Bischop! Sie tragen Damast und Wolle. Ihr Beinkleid und Ihr Rock schmiegen sich an Ihren Körper, dessen einzelne Formen zu erkennen bleiben.»

Verwirrt blickte Hendrik Bischop an sich hinab.

Dann erklärte der Architekt weiter: «Sie tragen kein Kettenhemd und keine eiserne Rüstung oder die Lederschürze eines Schmieds. Gehen Sie mit einem Nachtrock ins Theater? Nein. Warum nicht? Weil es sich nicht gehört, wollen Sie sagen. Richtig! Ich sage Ihnen aber auch, es liegt nicht nur an den gesellschaftlichen Regeln, es liegt in erster Linie am Nutzwert des Kleidungsstückes für den Zweck, zu dem Sie es tragen. Die Form zeigt diesen Nutzen. Im Unterschied zu Gebäuden können Sie Ihre Kleidung aber wechseln, sie verschiedenen Gegebenheiten anpassen.»

«Aber welchen Bezug sehen Sie zum verwendeten Material?», fragte Hendrik, der nun verstanden hatte, worauf Semper hinauswollte.

«Nun, die Fassaden sind die Kleidungsstücke der Gebäude. Der Zweck eines Bauwerks sollte an der Fassade abzulesen sein. Backstein als Material fordert aber, so zeigt es zumindest die gegenwärtige Entwicklung, die historisierende Willkür der Architekten geradezu heraus. Bei einigen gibt es Tendenzen, die ganze Stadt ins tiefste Mittelalter zurückzuversetzen. Sehen Sie sich an, was mein Kollege Bülau gemacht hat!» Grimmig schüttelte er den Kopf, um dann einlenkend zu sagen: «Im Kirchenbau mag der Rückgriff auf die Gotik gerade noch zu ertragen sein, auch wenn es selbst dabei elegantere Möglichkeiten gibt. Kennen Sie meinen Entwurf für die Nikolaikirche?»

Sehr zum Bedauern des Baumeisters schüttelte Henrik Bischop den Kopf, sodass in diesem Punkte kein weiterer Austausch möglich war. Stattdessen kam der Commissarius auf das Baumaterial zurück. «Sie meinen also, Backstein sei kein zeitgemäßer Baustoff?», fragte er.

«Doch, gerade! Er wird nur missbraucht.»

«Wie darf ich das verstehen?», fiel ihm Hendrik ins Wort.

«Sehen Sie, es ist doch so: Ein Gebäude ist zwar in erster Linie eine Behausung, aber doch immer für einen bestimmten Zweck. Um diese zweckdienliche Vielfalt bemüht sich auch die Architektur. Und interessant wird die Gestaltungsaufgabe bei Gebäuden, deren Zweck sich – im Gegensatz etwa zu Kirchen – nicht so genau definieren lässt. Ein gutes Beispiel dafür sind die Handels- und Kaufmannshäuser dieser Stadt. Sie sind Wohnhaus, Handelsplatz und Speicher zugleich. Ihre innere Raumfolge ist exakt nach diesem Bedarf organisiert. Aber wie sieht es mit den Fassaden aus? Ist es nicht so, dass sie uns ihren Zweck unabhängig vom verwendeten Material zu erkennen geben?»

«Ich habe noch nicht darüber nachgedacht», gestand Hendrik ein.

«Wenn Sie die Sache genauer betrachten», setzte Semper fort, «dann unterscheidet sich etwa geschnitztes Gebälk bei einem Fachwerkhaus nur sehr wenig von dem in Stein und Putz geformten Ornament. Es ist Zierrat, Schmuckwerk, dessen Erscheinungsform in seiner Gesamtheit als Hinweis auf eine bestimmte Entstehungszeit gewertet wird. Und genau das ist, was die Erwartungshaltung des Betrachters betrifft, hier entscheidend. Es gibt uns nämlich einen vermeintlichen Hinweis auf die Begriffe *alt* und *neu*.»

Hendrik nickte. In Gedanken durchschritt er die Straßen seiner Stadt, den Blick nicht auf die ihn umgebenden Menschen, sondern auf die Fassaden der Häuser gerichtet.

«Interessant wird es in dem Moment», hob der Baumeister erneut an, «wenn neue Häuser bewusst in alten Formen gebaut werden. Das ist so etwas wie ein Seelenspiegel des Bauherren. Und genau das ist es auch, was ich vorhin mit meiner Bemerkung über den derzeitigen Missbrauch des Backsteins meinte. Dabei geht es in Wahrheit nämlich gar nicht um das Baumaterial als solches, sondern um die Gestaltungsabsicht – das, was durch eine Gebäudeform zum Ausdruck gebracht werden soll. Da liegt es dann nahe, sich der Formen zu bedienen, die mit einer bestimmten Tradition behaftet sind. Und beim Backstein ist es so, dass man ihn auch ganz modern einsetzen kann, eben so, dass seine Formen die innere Struktur des Gebäudes nachzeichnen.»

Das alles war so neu für Hendrik, dass er kaum etwas zu sagen wusste, und so war er fast erleichtert, als das Gespräch unterbrochen wurde.

«Wie ich sehe, hat Sie mein Bruder ganz in den Bann der Architektur gezogen. Konnte er Ihren Ermittlungen behilflich sein?» Mit diesen Worten trat der Apotheker in den Salon. «Ich möchte Ihre Unterhaltung nicht stören, aber der Medicus Roever erwartet den Commissarius in der Apotheke, es scheint wichtig zu sein.»

Hendrik Bischop verabschiedete sich von Gottfried Semper, dankte ihm und drückte ihm seine Hochachtung aus. Von nun an würde er die Stadt mit neuen Augen betrachten und die Unterhaltung zu einem späteren Zeitpunkt gerne fortsetzen, denn wenn der Architekt zu den Steinen auch nur vage Vermutungen geäußert hatte, so hatten ihn seine Ausführungen über die Zusammenhänge von Baumaterial und Stadtgestalt umso mehr beeindruckt. Zusammen mit dem Apotheker verließ er die Wohnung.

Conrad Roever empfing Hendrik im Verkaufsraum der Apotheke. Seine Tochter war zwischenzeitlich von ihren

Einkäufen zurückgekehrt, und ihr Vater hatte ihr von seinem Fund bereits berichtet.

«Ich habe, was du suchst!», waren Conrads erste Worte. Erst dann begrüßte er den Freund, öffnete eine Mappe und reichte ihm einen Fetzen Papier.

«Es war im Gehrock des Toten eingenäht. Ich habe ihn zur Wäscherei gebracht. Dabei kam das hier zum Vorschein.»

Hendrik Bischop betrachtete das aufgequollene Blatt Papier. «Es ist verwaschen.»

«Fast völlig, aber ich habe ein wenig nachgeholfen, indem ich verschiedene Substanzen appliziert habe. Dadurch ist wenigstens der Name leserlich. Hier!» Conrad deutete auf eine bestimte Stelle am Papier.

Der Commissarius gab sich Mühe, die ehemals kunstvoll geschwungenen Linien zu entziffern, deren Zeilen nur noch aus einer Fläche von zerlaufener Tinte zu bestehen schienen. «Maximilian Drasche», las Hendrik leise vor. «Aus Husum.»

«Es scheint so etwas wie eine Urkunde oder ein Vertrag zu sein. Hier unten befinden sich Reste von Siegellack auf dem Papier.»

«Aber wer sagt uns, dass dieser Mann aus Husum der Tote ist?»

«Niemand», entgegnete Medicus Roever, «aber du wirst es herausfinden.»

Noch mehr Steine

Vier Tage später bestiegen der Commissarius und Polizei-Inspektor Johannes Schütz eine Kutsche nach Husum. Tatsächlich wurde, so hatte ihre Dienststelle in Erfahrung bringen können, in Husum ein gewisser Maximilian Drasche vermisst, und die beiden wurden bereits in der Husumer Dienststelle erwartet.

Sie passierten das Stadttor, und der Wagen rollte über die unbefestigten Straßen des Hamburger Vorlandes. Hendrik Bischop hatte die Stadt seit Jahren nicht mehr verlassen. Er betrachtete die Weite des vorstädtischen Wildwuchses entlang der Alleen, hier und dort durch Ansammlungen einfacher Wohnunterkünfte unterbrochen. Aber auch solitäre Villen mit großen Vorgärten, Landhäuser, einfache Budenreihen, die Häuser der Bleicher und Handwerker, ab und zu auch die festungsgleichen Mauern größerer Produktionsstätten zogen an ihm vorüber – das ganze sich von einer scheinbaren Mitte her ausbreitende Hinterland der Stadt.

«Es wird zusammenwachsen, was meinst du, Johannes?»

Der Inspektor nickte. «Die Zeit der Verdichtung hat gerade erst begonnen.»

Hendrik versuchte, sich die Besonderheiten seiner Heimatstadt zu vergegenwärtigen. Ja, diese Stadt war etwas Besonderes: Es war das Selbstverständnis bürgerlicher Freiheiten, das sie regierte. Hamburg war eine freie Handelsstadt, eine Stadt der Kaufleute. Die Stadt hatte sich nicht unter dem Einfluss irgendeines Herrscherhauses oder einer Residenz entwickelt. Dieser Umstand bestimmte die gesamte städtische Struktur und schlug sich auch im Stadtbild nieder, das von den Arbeitsstätten der Bürger geprägt wurde. Hier gab es keine Paläste, Schlösser oder Burgen, um die sich die städtischen Bauten gruppierten. Die Stadt war ein Spiegelbild des Handels, und die Handelsstraßen waren der Hafen und die Fleete. Land und Wasser griffen wie die gespreizten Finger zweier Hände ineinander. Vergleichbar war diese Stadt, wenn überhaupt, nur mit Venedig. Vielleicht war er damals aus genau diesem Grunde mit Helena in die Lagunenstadt gereist. Aber anders als Venedig war Hamburg kein Stützpunkt. Die Stadt behauptete ihren Status traditionell aus sich selbst heraus. Aus diesem Grund hatte die Selbstregierung des freien Stadtstaates auch nach der Franzosenzeit schnell zu den alten Ordnungen zurückgefunden, ohne die überalterte Verfassung zu reformieren. Und nachdem Hamburg 1815 dem Deutschen Bund beigetreten war, hatte das freistaatliche Selbstgefühl der Hamburger Bürger vorher nie gekannte Dimensionen angenommen. So war es nur konsequent, dass sie sich «Freie und Hansestadt Hamburg» nannte.

Und doch ist Hamburg eine Insel, dachte Hendrik. Mögen die neuen Straßen auch noch so weitläufig angelegt sein, sie enden an den Stadttoren. Nach dem Gespräch mit Semper hatte sich sein Verhältnis gegenüber der sich modernisierenden Stadt unwillkürlich verändert. Er versuchte, sie mit anderen Augen zu betrachten, weniger kritisch. Die Sache mit der Kleidung wollte ihm nicht aus dem Kopf gehen, und je mehr sich der Wagen von Hamburg entfernte, wurde ihm die Uniformität ländlicher Bauformen bewusst. Die Flecken, Straßendörfer und siedlungsgleichen Gebäudeansammlungen, die vereinzelten

Höfe, Katen, Kirchen und Friedhöfe, die sie passierten, der wiederkehrende Rhythmus immer gleicher Bauaufgaben und die traditionelle Einheitlichkeit ihrer Erscheinungsformen offenbarte Hendrik Bischop den eklatanten Kulturunterschied zwischen ländlicher Ödnis und städtischer Vielfalt.

In Itzehoe wurden die Pferde gewechselt, und die Reisenden nutzten den kurzen Aufenthalt, um sich nach der beschwerlichen Fahrt ein wenig die Beine zu vertreten. Daraufhin setzten sie die Fahrt über Heide und Koldenbüttel fort. Erst gegen Abend erreichten sie die Polizeistation in Husum.

Die Formalitäten waren rasch erledigt. Der zuständige Polizei-Inspektor sicherte ihnen alle erdenkliche Hilfe zu und versprach, ihnen am nächsten Morgen einen Wagen für die Fahrt nach Wittbek zur Verfügung zu stellen. Dort wohnte eine gewisse Katharina Drasche, die eine Vermisstenanzeige für Maximilian Drasche in Husum erstattet hatte. Der Commissarius und Inspektor Schütz quartierten sich im «Gasthaus zum Schwanen» ein, und Hendrik grübelte die halbe Nacht darüber nach, welche Zusammenhänge sich ihm am Morgen wohl offenbaren würden, ehe er in einen unruhigen Schlaf fiel und von Ritterrüstungen, Nachthemden und Uniformen träumte.

Um sechs Uhr morgens brachen die Hamburger Polizisten nach Wittbek auf. Das Dorf lag ungefähr eine halbe Stunde von Husum entfernt. Mühevoll bahnten sich die Räder des Kutschwagens einen Weg durch den schlammigen Untergrund. Es hatte die ganze Nacht über geregnet, und der lehmige Boden der Landstraße war aufgeweicht. Ihre Ankunft auf dem großen Hof wurde durch lautes Hundegebell angekündigt.

Die Frau, die ihnen entgegentrat, war jung, jünger noch als Clara. Entgegen Hendriks Erwartungen hatte sie nichts von dem burschikosen und grobschlächtigen Auftreten einer Bäuerin. Katharina Drasche war außerordentlich schön und bewegte sich voll Anmut. Ihre Erscheinung wollte so ganz und gar nicht in dieses ländliche Umfeld passen. Als Hendrik der groß gewachsenen, zarten Person gegenüberstand, fühlte er sich unwillkürlich an seine Frau erinnert.

«Man hat mich aus Husum unterrichtet und gesagt, dass mein Vater tot ist», sagte die junge Frau gefasst, nachdem Commissarius und Inspektor sich vorgestellt hatten.

Wiewohl Katharina Drasche einen Dialekt sprach, der Hendrik Bischop nicht geläufig war, konnte er sie verstehen. Sie war also die Tochter und nicht die Frau.

«Nachdem mein Vater nach vier Tagen nicht aus Hamburg zurück war, habe ich geahnt, dass ein Unglück geschehen sein muss. Was genau ist passiert?»

«Ihr Vater wurde tot aus einem Fleet gefischt», sagte der Commissarius und ärgerte sich im nächsten Moment über sich selbst. Aber hätte er es wirklich schonender formulieren können? Die junge Frau jedoch erregte sich über etwas anderes als seine Grobheit.

«Mein Vater konnte schwimmen!», stieß sie aufgebracht hervor.

«Wir haben Grund zu der Annahme, dass er einem Verbrechen zum Opfer gefallen ist. Was wollte Ihr Vater in Hamburg?»

«Er sagte, er müsse dort einige geschäftliche Verhandlungen führen.»

«Was für Geschäfte waren das?», fragte Schütz etwas voreilig und fing sich einen tadelnden Blick von seinem Commissarius ein.

Anscheinend lenkte der kurze Blickwechsel die junge Frau von der Frage ab, und sie erzählte: «Wissen Sie, wir kommen eigentlich nicht von hier. Meine Mutter wollte immer zurück nach Wien. Die Geschäfte meines Vaters hielten uns. Vor zwei Jahren ist sie gestorben. Und jetzt mein Vater. Sie wollen sicherlich die Ziegelei sehen?»

Eine Ziegelei? Hendrik Bischop stockte der Atem. Schlagartig wurde ihm bewusst, dass er in ein Wespennest gestochen hatte. Die junge Frau zog sich einen Mantel über und führte die Besucher über den Hof.

«Was hat Sie von Österreich ins Holsteinische geführt?», wollte Schütz wissen.

«Es ist der väterliche Betrieb meiner Mutter. Mein Vater hat sie sozusagen nach Wien entführt; seine Familie stammt daher. Als mein Großvater starb, erbte meine Mutter das ganze Land hier, und mein Vater wollte die Ziegelei ausbauen. So sind wir also hierher gekommen.»

Katharina Drasche führte den Commissarius und den Inspektor durch die Gebäude der Ziegelei. Hendrik hatte eine ziemlich genaue Vorstellung von den technischen Abläufen einer Ziegelei. In den vergangenen Tagen hatte er alle verfügbaren Bücher studiert. Trotzdem ließ er sich von der jungen Frau alles erklären. Seine Neugierde machte ihn zu einem interessierten und aufmerksamen Zuhörer, während sie die überdachten Lagerplätze der Rohstoffe durchschritten, ehe sie den eigentlichen Produktionstrakt erreichten.

«Mein Vater war ein Tüftler. Sehen Sie sich dieses Laufband und die Presse an!» Katharina Drasche deutete auf eine Apparatur mit unzähligen Stegen und Bolzen. In ihrer Mitte erhob sich eine Reihe rechteckiger Öffnungen.

«Hierdurch werden die Stränge gedrückt, und mit Hilfe dieser Schneideeinrichtung», sie betätigte einen langen

Hebel, dessen Bewegung – über eine Zahnstange vervielfältigt – mehrere messerartige Bleche absenkte, «werden die Steine reihenweise in Form gebracht. Vor einem halben Jahr erst hat er diesen Ofen gebaut.»

Hendrik Bischop und Inspektor Schütz umschritten eine Ansammlung gemauerter Bögen, die sich zum Zentrum des Ofens hin schneckenähnlich verengten. Hendrik versuchte, den Aufbau des Ofens nachzuvollziehen und seine Funktionsweise zu verstehen. Form und Mechanik verwirrten ihn. Er konnte keine Parallelen zu den Brennöfen auffinden, die in den gerade durchforsteten Büchern abgebildet waren.

«Er heizt nicht mehr mit Holz, sondern mit Kohle.» Die junge Frau Drasche zeigte auf einen ventilähnlichen Mechanismus, von dessen Art sich bei genauerem Hinsehen mehrere an dem Ofen befanden. «Mit dieser Vorrichtung konnte mein Vater die Temperatur genau regeln.»

Johannes Schütz schüttelte ungläubig den Kopf. Auch er hatte noch nie einen vergleichbaren Ofen gesehen. Vielmehr aber erstaunte ihn die Situation, in der er sich momentan befand. Der Sachkenntnis dieser Frau hatte er nicht das Geringste entgegenzusetzen, und das beunruhigte ihn. Er sah zu seinem Vorgesetzten hinüber und beschloss, lieber zu schweigen – genau wie dieser.

«Er nannte es Ringofen. Soweit ich weiß, ist es seine Erfindung.» Katharina Drasche machte eine auffordernde Bewegung, und die beiden Männer folgten ihr.

Die Ausmaße des Ofenhauses waren imposant, sie reichten aber bei weitem nicht an die Größe der Trockenhalle heran, die sie nun erreichten. Sie hatte eine Länge von mehr als 200 Fuß.

«Es fehlen welche.» Die junge Frau stand abseits eines Bretterverschlages und deutete auf die aufgereihten Mustersteine. «Mein Vater wollte immer schon verschiedene Sorten von Steinen herstellen. Deshalb experimentierte er mit unterschiedlichen Brenntemperaturen und Zusammensetzungen.»

«Wir fanden zwei Ziegel in seinen Taschen.» Der Commissarius versuchte, seine unzusammenhängenden Gedanken zu einem sinnvollen Ganzen zusammenzufügen, und es formte sich ein Verdacht. Gleichwohl konnte er in diesem Moment das Ausmaß der Geschehnisse noch nicht erahnen.

«Neulich ließ er sich Schlacke und Erze aus Bergedorf liefern.»

«Was genau wollte Ihr Vater in Hamburg?»

«Er hat nur wenig darüber gesprochen. Fragen Sie den Architekten; er war öfter hier.» Katharina Drasche verzog ihr Gesicht zu einer nachdenklichen Grimasse. «Mir ist der Name entfallen. Ich weiß, das ist sicher unverzeihlich; es war irgendwas Französisches. Er arbeitet am Wiederaufbau von Hamburg und verhandelte schon seit längerer Zeit mit meinem Vater über eine größere Lieferung von Steinen. Er ist von kleiner Statur und hat ein recht kindliches Gesicht und dunkle Haare.»

«Hatte Ihr Vater Konkurrenten?» Johannes Schütz tat es Hendrik Bischop gleich und kritzelte unaufhörlich in sein Notizbuch.

«Ja, aber nicht in der unmittelbaren Umgebung. Eine Firma im Oldenburgischen und eine im Märkischen. Aber nach der Vergrößerung, so sagte mein Vater, hätten wir den Zuschlag erhalten. Deshalb die neuen Verhandlungen.»

«Wieso Vergrößerung? Die Ziegelei hat doch für hiesige Verhältnisse schon gewaltige Ausmaße! Und es existierte noch kein Vertrag? War Ihr Vater vielleicht deshalb nach Hamburg gefahren?»

Katharina Drasche ließ sich durch die Flut von Fragen nicht aus der Fassung bringen. «Wir hatten ja schon angrenzende zwei Hektar gekauft, aber das reichte nicht für die weiteren Trockenhallen. Zwei waren schon im Auftrag; aber dann bekamen wir plötzlich kein weiteres Land, das uns doch schon versprochen gewesen war.»

«Noch zwei Hallen wie diese?», fragte Hendrik und deutete ungläubig auf das riesige Gebäude.

«Insgesamt sollten es vier werden.»

Hendrik Bischop versuchte, sich die Menge der im Karree gestapelten Ziegel vorzustellen. «Darf ich die Steine mitnehmen?» Er deutete auf das Regal mit den Mustersteinen.

«Ja, im Moment gibt es keine Anfragen. Und ich weiß sowieso nicht, wie es weitergehen soll.» Die junge Frau zog sich den Mantel fester um die Schultern und schritt zum Wohnhaus zurück.

«Gibt es irgendwelche Auftragsbücher, die ich einsehen kann?» Der Commissarius und sein Inspektor trugen die verbliebenen Mustersteine zusammen.

«Nein, wirklich nicht. So etwas hat mein Vater nicht gehabt. Wenn er etwas brauchte, ist er hingefahren und hat es sich geholt.»

«Haben Sie Bekannte in Hamburg?» Die Fragen des jungen Polizei-Inspektors kamen immer noch wie aus dem Schulbuch. Als ein «knappes Stakkato in teilnahmslosem Wortlaut» hatte Hendrik die Dienstsprache von Schütz einmal bezeichnet. Er beschloss, seinem Zögling bei nächster Gelegenheit ein wenig Nachhilfe in Feinfühligkeit zu geben.

Die junge Frau blickte die Hamburger Polizisten unsicher an. «Er hat mich nie nach Hamburg mitfahren lassen, obwohl es mein Wunsch war, die Stadt kennen zu lernen, die sich in letzter Zeit so sehr verändert. Von seinen Reisen brachte er mir nur den *Correspondenten* mit», sagte sie und setzte nach einer kurzen Pause hinzu: «Aber ich vermute, es gab eine Frau. Bei seiner Rückkehr war er immer so gelöst; alle Sorgen schienen wie fortgeblasen. Aber nach wenigen Tagen überkam ihn dann stets eine große Melancholie, und ich habe wohl gemerkt, dass es ihn zurück in die Stadt zog. Er hat jedoch nicht darüber sprechen wollen. Vielleicht hatte er Angst, dass ich ihm das nach dem Tod meiner Mutter übel nehme.»

«Wissen Sie, wo Ihr Vater gewohnt hat, wenn er in Hamburg weilte?», wollte Hendrik wissen.

«Er war sehr sparsam, obwohl wir das eigentlich nicht nötig haben. Ich nehme an, er ist in irgendeiner billigen Herberge abgestiegen.»

Katharina Drasche wollte die beiden Männer noch ins Haus bitten, aber der Commissarius verwies auf die lange Heimfahrt.

«Was werden Sie nun machen?», fragte er teilnahmsvoll, gleichwohl verspätet.

«Ich habe mich noch nicht entschlossen. Mein Bruder Heinrich lebt in Wien. Ich werde ihn benachrichtigen, und vielleicht kann ich ihn überreden, ins Holsteinische zurückzukommen.» Sie schwieg eine Weile und fügte dann hinzu: «Besteht eine Möglichkeit, den Leichnam nach Husum zu überführen?»

«Ich werde das Nötige dazu veranlassen», entgegnete der Commissarius.

Nachdem Johannes Schütz die Mustersteine auf den Wagen geladen hatte, brachen sie auf.

Hendrik versprach der jungen Frau noch, sich in gewissen Abständen nach ihrem Wohlbefinden zu erkundigen und sie über den Stand der Dinge zu unterrichten. Er war fasziniert von ihrer Gestalt und ihrem selbstsicheren Auftreten. Seit langem hatte er sich nicht so sehr zu einer Frau hingezogen gefühlt. Dann musste er an Clara denken, aber schon im nächsten Moment kreisten seine Gedanken wieder um den Fall: Er brauchte eine Liste aller Ziegeleihandwerker im Holsteinischen. Das war eine Arbeit für Voss. Der musste auch in Erfahrung bringen, wo Drasche in Hamburg untergekommen war, nein, das konnte Schütz besser. Und die Sache mit der Frau, die Drasche in Hamburg womöglich gekannt und besucht hatte, musste ebenfalls geklärt werden.

Während der ganzen Rückfahrt nach Hamburg grübelte er darüber nach, wer Drasches Kontaktmann gewesen sein könnte und dachte an die Vielzahl der in Hamburg tätigen Architekten und Baumeister. Plötzlich musste er sich mit Menschen, einer Materie und Vorgängen beschäftigen, die ihm immer suspekt erschienen waren. Ob ihm Semper wohl helfen konnte? Zuerst musste er Conrad unterrichten. Hendrik Bischop verspürte einen ungeheuren Tatendrang. Eine Art freudige Erregung hatte ihn ergriffen. Die Arbeit konnte beginnen.

Ein unheimliches Haus

Tags darauf war Commissarius Bischop der Erste im Commissariat. Als Voss eintraf, gab er ihm die nötigen Instruktionen. Schütz sollte unterdessen mit einer Zeichnung des Toten, die Hendrik routinemäßig beim Lithographen Fuchs hatte anfertigen lassen, alle bekannten Hotels, Herbergen und Absteigen der Stadt abklappern. Erfahrungsgemäß war er für solche Arbeiten genau der Richtige. Dann stellte sich Hendrik an sein Pult und versuchte, das Puzzlespiel seiner Gedanken zu ordnen.

Schon lange hatte er es sich zur Gewohnheit werden lassen, alle Vorgänge in Form eines großen Schaubildes zu modellieren. Seine Gedanken notierte er in Form kleiner Kärtchen mit Namen, Bezeichnungen, Orten, aber auch Fragezeichen. Diese Kärtchen legte er auf einen großen Bogen Papier. In die Mitte des Bogens platzierte er Maximilian Drasche, den Hauptdarsteller seiner Inszenierung. Dann verteilte und ordnete er die Kärtchen in einem ihm plausiblen Sinnzusammenhang, um die Geschehnisse zu verbildlichen. Schließlich steckte er kleine Nadeln in die Kärtchen, um sie zu fixieren, und wickelte dünne Wollschnüre um die Nadelköpfe, mit deren Hilfe er die einzelnen Kärtchen zu einem Beziehungsgeflecht verbinden konnte.

So oft schon hatte Hendrik sich dieser Methode bedient, dass es im Keller des Commissariats, das seine Räume neuerdings im Hauptgeschoss der Polizeiwache an den Raboisen hatte, bereits eine Kammer gab, die von spöttischen Kollegen scherzhaft ‹Bischopssakristei› getauft worden war. In den Regalen dieses Raumes stapelten sich Dutzende solcher ‹Kunstwerke›, denn nach Aufklärung eines Falles war es niemandem außer dem Commissarius selbst möglich, das Geflecht der unzähligen Fäden, deren unterschiedliche Farbigkeit dem jeweiligen Geschehen zudem noch Bedeutung verlieh, zu einem abschließenden Bericht zusammenzufassen. Die Abneigung des Commissarius' gegenüber protokollarischer Verwaltungsarbeit führte dabei zu immer wiederkehrenden Auseinandersetzungen mit der Jurisdiktion, deren anklagende Beweisführung nach schriftlichen Quellen verlangte.

Als er fertig war, betrachtete Hendrik Bischop sein Werk und seufzte. In diesem Fall bildeten die Karten mit den Fragezeichen eine eindeutige Mehrheit.

Es war bereits früher Abend, als Hendrik Bischop das Commissariat verließ. Ein kalter Südwestwind kroch an den Mauern des neuen Zuchthauses entlang. Die bereits untergegangene Sonne hatte den Wolken über der Silhouette des Neuen Jungfernstiegs einen rötlichen Schimmer gelassen. Hendrik beschloss, dem langsam verblassenden Farbspiel noch ein wenig Aufmerksamkeit zu schenken. Er setzte sich auf eine der Bänke zwischen den neu angelegten Baumreihen des Alsterdamms und beobachtete, wie der Wechsel von Tag zu Nacht der Stadt erst die Farbe und später das Licht selbst entzog. Die spärlichen Menschengruppen, die zu den Toren eilten, weil sie die Mauern des städtischen Palastes bis zur Dämmerung verlassen haben mussten, beachtete Hendrik nicht. Er dachte an Venedig. Viel länger als beabsichtigt saß er so da.

Als sich seine Augen an die Dunkelheit gewöhnt hatten, erhob er sich und ging die Allee schnellen Schrittes entlang, bis er abrupt in die Gertrudenstraße einbog – so schnell, als wolle er seinen Gedanken entkommen.

Conrad Roever empfing den Freund erwartungsvoll. Eigentlich hatte er ihn noch in der letzten Nacht erwartet, aber nach einem Radbruch vor dem Dammthore, den Schütz fast allein behoben hatte, war es für einen Besuch dann doch zu spät geworden.

«Setzen wir uns in die Bibliothek, Hendrik!» Der Medicus führte seinen Gast durch das große Kaminzimmer zu den Hofräumen des Hauses.

Den Verpflichtungen der bürgerlichen Repräsentation, gelegentlich zu Gesellschaftsabenden in heimischer Atmosphäre einzuladen, hatte Conrad Roever schon vor einiger Zeit eine Absage erteilt. Seither war sein Haus ein Ruhepol von sachlicher und zweckbestimmter Ordnung. Das kulturelle Interesse Conrads und Claras lag jenseits von Musikzimmer, Salon, Speise-, Raucher- und Billardzimmer. Die Bibliothek war der Teil des Hauses, in dem gelebt wurde: gearbeitet, gelesen, gegessen und geschlafen. Bücher hingegen waren überall im Haus zu finden.

Clara saß auf dem Fußboden und nähte. Als sie Hendrik sah, erhob sie sich aus dem Schneidersitz und reichte ihm in der ihr eigenen herzlichen Art die Hand. Sie trug keine Strümpfe, eine schlichte schwarze Hose und, wie es aussah, ein ungestärktes Hemd ihres Vaters. ‹Es fehlen noch Zylinder, Schnürschuhe und Schirm›, dachte Hendrik. Und in der Tat: Nur die langen weißblonden Haare, die Clara provisorisch zusammengesteckt hatte, gaben sie als Frau zu erkennen. Trotzdem bot sich Hendrik ein gewohntes Bild. Eigentlich kannte er Clara gar nicht anders. ‹Gut›, dachte er, ‹dass sie jetzt auch Hosen trägt, ist vielleicht übertrieben, aber es passt zu ihr.› Bereits als Kind war Clara kostümiert um Hendrik und Conrad herum und durch die Zimmer getobt, war abwechselnd Freibeuterin, Entdeckerin ferner Inseln oder Ballonfahrerin gewesen. Die Puppen und Bilderbögen, wohl gemeinte Geschenke der Verwandtschaft, waren nach kurzem Aufenthalt im Kinderzimmer immer schnell als Patienten und wissenschaftliches Material in die zeitweilig in der Küche des Hauses eingerichtete chirurgische Abteilung überwiesen worden.

Über all die Jahre hatte sich Clara die Träume ihrer Kindheit bewahrt. ‹Du führst ein Doppelleben›, hatte Hendrik seinem Freund gesagt, obwohl er wusste, dass Conrads vermeintliche Eigentümlichkeit in erster Linie einen Schutzwall für Clara darstellte. Als junge Frau war ihr das Leben, das sie leben wollte, auf den Straßen nicht gestattet. ‹Skandalös› wäre es gewesen. Aber Clara pflegte immer trotzig zu sagen: «Skandale gibt es nur in der Öffentlichkeit.» Und dort war sie eine Verkaufsdame in einer angesehenen Apotheke – schicklich und passend gekleidet und von korrektem, wohlerzogenem Benimm.

Nun hatte sie berüschtes Kleid und gestärkte Schürze, sittsame Haube und sonstige stofflichen Attribute der Weiblichkeit abgelegt. Das Hemd des Vaters ließ die natürlichen Umrisse ihrer Brust erkennen, und Hendrik merkte, wie schwer er sich tat, ein einheitliches Bild von Clara zu gewinnen. Manchmal kam sie ihm wie eine Schauspielerin vor, und dann wieder beeindruckte ihn ihre Ernsthaftigkeit.

Conrad half seinem Freund aus dem Uniformrock.

«Dass du mit so etwas herumlaufen kannst!» Clara reichte ihm ein großes Glas Portwein.

«Es ist wie mit dir, man gewöhnt sich an Kompromisse», antwortete Hendrik und merkte erst jetzt, dass Clara ihn provoziert hatte.

«Nun erzähl schon!», unterbrach Conrad das Geplänkel. Alle drei rückten neben einen kleinen Tisch, und Hendrik erzählte von den Geschehnissen im Holsteinischen.

«Ihr könnt euch nicht vorstellen, wie überrascht ich war, als ich erfuhr, dass Drasche eine Ziegelei hatte. Dabei hätten wir wegen der Steine eigentlich gleich darauf kommen können.» Hendrik warf seinem Freund einen fast vorwurfsvollen Blick zu.

«Was wollte Drasche denn in Hamburg?», fragte Clara.

«Es muss sich zumindest um ein größeres Geschäft gehandelt haben», entgegnete Hendrik. «Seine Produktionsanlagen haben wahrhaft gigantische Ausmaße. Ich kann mir nicht vorstellen, dass es im Holsteinischen allein genug Abnehmer für Baumaterial in dieser Größenordnung gibt. Außerdem unternimmt man keine so beschwerliche Reise, um ein paar Steine zu verkaufen.»

«Aber dann trägt man seine Mustersteine doch nicht im Gehrock herum», gab Clara zu bedenken.

«Die vornehme Kleidung von Drasche erscheint mir so oder so rätselhaft. Ich werde in Erfahrung bringen müssen, ob es in besagter Nacht einen offiziellen Empfang oder Ähnliches in der näheren Umgebung gegeben hat.»

«Ein gesellschaftliches Ereignis?» Clara richtete sich nachdenklich auf. «Da könnte ich vielleicht ...»

Hendrik setzte seine Ausführungen fort, ohne Claras Bemerkung zu beachten.

«...In der Apotheke habe ich die Möglichkeit, unauffällig ein paar Fragen ...», versuchte sich Clara Gehör zu verschaffen. Als sie merkte, dass weder ihr Vater noch Hendrik ihr Aufmerksamkeit schenkten, hielt sie kurz inne, um gleich darauf mit durchdringender Stimme zu fragen: «Also, sitzen wir hier zu dritt?!»

Augenblicklich wurde es still. Clara schaute die beiden Männer vorwurfsvoll an. «Wenn ihr beiden glaubt, ich gehe jetzt in die Küche, um euch Brote zu schmieren, dann habt ihr euch getäuscht!»

Conrad konnte sich ein Grinsen nicht verkneifen. Er wusste, wie sehr Clara Nichtbeachtung hasste. Hendrik beugte sich mit verständnisvollem Blick vor und legte Clara seine Hand besänftigend auf die Schulter. Obwohl sie dies bei anderer Gelegenheit sehr wohl genossen hätte, zog sie ihren Körper reflexartig zurück, wodurch Hendrik augenblicklich das Gleichgewicht verlor und vornüber auf die Knie fiel.

Jetzt musste auch Clara grinsen. Sie blickte überrascht auf den vor ihr knienden Hendrik. «Die Entschuldigung ist angenommen!», sagte sie würdevoll. «Erheben Sie sich!»

Sich der lächerlichen Figur bewusst, die er gerade abgab, wandte Hendrik sich entschuldigend Clara zu, die ihm hilfreich eine Hand entgegenstreckte, damit er wieder auf die Beine kam. «Ich habe dein Angebot schon richtig verstanden», sagte er, «aber am wichtigsten erscheint es mir im Moment herauszufinden, wer der Architekt war, der Drasche in Husum aufsuchte. Seine Tochter erwähnte, er habe einen französischen Namen, an den sie sich jedoch nicht erinnern konnte.»

«Vielleicht de Meuron?», spekulierte Clara.

«Ist mir nicht bekannt.» Hendrik zuckte mit der Schulter.

«Er hat das Thaliatheater am Pferdemarkt gebaut. Bei der Eröffnung habe ich flüchtig seine Bekanntschaft gemacht.»

«Und wieso kommst du gerade auf ihn? Nur wegen des Namens? Es gibt bestimmt eine Fülle von Architekten französischer Abstammung in Hamburg.» Hendrik hatte Claras Anspielung auf den Theaterbesuch genau verstanden. Wie oft hatte sie ihn schon gebeten, sie ins Theater zu begleiten. Immer wieder hatte er einen neuen Vorwand parat gehabt, ihren Annäherungsversuchen – wie er die Einladungen verstand – auszuweichen. Nun wollte sie ihm wohl klarmachen, dass ihr bei derartigen Ereignissen auch interessante Persönlichkeiten vorgestellt wurden.

«Er ist ein Freund von Jenisch», erwiderte Clara.

«Du meinst Senator Jenisch?», fragte Hendrik.

Clara nickte.

«Immerhin ist er der Vorsitzende der Baudeputation», sagte Conrad nachdenklich.

«Da könnte es vielleicht einen Zusammenhang geben. Denkt doch bloß an das eingenähte Papier!» In Claras Stimme schwangen Stolz und Erregung mit, weil sie vielleicht einen sachdienlichen Hinweis hatte liefern können und weil sie sich bei geistiger Betätigung ganz in ihrem Element fühlte. Und dass sie damit unter Umständen in Hendriks Achtung stieg, war ihr nicht eben unangenehm.

«Wenn das ein Fetzen von einem Vertrag mit der Hamburger Baudeputation war, dann ...» Conrad konnte seine Vermutung nicht zu Ende bringen.

«Moment, Moment!», unterbrach Hendrik ihn und revidierte nebenbei blitzschnell seine Meinung über die hintergründigen Absichten, die er Clara noch vor wenigen Sekunden unterstellt hatte.

«Ihr meint, Drasche könnte vielleicht einen Vertrag mit der Stadt Hamburg über die Lieferung von Ziegeln gehabt haben? Das würde die Größe der Ziegelei erklären. Und die unvorstellbare Menge von Steinen. Sie könnten für den Neubau einer ganzen Stadt ausreichen, und außerdem wollte sich Drasche noch weiter vergrößern.»

In diesem Moment erinnerte sich Hendrik der Worte von Baumeister Semper und machte gleichzeitig eine verneinende Kopfbewegung. «Wie es scheint, ist der Gebrauch von Ziegeln in der Stadt aber momentan selten und sehr umstritten», gab Hendrik Sempers Bemerkungen zu diesem Thema deutlich vereinfacht wieder.

«Du hast Recht», sagte Conrad abfällig. «Zuckergussfassaden wird momentan der Vorzug gegeben.»

«Aber andererseits müssen unter dem Putz doch auch Steine verbaut werden», meinte Clara und ergänzte ihre Überlegungen sogleich: «Hat die Stadt nicht nach dem Brand eine Verordnung erlassen, wonach brennbare Fachfüllungen und Fassadenteile aus Holz weitgehend verboten sind?»

«Woher weißt du das?», fragte Hendrik.

«Wir waren doch persönlich mit den neuen Vorschriften konfrontiert», erklärte Clara, die sich um diese Dinge gekümmert hatte, damit ihr Vater ungestört hatte arbeiten können. «Schließlich stand unser Haus ja im Brandgebiet.»

«Seitdem wurden eine Menge Bauverordnungen erlassen – anscheinend so viele, dass alle Häuser gleich aussehen», bemerkte Conrad mit spöttischem Unterton.

«Drasches Ziegel sind aber keine gewöhnlichen Mauersteine», entgegnete Hendrik und sah dabei Clara an. «Außerdem ist der Neubau der abgebrannten Stadtteile doch weitgehend abgeschlossen. Wofür hätten Ziegel in der Menge Verwendung finden sollen?»

Hendrik merkte, dass sich das Gespräch wie von selbst zu einem Thema hinbewegte, über das er mit seinem Freund Conrad schon die heftigsten Diskussionen geführt hatte: die Öffnung der Stadttore. In dieser Maßnahme sah Conrad die einzige Möglichkeit, den wirtschaftlichen und sozialen Problemen zu begegnen, die aufgrund der räumlichen Enge und des Bevölkerungszuwachses innerhalb der Stadttore kontinuierlich zunahmen.

«Du meinst den Hammerbrook?», fragte Hendrik, ohne dass Conrad ein Wort gesagt hatte.

«Nenne es, wie du willst: Hammerbrook, Grasbrook. Es liegt doch auf der Hand! Das ganze östliche Vorland, die brachliegenden Flächen vor den Stadttoren ... Es kann doch niemandem entgehen, dass dort Wohngebiete geplant werden.»

«Du träumst eine soziale Utopie, Conrad! Wenn man die Tore öffnet, wird die bisherige Ordnung der Stadt zusammenbrechen.» Hendrik Bischop hielt inne. Er hatte sich dabei ertappt, wie er von Ordnung sprach. Er, dem die natürlich gewachsene Stadt mit all ihren Eigenarten stets ein unantastbares Gebilde mit Raum für alle sozialen Schichten gewesen war – er sprach von Ordnung. Dabei war eine Ordnung, wie sie derzeit entstand, in dem alles Ungeordnete an den Rand oder außerhalb der Stadt gedrängt wurde, nicht im mindesten nach seinem Geschmack, denn niemand kannte die Probleme, die sich durch die Neuordnung des abgebrannten Stadtteils und das Zusammendrängen der ehemaligen Bewohner an der Peripherie ergaben, besser als er selbst. Täglich sah er sich mit dem Ausmaß des Elends konfrontiert. Die Verbrechensrate war sprunghaft in den seit jeher dicht besiedelten Gängevierteln der Stadt angestiegen. Die weitere Verdichtung der bisherigen sozialen Brennpunkte hatte das Fass zum Überlaufen gebracht. Hinzu kamen die Reste der provisorisch errichteten Baracken und Buden auf den großen Plätzen und Straßenzügen diesseits der Stadtmauern.

Conrads Äußerungen zielten darauf hin, dass von Seiten

der Stadt eine Öffnung der Stadttore und die damit verbundene Anschlussbebauung ganzer Wohnquartiere schon in Erwägung gezogen, vielleicht sogar schon beschlossene Sache war. So spekulativ Hendrik diese Theorie auch vorkam, wollte er doch versuchen, sie bei seinen weiteren Recherchen zu berücksichtigen.

«Die Sache passt trotzdem noch nicht ganz zusammen.» Conrad hielt sich das Glas Port vor die Augen und betrachtete das bräunliche Lichtspiel an den verzierten Rändern des Kristalls. «Jenisch ist kein Förderer des Ziegelbaus. Er hat sich sein neues Haus an den Bleichen im Stil der Esplanade errichten lassen. Alles in strahlendem und unschuldigem Weiß. Und nach deinen Schilderungen scheinen die Steine von Drasche ja etwas Besonderes zu sein – zu schade, um sie hinter Ornament und Tünche zu verstecken. Selbst wenn wir mal annehmen, dass irgendwo innerhalb oder außerhalb der Stadtmauern ein größeres Bauprojekt geplant ist, glaube ich kaum, dass Jenisch dafür Ziegelsteine in Erwägung ziehen würde. Er liebt den Prunk – und sei es auch nur an der Fassade.»

«Wir sollten herausfinden, welche Architekten bevorzugt mit solchen Steinen bauen.» Clara hatte eine Zeit lang geschwiegen und war ganz Zuhörerin gewesen, doch nun schien es, als fände sie erneut Gefallen an der Detektivarbeit. «Ich denke da an das Haus von Dr. Voigt, gleich hier in der Nachbarschaft. Es ist aus sehr dunklen Ziegeln gebaut. Auf der Rückseite an den Raboisen gibt es ein ähnliches Haus, auch aus diesen Steinen. Du kennst es auch, Hendrik. Jeden Morgen gehst du auf dem Weg ins Commissariat daran vorbei. Auf mich persönlich wirkt es stets düster und unheimlich. Ich glaube, das liegt an den Steinen.»

Hendrik versuchte sich zu erinnern, konnte sich das Gebäude jedoch nicht vor Augen holen. Morgen würde er darauf achten.

«Genauso düster wie Voigt selbst.» Conrad leerte sein Glas mit einem Zug und ergänzte dann: «Er hat mich schon häufig angesprochen. Er ist ein wenig aufdringlich. Letzte Woche wollte er mich mit dem Verweis auf gemeinsame Freunde sogar in sein Haus einladen. Ich habe dankend abgelehnt, du weißt ja, was ich von solchen Veranstaltungen halte. Sein Leibarzt sei Gustav Bülau, sagte er. Ich hätte zusammen mit ihm im Spital von St. Georg gearbeitet, und er hätte in den höchsten Tönen von mir berichtet. Ich kann mich jedoch nicht recht an ihn erinnern. Jedenfalls hätte Bülaus Bruder, der auch der Architekt der ‹Gesellschaft› ist, sein Haus erbaut.»

Hendrik überlegte einen kurzen Moment. Bülau! Den Namen hatte Semper erwähnt. «Ist das ein kleiner Mann mit kindlichem Gesicht?», fragte er hoffnungsvoll, obwohl ihm der Name wenig französisch vorkam. Aber vielleicht hatte sich Katharina Drasche geirrt.

«Ich selbst kenne ihn nicht, aber wenn du es für nötig hältst, kann ich dich mit ihm in Kontakt bringen. Voigt wohnt ja nur ein paar Häuser weiter in der Ferdinandstraße.»

«Wenn ihr mich begleitet», sagte Hendrik und fügte schnell hinzu: «Nicht dass ich mich auf fremdem Terrain nicht zurechtfände, aber angesichts eurer Bekanntschaft mit Voigt liegt das doch nahe, oder?» Er blickte die beiden fragend an.

Claras Gesichtsausdruck verriet ihre Begeisterung, aber sie schwieg und blickte Hendrik nur lächelnd an.

Wenn es sich weniger um einen Gesellschaftsbesuch als um Ermittlungen in einem Mordfall handelte, konnte sogar Conrad Gefallen an einem Abend im Hause Voigt finden. «Selbstverständlich werden wir mitkommen», versicherte er Hendrik, als er dessen fragenden Blick bemerkte. «Aber wenn du Bülau über die Steine und Drasche befragen wolltest, könntest du doch den offiziellen Amtsweg beschreiten und ihn direkt aufsuchen oder vorladen, oder?»

«Das könnte ich wohl», bestätigte Hendrik zögerlich, «aber eine solche Befragung ...»

«So ist es doch viel sinnvoller», unterbrach ihn Clara, die befürchtete, er könne seine Meinung über einen gemeinsamen Besuch revidieren, «und für deine Recherchen wahrscheinlich auch ergiebiger, wenn ein gesellschaftlicher Anlass den scheinbar zufälligen Rahmen für eine Kontaktaufnahme bildet.»

«Das wollte ich sagen.» Hendrik nickte, obwohl es nicht ganz der Wahrheit entsprach.

Als Clara und Conrad Roever den Commissarius in die Dunkelheit der Nacht entließen, führte ihn sein Weg wie selbstverständlich in die Ferdinandstraße. Er brauchte nicht lange zu suchen. Wie ein Rudiment der mittelalterlichen Stadt unterbrach das Haus mit den gotischen Treppengiebeln die Reihe der im Mondlicht strahlenden Bürgerhäuser. Es war ihm nie aufgefallen. Er betrachtete die im Dunkel der Nacht aufragenden Ziegelmauern, als könnten sie ihm erzählen, wonach er suchte. Ihn fröstelte. Er hatte zu viel Port getrunken. Das Mondlicht zwischen den vorüberziehenden Wolken erweckte die steinernen Gesichter von Bischof Ansgar und Karl dem Großen, deren Figuren die düstere Fassade seitlich einrahmten, zu kurzem Leben.

‹Kein Kind dieser Zeit›, dachte Hendrik und ertappte sich erneut dabei, wie er seine Meinung über den Wandel der Stadt revidierte. Er schlug den Kragen hoch und setzte den Weg nach Hause, entgegen seiner Gewohnheit, auf dem kürzesten Wege fort.

Recht und Ordnung

Als Hendrik wenige Tage später in Begleitung von Conrad und Clara Roever erneut vor dem Hause Ferdinandstraße 65 stand, wirkte dieses noch grimmiger als in jener Nacht. Auch die letzten Sonnenstrahlen, welche die dunkle Backsteinfassade beleuchteten, vermochten dem Haus nichts Einladendes zu geben. Ansgar und Karl, die steinernen Wächter zu beiden Seiten des Hauses, regten sich nicht mehr. Ihr Blick war erstarrt, als habe die nächtliche Begegnung mit dem Commissarius nie stattgefunden.

Conrad betätigte den Türklopfer. Er fiel auf eine maskengleiche Fratze, und es ertönte ein dumpfer Schlag, der die massive Eichentür wie ein Burgtor zum Schwingen brachte.

«Die Herrschaften erwarten Sie in der oberen Etage!», sagte ein steifer Bediensteter.

Nachdem sie abgelegt hatten, führte das Hausmädchen die Gäste über ein schmales Treppenhaus in den ersten Stock. Im Inneren war das Haus noch dunkler, als Hendrik erwartet hatte. Kaum ein Lichtstrahl drang durch die schmalen Fenster, die zudem mit blickdichten Vorhängen aus Brokat behängt waren. Die wenigen Kerzen und Petroleumlampen spendeten gerade ausreichend Licht, um das Muster auf den abgetönten Tapeten an den Zimmerwänden erkennen zu lassen. Der Commissarius und seine Begleiter folgten der Bediensteten über die knarrenden Stufen der Treppe, die sich unter einem schmiedeeisernen Leuchter emporwendelte.

Mit dem Eintreten in den Salon der ersten Etage verstummte das Gespräch der Anwesenden, und die Blicke richteten sich auf die Neuankömmlinge. Einen Augenblick lang herrschte Totenstille. Auch die drei verharrten überrascht. Sie hatten keine so große Gesellschaft erwartet.

«Seien Sie willkommen in meinem Haus», sagte Dr. Voigt schließlich und erhob sich aus einem tiefen Lehnstuhl. «Darf ich Ihnen meine Gäste vorstellen?»

Bei der anschließenden Begrüßungszeremonie wurden sämtliche gesellschaftlichen Rituale und Regeln penibel eingehalten. Zu jeder Person fand Dr. Voigt ein paar ehrerbietige Worte, die er mit einem Verweis auf den jeweiligen Berufsstand ergänzte, und dann betrat man auf ein Zeichen der Hausherrin hin das benachbarte Speisezimmer, in dem eine große Tafel angerichtet war.

Anwesend waren der Gastgeber, Dr. Johann Friedrich Voigt, und seine Frau Amalie, ihre Brüder, der Schiffsregistrator Hugo Hübbe mit Frau Elise und der Advokat Wilhelm Hubbe, des Weiteren der Schullehrer Dr. Karl Heinrich Schleiden und Christian Friedrich Wurm, Secretarius der «Gesellschaft» und Lehrer am Akademischen Gymnasium sowie der Medicus Dr. Gustav Bülau und sein Bruder, der Architekt Theodor Bülau, mit Frau Octavia.

Hendrik Bischop nahm den ihm zugedachten Platz neben Clara ein und beäugte die Tischnachbarn der Reihe nach. Conrad saß am anderen Ende der Tafel und hatte sich, anscheinend in Erinnerung an alte Zeiten, in ein Gespräch mit Gustav Bülau vertieft. Hendriks Aufmerksamkeit galt jedoch Theodor Bülau, der auf der anderen Seite neben Conrad saß. Bülau war alles andere als klein. Er hatte auch kein kindliches Gesicht, wie Hendrik fast enttäuscht feststellte. Dafür passte er zu diesem Haus. Seine großen Augen, die sich unter auffällig starken Brauen hervorwölbten, hatten etwas Unheimliches; sein Blick war von diabolischer Strenge. Das dunkle, gewellte Haar hatte Bülau glatt nach hinten gelegt. Sein Mund verbarg sich hinter einem akkurat gestutzten Vollbart mit gezwirbeltem Schnauzer. Die hohe Stirn war von ernsten Falten durchzogen. Hendrik schätzte Bülau auf Ende vierzig.

Seine Frau wirkte dagegen viel jünger. Ihre Erscheinung erinnerte Hendrik an die höfischen Malereien, auf denen die Königs- und Fürstenkinder stets wie kleinwüchsige Erwachsene porträtiert wurden. Die einzelnen Körperteile wollten in ihrer Gesamtproportion nicht zueinander passen, sodass sie häufig wie Puppen wirkten. Dieser Eindruck wurde bei Octavia Bülau noch von einem kreisrunden Pummelgesicht mit geröteten Bäckchen verstärkt; kleine Korkenzieherlöckchen fielen aus ihrem rosettenartig zusammengesteckten Haar. Um den Hals trug sie ein großes silbernes Kreuz.

Die Kleidung aller Anwesenden war äußerst förmlich und nahezu prunkvoll. Auch Hendrik hatte seinen Rock mit einer schwarzen Schärpe gebunden und den zwickenden Hemdkragen mit einem geknoteten Tuch aufrecht gestellt. Clara hatte ihn angestrahlt, als er sie und ihren Vater abholte. Selten nur hatte sie Gelegenheit, den Commissarius ohne Dienstuniform zu sehen. Sie selbst hatte sich herausgeputzt, als gälte es, eine Brautschau zu bestehen. Dennoch – oder gerade deswegen – hatte die ganze Gesellschaft etwas ungeheuer Steifes, Gezwungenes, ‹Inszeniertes›, wie Hendrik bei sich dachte.

Hendrik gegenüber saßen der Gastgeber und seine Gemahlin. Dr. Voigt kommentierte die häufige Abwesenheit seiner Frau mit einigen Worten über ihre exzellenten Kochkünste sowie ihre Verantwortung für die Küche. Zu den einzelnen Gängen des ausgezeichneten Mahls erhoben sich der Reihe nach die Herren Voigt, Wurm und Schleiden und lobten mit lateinischen Magnifikationen die Kochkünste der Dame des Hauses, nachdem der Gastgeber mit einem «Quousque tandem, Amalie, abutere patientia nostra?» versucht hatte, der schweigend wartenden Runde eine Note intellektueller Geselligkeit zu verleihen.

«Quid sit futurum cras, fuge quaerere», antwortete Dr. Schleiden mit Blick auf den Gastgeber, um mit dieser Anspielung gleich auf seine geistige Familienzugehörigkeit zu verweisen.

«Horaz auf Cicero?», platzte Clara zur Überraschung aller Anwesenden heraus. Sie sah Hendrik augenzwinkernd an, aber er flüsterte ihr tadelnd zu: «Quod non vetat lex, hoc vetat fieri pudor, meine liebe Clara; es ziemt sich nicht, die übrigen Vertreter deines Geschlechts so bloßzustellen.»

Aber für Diskretion war es zu spät. Clara Roever und Hendrik Bischop standen nun im Mittelpunkt des Interesses – und mit ihnen Conrad. Die drängenden Fragen von Wurm und Schleiden, den Bildungsstand seiner Tochter betreffend, versuchte er mit einigen ausweichenden Bemerkungen herunterzuspielen.

Glücklicherweise wurde gleich darauf das frische Deichlamm aufgetragen, und ein «Cibi condimentum fames!» des Gastgebers beendete diesen Teil des Gesprächs. Alle erhoben ihre Zinnbecher auf das Wohl der Köchin.

Nach stillem Genuss und nochmaligem Lob des Mahls erhob man sich, und wie verabredet bildeten die anwesenden Personen kleine Grüppchen, während man zurück in den Salon schritt. Hendrik Bischop nutzte die erstbeste Gelegenheit, um sich Bülau zu nähern. Er hatte sich vorgenommen, ein Gespräch über die Ziegel keinesfalls zu erzwingen. War es in dieser Situation nicht möglich, mit Bülau allein zu sprechen, so wollte er zumindest der Hoffnung auf ein Gespräch zu einem späteren Zeitpunkt Ausdruck verleihen.

Bülau und Wurm standen nahe dem großen Ofen, der mit farbigen Glasuren und einem bugartig abschließenden Zinnenkranz verziert war. Bis jetzt war Clara nicht von Hendriks Seite gewichen. Da sie bereits am Tisch das akademische Interesse von Wurm unfreiwillig provoziert hatte, war es ihr nun ein Leichtes, erneut seine Aufmerksamkeit zu erregen. Irritiert bemerkte Hendrik die aufgesetzte Koketterie, mit der sie ihn allein bei Bülau stehen ließ.

«Ich habe vernommen, dass Sie der Architekt dieses Hauses sind», sagte Hendrik in fragendem Tonfall.

«Sie interessieren sich für Architektur?» Bülau sah Hendrik mit unangenehm durchdringenden Blicken an.

«Das Haus scheint mir, soweit ich das beurteilen kann, etwas Besonderes zu sein», erwiderte Hendrik ausweichend.

«Es entspricht genau Ihrem Metier», sagte Bülau mit einem selbstherrlichen Kopfnicken.

«Wie habe ich das zu verstehen?»

«Nun, es ist meine Form, dem Streben nach Recht und Ordnung Ausdruck zu verleihen. Dies Anliegen entspricht doch auch Ihrem Beruf?»

Hendrik erschien es, als hätten Bülaus Augen bei dem Wort ‹Ordnung› gefunkelt. Oder hatte er sich das bloß eingebildet? Ordnung – da war sie wieder! Er fühlte sich verfolgt von diesem Begriff. Alles schien sich nur noch um

Ordnung zu drehen. Binnen weniger Wochen hatten sich Hendriks Empfindungen gegenüber diesem Begriff gewandelt. Hatte er Ordnung bislang als unverzichtbaren Bestandteil seiner eigenen Arbeit angesehen, quasi als Grundlage seiner Ermittlungen, so löste der Begriff neuerdings Unbehagen bei ihm aus.

«Das ist ein schöner Vergleich. Aber Ordnung scheint mir doch sehr vielfältig interpretierbar. Zumindest zeigt dies Haus in meinen Augen doch eine unkonventionelle Form von Ordnung. Aber wie erklärt sich in diesem Zusammenhang das Recht?»

Hendrik hatte eine wahrhaft meisterhafte Begabung darin, sprachliche Metaphern eloquenter Gesprächspartner schnell zu erkennen, aufzulösen und für das eigene Anliegen zu nutzen. Mit Conrad etwa konnte er sich nächtelang in Wortspielen unterhalten, und auch Clara, deren sprachliche Raffinesse Hendrik immer wieder verblüffte, war in dieser Hinsicht eine dankbare Gesprächspartnerin. Vielleicht war Clara ihm sogar – zumindest bei der radikalen Umsetzung wortgewaltiger Phrasen in sensible Polemik – überlegen, vor allem dann, wenn sie ihn damit zur Offenbarung von Gefühlen provozierte. Hendrik verstand diese Spiele in erster Linie als Übung für den beruflichen Einsatz, wo ihm Begabung und Routine im Umgang mit ebenso metaphorisch formulierten wie bedeutsamen Gesprächsinhalten eine unschätzbare Hilfe waren.

«Es ist das Recht», antwortete Bülau etwas zu laut, «sich einer Tradition bewusst zu sein. Sehen Sie, wir leben in einer Stadt, die sich ihrer Tradition nicht besinnen will. Hamburg ist eine deutsche Stadt. Ein Architekt, der in dieser Stadt baut, muss sich die Traditionen deutscher Baukunst vor Augen führen. Und wo bleiben die Ideale?

Sie liegen begründet im Christentum. Ohne Christentum gäbe es Deutschland nicht, weder deutsche Geschichte noch deutsche Kunst. Ihren höchsten Ausdruck findet diese Kunst in der Gotik. Genau hier liegt das Heil für die Zukunft dieser Stadt: in der Ordnung und Sitte klösterlicher Konvente! Ihre Ordnung muss auf profane Bauaufgaben übertragen werden, damit sich die geistige Ordnung auch im bürgerlichen Leben wieder findet und es weitgehend bestimmt. Kennen Sie die Fassade des Stralsunder Rathauses, oder meinetwegen auch des Lübeckers? Das ist architektonische Ordnung, der sich kein Betrachter entziehen kann. Stein für Stein eine wahrhaft meisterliche Beherrschung der Baumassen.»

«Beherrschung der Massen?», wiederholte Hendrik nachdenklich.

«Der Baumassen!», korrigierte Bülau lehrerhaft. «Der einzelnen Volumen, aus denen sich ein Bauwerk zusammensetzt. Das Emporwachsen der einzelnen Steine, die – jeder für sich betrachtet – ein Nichts sind, veranschaulicht die Zweckbestimmung des Gebäudes und liefert gleichermaßen ein Spiegelbild der Gesellschaft: In der Ordnung finden unbedeutende Einzelteile zu einem mächtigen und gewaltigen Gefüge, zu einer unerschütterlichen Gemeinschaft zusammen. Kommen Sie, ich werde Sie ein bisschen herumführen!»

Hendrik war fasziniert von der Redegewandtheit Bülaus. Er sprach, als ginge es darum, einen Abtrünnigen auf den Weg christlicher Tugend zurückzuführen. Bülau schien Übung darin zu haben, seine Ansichten über Architektur und Baukunst programmatisch vorzutragen.

Im Salon servierte das Hausmädchen einen Mokka von zimtener Süße. Dann nahm Bülau Hendrik am Arm, und mit dem Selbstverständnis der geistigen Urheberschaft führte der Architekt den Commissarius wie ein Hausherr durch die Räume und Gemächer des Hauses.

Zunächst bekam Hendrik eine Lektion in Entwurfslehre. Lehrmeisterhaft erörterte Bülau die Durchdringung der einzelnen Volumen, das Nebeneinander von Nutz- und Gesellschaftsräumen, die Anordnung bestimmter Zimmer, deren Reihenfolge sich aus dem individuellen Bedürfnis des Bauherren ergaben. Hendrik empfand die Räume als dunkel und kalt. Er erkannte aber auch, dass Bülau Dr. Voigt nichts aufgedrängt hatte. Dieser schien von ebensolcher Gesinnung wie Bülau selbst. In allen Zimmern waren Stücke nationalen Kulturgutes ausgestellt: gedrechselte Möbel aus dunklem Holz, mittelalterliche Waffen und Jagdtrophäen an den Wänden, Zinn- und Glaskelche in militärischer Ordnung auf kleinen Konsolbänken und Regalen. Die düstere Atmosphäre der Räume löste bei Hendrik Assoziationen von Rittersälen und Burgzimmern aus. Allenorts blickte er, der zuletzt eine Kirche betreten hatte, als seine Frau noch lebte, auf bildliche Darstellungen mit Motiven der Christengeschichte. In einer Nische hinter schmiedeeisernem Gitter stand eine geschnitzte Madonnenfigur, gleich davor ein Spinnrad. Kostbare Bücher waren, wie zufällig aufgeschlagen, auf kleinen Tischchen abgelegt. Hendrik versuchte, sich das Leben abseits gesellschaftlicher Ereignisse in diesem Gemäuer vorzustellen – eine triste und bedrückende Vision.

«Gefällt es Ihnen?» Bülaus Worte holten Hendrik, der vor einem altarähnlichen Baldachin stand und auf das darunter befindliche Marienbildnis starrte, zurück in die Gegenwart.

Der Rundgang endete, nachdem sie eine enge Treppe zum Dachgeschoss emporgestiegen waren. Der kleine Raum, der sich vor ihnen auftat, wurde durch die Schrägen des Daches beherrscht. Eisiger Wind pfiff durch den Dachstuhl. Bülau entzündete eine Kerze und schritt zu einem winzigen Fenster.

«Kommen Sie! Von hier hat man einen herrlichen Ausblick auf die Alster.»

Tatsächlich konnte man von hier über die Dächer der umliegenden Häuser blicken. Es bot sich ihnen ein wunderbarer Anblick, bei dem Hendrik einen kurzen Moment Freiheit einatmete. Er ließ sich nicht anmerken, wie wohltuend er das empfand.

«Soweit ich Sie verstanden habe», sagte Hendrik in die Dunkelheit, «wollen Sie eine Umkehr der Verhältnisse?» Da Bülau nicht antwortete, setzte er hinzu: «Aber dieses Haus scheint mir in Anbetracht seiner Formen nicht gerade vorteilhaft für seine Bewohner. Abgesehen von diesem Ausblick hier oben, wo ich es, nebenbei bemerkt, nicht gerade gemütlich finde, lassen die Fenster nur wenig Licht hinein.»

Bülaus Gesichtsausdruck veränderte sich. Seine Augenbrauen schienen sich fast zu berühren. Auch seine Stimme klang drohend. «Große Fenster, damit man leicht hinausfällt? Das Haus ist keine Schönfärberei – es hat Sinngestalt, durchdrungen von Arbeit, christlicher Arbeit. Zu dieser Arbeit gehört Handwerklichkeit! Das Handwerk des Bauens soll ablesbar sein. Es kann nur Stein auf Stein gebaut werden. Nirgendwo ist dies stärker erlebbar als im Backsteinbau!»

«Die Mehrheit der Bürger bevorzugt verputzte Häuser ...», warf Hendrik ein.

«Unwissende!», fiel Bülau ihm ins Wort. «Unwissende und Vaterlandsverräter – modischer Schnickschnack! Mit dem Christentum brechen heißt sein Vaterland verraten! Die zerstörte Stadt bot alle Möglichkeiten, aber dann ...»

Bülau stockte einen Augenblick und fügte dann in gemäßigtem Ton hinzu: «Das Wahre und Wirkliche verschwindet unter Tünche und Cement. Häuser werden nicht mehr von innen nach außen, sondern nur in Anbetracht ihrer Fassade entworfen. Die Häuser haben keine Giebel mehr, stellen Sie sich das vor! Lassen Sie ein Kind ein Haus malen, wie malt es das? Schon für ein Kind gehört der Giebel wie selbstverständlich zum Haus! Seit Jahrhunderten!» Bülaus fanatische Züge wichen einem Ausdruck von Traurigkeit.

Aber Hendrik konnte kein Mitleid empfinden. Er verspürte eine heimliche Lust, die nationale Gesinnung des Architekten weiter zu reizen. «Hat sich denn die Form der Architektur nicht ebenso wie die Gestalt von Bauschmuck und Ornament durch über die Jahrhunderte wechselnde Techniken und Materialien ständig verschoben?»

Bülau winkte ab. «Sie meinen, der Ursprung von architektonischer und ornamentaler Form begründet sich aus Techniken? Ha! Das ist die Sprache von Semper. Der arbeitet auch in allen Techniken. Sehen Sie sich den Sgraffitoquatsch in der Bäckerstraße an! Aber kennen Sie Sempers Rathausentwurf von 1842? Nein? Backstein, alles Backstein! Noch im selben Jahr habe ich zusammen mit Semper gegen den Engländer gewettert, seine Straßen wären zu breit und zu regelmäßig ...»

«Der Architekt, der jetzt die Nikolaikirche baut?», fragte Hendrik nach.

«Nein, Lindley, der uns das englische Hamburg beschert. Damals haben wir noch zusammen gegen die Unnatürlichkeit schnurgerader Straßen auf Lindleys Plänen gekämpft. Jetzt scheint mein Freund Semper das anders zu sehen. Und den Bau der ‹Gesellschaft› nimmt er mir persönlich übel.»

«Sie haben das Haus an der Trostbrücke gebaut?»

«Ja, es soll ein Zeichen gegen den Fortschrittsdünkel sein.»

Hendrik verstand nicht. «Die ‹Gesellschaft› steht aber doch für Fortschritt.»

Bülau wiegte bedeutsam den Kopf. «Nun, man ergänzt sich. Ebenso gibt es innerhalb der ‹Gesellschaft› restaurative Bestrebungen, die wesentliche Dinge – wie etwa die Bestandteile christlicher Kultur – als Grundverständnis der Stadt erhalten und bewahren möchten. Dazu gehört übrigens auch – zumindest bis vor kurzem – die Förderung des Backsteinbaus.»

Hendrik wurde hellhörig. «Wieso bis vor kurzem?» Er ließ Bülau keine Zeit zu antworten, sondern trat schnell an die Mauer und strich sanft über die Steine. «Kommen die Steine hier aus der Ziegelei Drasche?»

Bülau schien verdutzt über Hendriks Sachkenntnis. Oder er hatte begriffen, dass dieses Gespräch kein Zufall war.

«Sie kennen Drasche?»

«Sozusagen aus beruflichen Gründen.» Hendrik wollte testen, ob Bülau vom Tod des Ziegeleibesitzers wusste.

«Ja, das sind Steine von Drasche. Es ist das Beste, was derzeit auf dem Markt zu kriegen ist. Sie nehmen nur sehr wenig Feuchtigkeit auf. Normalerweise sind hiesige Backsteine wie Schwämme.» Die Hand des Architekten krümmte sich, als drücke er einen imaginären Schwamm. Dann fügte er hinzu: «Sie scheinen ja geradezu ein Fachmann in Architektur zu sein.»

«Eigentlich weniger, aber ich habe mich gezwungenermaßen damit zu beschäftigen. Übrigens ...» Hendrik machte eine kurze Pause und fixierte Bülau. «... Drasche wurde ermordet.»

Bülaus Überraschung konnte unmöglich vorgetäuscht sein. ‹Warum auch›, fragte sich Hendrik still, ‹sollte jemand seinen eigenen Lieferanten beseitigen?› Dennoch blieb Bülaus Name weiterhin auf einer von Hendriks Karten stehen. «Haben Sie Drasche je im Holsteinischen besucht?», fragte der Commissarius.

Seit sich Bülau darüber bewusst war, dass es sich bei dem Gespräch um so etwas wie ein inoffizielles Verhör handelte, hatte er versucht, die Sprache des Demagogen durch die eines sachlichen und neutralen Informanten zu ersetzen. Aber Hendrik merkte, dass Bülau die Sache mehr beschäftigte, als er zugeben wollte.

«Nein, der Hugenott hat mit ihm verhandelt.»

Die Puzzlesteine fügten sich schneller zusammen, als es Hendrik recht war. «Welcher Hugenott?»

«Na, Chateauneuf natürlich.» Bülau schien über irgendetwas nachzudenken, dann ergänzte er: «Entschuldigung, Alexis de Chateauneuf. Die Ziegel-Debatte war ja bereits eingeschlafen. Der Wettbewerb hatte nichts gebracht und Chateauneuf hat es dann auf eigene Faust versucht. Bei Drasche hat er einen Volltreffer gelandet. Der wollte die Steine in unvorstellbaren Größenordnungen liefern, zu Preisen, die alle Konkurrenz in den Schatten gestellt hätte. Da sehe ich einen großen Kreis von Verdächtigen auf Sie zukommen.»

«Sie meinen andere Ziegeleibesitzer, die sich um ihre Pfründe gebracht sahen?» Natürlich hatte Hendrik diese Variante bereits früher in Erwägung gezogen, nun aber verdichteten sich die Hinweise. Allerdings kamen dadurch nicht mehr allein die Ziegeleien aus dem Holsteinischen in Betracht, sondern alle, aus denen bislang größere Mengen Material nach Hamburg gelangt waren. Er musste dringend mit Voss sprechen.

«Chateauneuf hatte Drasche übrigens eingeladen, um ihn den Mitgliedern der ehemaligen Commission vorzustellen», sagte Bülau. «Soweit ich weiß, kam der Ziegeleibesitzer aber nicht.»

«Wer wusste von der Einladung?»

«Alle in der Commission. Chateauneuf hatte sein Vorhaben angekündigt.»

«Sie mögen Chateauneuf nicht, oder?»

Es war Bülau anzumerken, dass ein Gespräch über den Kollegen – oder Konkurrenten – Emotionen unschöner Art bei ihm weckte. Aber schließlich schien er sich einen Ruck zu geben, sah Hendrik an und sagte: «Ja, ich hatte Streit mit dem Hugenotten. Wir hatten einst den gleichen Weg. Aber auch er neidet mir das Haus der ‹Gesellschaft›. Es wird übrigens am 1. Dezember eingeweiht, und der Hugenott wird sicherlich anwesend sein. Wenn Sie ihn kennen lernen möchten, werde ich dafür sorgen, dass Sie eingeladen werden. So, jetzt wollen wir aber wieder nach unten gehen, man wartet sicherlich auf uns.»

Auf der Treppe kam ihnen Clara entgegen. «Also hier seid ihr. Die anderen Gäste sind schon aufgebrochen, und Ihre Frau möchte jetzt auch gehen, Herr Bülau.»

Mit freundlichen Worten verabschiedete man sich von Dr. Voigt und seiner Gemahlin und lobte nochmals das hervorragende Gastmahl. Als sich die Kutsche der Bülaus ihren Weg in die Dunkelheit gebahnt hatte, bat Conrad Hendrik noch auf einen Port mit zu sich nach Haus.

«Habe ich nicht gesagt, er ist unheimlich?», begann Clara, als sie die Bibliothek betraten.

«Ein Missionar des Gestrigen – wirklich unheimlich. Ein Fanatiker», bestätigte Hendrik.

«Und das aus deinem Mund!» Conrad war amüsiert.

«Hat er eigentlich Einfluss, Conrad?»

«Na, du hast doch gesehen, Gastgeber und Gäste bildeten fast ausschließlich die Führungsriege der ‹Gesellschaft›. Nun, sagen wir, sie stellen zumindest den konservativen Flügel.»

Hendrik wandte sich an Clara. «Du hast dich ja mächtig ins Zeug gelegt! Der Wurm wird heute sicherlich Alpträume haben.»

«Du wolltest doch sicherlich mit Bülau alleine sprechen? Was hast du herausgefunden? Kannte er Drasche?»

«Nicht nur das. Er hat sogar mit Drasches Steinen gebaut – eben das Haus von Dr. Voigt.»

Clara lächelte triumphierend.

«Und ich weiß jetzt auch», setzte Hendrik fort, «wer der Architekt war, der im Holsteinischen bei Drasche war ...»

«Nicht Bülau?» Clara rückte aufgeregt auf ihrem Stuhl herum.

«Mach es nicht so spannend!», sagte Conrad ungeduldig, als Hendrik nicht sofort antwortete.

«Bülau hat mir erzählt, Alexis de Chateauneuf war Drasches Kontaktmann. Angeblich hat es einen Wettbewerb gegeben, der über die ‹Gesellschaft› ausgelobt wurde. Chateauneuf wollte Drasche irgendwelchen Commissionsmitgliedern vorstellen. Der kam dann aber nicht ...»

«Weil er schon tot war!», kombinierte Clara schnell.

«Wahrscheinlich.» Hendrik nickte. «Bülau war zutiefst überrascht und bekümmert, als ich ihm vom Tod Drasches berichtete. Irgendwie schien er aber auch berunruhigt zu sein.»

«Chateauneuf ist einer der angesehensten Baumeister von Hamburg», erklärte Conrad. «Soweit ich weiß, leitete er die Technische Commission für den Wiederaufbau der

Stadt. Jetzt ist er für den Wiederaufbau von St. Petri verantwortlich.»

«Hat Bülau erzählt, ob Drasche einen Vertrag mit der Stadt hatte?», fragte Clara und fügte dann noch hinzu: «Über den Wettbewerb habe ich damals gelesen. Es hat eine tagelange Debatte im *Anzeiger* und im *Correspondenten* gegeben …»

«Ja, ich erinnere mich.» Conrad sah sich um. «Vielleicht liegen einige der Zeitungen hier sogar noch herum.» Er wollte sich gerade erheben, um danach zu suchen, als Hendrik jäh ausrief: «Moment mal!» Einige Sekunden lang herrschte Totenstille. Conrad ließ sich wieder in den Sessel fallen, und auch Clara hatte ihren Redefluss abrupt unterbrochen. Nun zog sie beide Beine an den Körper, umfasste sie mit den Armen und stützte ihr Kinn auf die Knie.

Als sich Hendrik aller Blicke und Aufmerksamkeit bewusst war, setzte er mit gemäßigter Stimme fort: «Immer der Reihe nach. Ich danke euch ja für euer Interesse und für euer Engagement in dieser Sache, aber es sollten erst einmal alle Fakten ausgebreitet werden.» Er merkte, dass er das Wort ‹Ordnung› ganz bewusst umgangen hatte.

Conrad griff wortlos zu den Gläsern auf der kleinen Anrichte, stellte zwei davon auf den Tisch und füllte sie aus einer großen Karaffe mit Portwein. Claras auffordernde Handbewegung beachtete er nicht. Also erhob sie sich, griff nach einem weiteren Glas und füllte es ebenfalls randvoll. Danach schob sie ihren Stuhl beiseite, rückte einen bequemeren Sessel an dessen Stelle und ließ sich darin nieder, nachdem sie mit einer ebenso beiläufigen wie raschen Handbewegung die seitliche Schnürung ihres Kleides gelockert hatte. Des anscheinend teilnahmslosen Blickes von Hendrik bewusst, streifte sie wie selbstverständlich ihre Strümpfe ab und verschränkte ihre Beine zu einer Art Schneidersitz, wobei sich ihr Oberkörper soweit nach vorne beugte, bis sie mit ausgestrecktem Arm das Glas auf dem Tisch erreichen konnte. Anschließend fand ihr Blick zurück zu Hendrik, der sich alle erdenkliche Mühe gab, sich nicht anmerken zu lassen, dass er eben gerade das erste Mal wahrgenommen hatte, dass sich Clara in den letzten Jahren – für Hendrik waren es Minuten – vom jungen Mädchen zu einer attraktiven Frau entwickelt hatte.

«Also gut.» Etwas verlegen erhob er die Stimme und räusperte sich, weil er noch darüber nachdachte, ob der Blick, mit dem er Clara gerade beobachtet hatte, etwa indiskret gewesen war. Dabei tat er es Clara in puncto Bequemlichkeit zumindest darin gleich, dass er Schärpe und Halstuch ablegte und den obersten Knopf seines Hemdes öffnete. «Lasst mich zusammenfassen: Wir haben also bislang zwei Architekten, die Kontakt zu Drasche hatten. Der eine, nämlich Bülau, ein reaktionärer Baumeister mit wahrhaft fraglicher Gesinnung, hat Baumaterial von ihm bezogen. In welchem Umfang, das muss noch herausgefunden werden. Jedenfalls hat er auf den ersten Blick kein Motiv, seinen Lieferanten zu beseitigen. Über den anderen, nämlich Baumeister Chateauneuf, wissen wir nur soviel, dass er Drasche einigen Commissionsmitgliedern vorstellen wollte. Ob damit die ehemalige Technische Commission für den Wiederaufbau der Stadt gemeint ist, scheint fraglich, denn soweit ich weiß, wurde sie aufgelöst.» Hendrik machte eine kurze Pause. Dann setzte er fort: «Andererseits erscheint es zumindest deswegen nahe liegend, weil er selbst, das heißt Chateauneuf, den Vorsitz dieser Commission innehatte. Wir haben aber bereits neulich darüber gesprochen und waren uns einig, dass Backsteine beim Wiederaufbau der Stadt nur eine untergeordnete Rolle gespielt haben. Wann war dieser Wettbewerb?» Hendriks Blick schweifte zu Conrad.

«Etwa ein Jahr nach dem Brand, soweit ich mich erinnere», antwortete der Medicus.

«Da stand der Aufbauplan aber bereits fest», entgegnete Hendrik. «Nun wäre es interessant zu erfahren, ob auch das Baumaterial darin vorgeschrieben wurde. Aber das lässt sich sicher noch in Erfahrung bringen. Zumindest die Teilnehmer dieses Wettbewerbs werde ich näher ins Auge fassen müssen.»

«Du hast doch neulich in Erwägung gezogen, dass Drasche vielleicht Opfer eines Konkurrenzkampfes unter Ziegelherstellern geworden ist», meldete sich Clara zu Wort.

«Voss hat mit seinen Recherchen gerade erst begonnen», entgegnete Hendrik.

«Aber wie es aussieht, hätten doch auch Cement- und Putzhersteller ein Motiv», meinte Clara.

«Oder Bauunternehmer», ergänzte Conrad. «Das Entscheidende ist doch, ob Drasche wirklich einen Vertrag mit der Stadt hatte. Das solltest du zuerst herausfinden. Hast du Senator Jenisch schon aufgesucht?»

«Zuerst werde ich mit Chateauneuf sprechen», erwiderte Hendrik. «Ich werde nicht abwarten, bis Bülau mich ihm vorstellt.»

Bald darauf verabschiedete sich der Commissarius von Clara und Conrad, denn es war spät geworden. Er machte einen nächtlichen Abstecher über die Trostbrücke. Das Haus der «Gesellschaft» erschien ihm heute ebenso düster wie sein Architekt.

Hausbesuche

Für die nächsten Tage hatte sich Hendrik vorgenommen, alle Informationen über den besagten Ziegel-Wettbewerb der «Gesellschaft» zusammenzutragen, denn er wollte nicht unvorbereitet bei Chateauneuf auftauchen. Aber es erwies sich als überflüssig, für seine Nachforschungen den behördlichen Apparat seiner Dienststelle mit gewohnter Routine in Gang zu setzen. Bereits am nächsten Nachmittag suchte ihn Clara im Polizei-Commissariat auf, eine große Tasche mit sich führend, deren Inhalt, drei prall gefüllte Aktenordner, sie stolz vor Hendrik ausbreitete. Natürlich war Commissarius Bischop überrascht. Clara hatte ihn schließlich noch nie im Commissariat aufgesucht. Sogleich beorderte er Inspektor Voss, mit dem er sich die Diensträume teilte, unter dem Vorwand einer Zeugenbefragung in die große Amtsstube.

«Was ist das, und wo hast du das her?», fragte Hendrik, nachdem er Clara begrüßt und ihr den Stuhl von Voss angeboten hatte.

«Ich habe gleich heute früh Apotheker Semper nach dem Ziegel-Wettbewerb gefragt. Schließlich ist er Mitglied der ‹Gesellschaft›. Und wie der Zufall so spielt, war Semper mit der Begutachtung des Commissionsberichtes betraut und hat alle Vorgänge als Abschriften in diesen Ordnern gesammelt.»

«Und damit willst du dich jetzt für den Polizeidienst bewerben?», fragte Hendrik und machte ein besorgtes Gesicht.

Clara fand Hendriks Äußerung empörend, schließlich

hatte sie ihm mehrere Tage Arbeit abgenommen. Bevor sie ihrem Unmut Luft machen konnte, merkte sie aber, dass Hendrik einen Scherz gemacht hatte und dass zur Abwechslung einmal sie fast auf eine Provokation hereingefallen wäre, während es sonst für gewöhnlich Hendrik war, der auf ihre Provokationen hereinfiel. Also beschloss sie, seine Bemerkung mit Nichtbeachtung zu strafen.

«Du brauchst dir nicht die Mühe zu machen, alles durchzulesen. Ich habe es bereits überflogen», sagte sie betont sachlich.

«So, so», antwortete Hendrik, ganz in der Manier von Voss. Länger konnte er seine Neugier aber nicht verbergen. Er lehnte sich erwartungsvoll zurück und hörte Clara aufmerksam zu.

«Das Interessanteste ist», begann sie, «dass Alexis de Chateauneuf bereits 1836, also sechs Jahre vor dem Brand, der ‹Gesellschaft› die Ausschreibung des Wettbewerbs empfohlen hat. Angeblich, weil es immer schwieriger geworden war, Backsteinmaterial zu beschaffen, welches den Ansprüchen für die Verwendung am Außenbau gerecht wurde. Aber erst 1843, im Jahre nach dem großen Brand, ist von der ‹Gesellschaft› der *Wettbewerb zur Fabrizierung und Lieferung von Ziegelsteinen vorzüglicher Güte und Schönheit* ausgeschrieben worden. Die wichtigsten Kriterien dieser Ausschreibung waren die Farbigkeit, die Gleichmäßigkeit der Farbe und die Witterungsbeständigkeit der Steine.» Clara erwartete, dass Hendrik sie mit Fragen überschütten würde, aber zu ihrem Erstaunen schwieg er.

«Im Preisgericht», setzte sie ihre Ausführungen fort, «saßen, neben Chateauneuf selbst, die Architekten Fersenfeld und von der Heyde sowie Bülau und, als Proponent der ‹Gesellschaft›, Dr. Voigt.» Spätestens jetzt, so hatte sich Clara vorgestellt, hätte Hendrik eine Reaktion zeigen müssen, aber er saß nach wie vor nur still da und blickte Clara konzentriert an.

«Willst du dir keine Notizen machen?», fragte sie erstaunt.

Hendrik schob langsam die Unterlippe vor, ein Zeichen äußerster Konzentration, wie Clara wusste, und machte schließlich eine verneinende Kopfbewegung. Dann forderte er sie mit Handzeichen auf fortzufahren.

«Sechzehn Hersteller haben am Wettbewerb teilgenommen und mehr als zwanzig unterschiedliche Fabrikate eingereicht. Drasche war nicht unter ihnen. Obwohl der Kommissionsbericht den Siegern große Anerkennung ausspricht, wurde der Wettbewerb ohne größere Auftragsvergabe beendet. Es hat über die Preisvergabe und die besten Ziegel jedoch einen öffentlichen Disput gegeben, an dem sich auch Theodor Bülau mit mehreren Artikeln im *Wandsbecker Intelligenz-Blatt* beteiligt hat.» Clara blickte auf und gab Hendrik mit einer Schulterbewegung zu verstehen, dass das alles war.

Hendrik stützte seinen linken Ellenbogen auf den Schreibtisch, legte das Kinn auf den ausgestreckten Daumen und strich sich mit Zeige- und Mittelfinger langsam über die Lippen. «Warum hat es fünf Jahre gedauert, bis der Wettbewerb ausgeschrieben wurde?», sagte er leise, wobei er die Frage mehr an sich selbst als an Clara richtete. «Warum hat es keinen Auftrag gegeben? Warum war Drasche nicht dabei?»

Clara machte eine ungeduldige Handbewegung. Sie hasste Fragen, deren Antwort sie nicht kannte. «Was hast du inzwischen über Chateauneuf herausgefunden?»

Der Commissarius hing noch kurz seinen Gedanken nach, dann setzte er sich ruckartig auf.

«Über Chateauneuf?», wiederholte er und seine hellgrauen Augen leuchteten wieder wach. «Bis jetzt bin ich bei meinen Recherchen zu Chateauneuf überraschend häufig auf Bülaus Namen gestoßen. Die beiden haben an allen größeren Wettbewerben der letzten Jahre teilgenommen.» Hendrik machte eine kurze Pause und musterte Clara mit einem durchdringenden Blick, der eigentlich nichts mit seinen Ausführungen zu tun hatte. Dann fügte er noch hinzu: «Als Konkurrenten. Nicht nur für den Neubau der ‹Gesellschaft›, sondern bereits 1837 für den Neubau der Hamburger Börse, dem einzigen größeren Gebäude, welches die Brandnacht von 1842 nahezu unbeschadet überstanden hat.»

«Was hast du jetzt vor?» Claras Frage hatte eigentlich zum Ziel, Hendrik einen gemeinsamen Nachmittag abzuringen, doch der Commissarius bezog ihre Worte auf sein weiteres Vorgehen im Fall Drasche.

«Chateauneuf aufsuchen!», war seine knappe Antwort.

Clara schob die Ordner zusammen und machte Anstalten aufzubrechen.

«Kannst du die Abschriften für ein paar Tage hier lassen?», fragte Hendrik.

«Natürlich. Semper braucht sie sicher nicht mehr. Es war wohl eher Zufall, dass er die Sachen überhaupt aufbewahrt hat.»

«Warum», fragte Hendrik, obwohl er genau wusste, dass Clara ihm darauf keine Antwort geben konnte, «hat Semper uns gegenüber den Ziegelwettbewerb nicht erwähnt, als du ihm neulich die Steine zur Untersuchung gegeben hast?»

«Ich weiß es nicht. Eigentlich kann ich mir nicht vorstellen, dass er die Sache vergessen hat.»

«Genau.» Hendrik nickte und Clara bemerkte, dass

sich seine Unterlippe wieder vorschob. Hegte er etwa einen Verdacht gegen den Apotheker?

«Kommst du heute Abend noch bei uns vorbei und erzählst von deinem Treffen mit Chateauneuf?», fragte Clara.

«Nein», lautete Hendriks geistesabwesende Antwort. Sein Blick ruhte auf den Ordnern.

Ein wenig enttäuscht griff Clara zu ihrem Umhang und wandte sich der Tür zu. Sie hatte für ihre Nachforschungen wenigstens ein paar lobende Worte erwartet. Aber im Moment schien es so, als weilte Hendrik in Gedanken schon bei Chateauneuf.

«Aber vielleicht sollten wir Sonntag ins Tivoli gehen, bevor sich der Herbst ganz verabschiedet», murmelte Hendrik, den Blick noch immer auf die Ordner gerichtet.

Es klang nebensächlich, aber es war das erste Mal, dass Hendrik Clara einen solchen Vorschlag unterbreitete. Clara wäre ein Ausflug in die Natur zwar lieber gewesen, zumal sie ihre Kleidung entsprechend ungezwungener hätte wählen können; außerdem liebte sie es, am oberen Alsterlauf entlangzustreifen und die Maler und Künstler zu beobachten, die dort mit ihren Modellen und Musen bisweilen sogar wilde Picknicks veranstalteten, wie es in diesen Kreisen momentan in Mode war. Aber für einen solchen Ausflug war es bereits zu kalt, und außerdem hätte sich Conrad ihnen angeschlossen, was bei einem Besuch im Tivoli ausgeschlossen war, denn er hasste den gesellschaftlichen Rummel. Zudem bot das Tivoli in der Vorstadt St. Georg im Gegensatz zu den anrüchigen Vergnügungsvierteln auf dem Hamburger Berg nur sittsames Amüsement. Conrad schätzte diese Art von Belustigung nicht. Je langer Clara über Hendriks Vorschlag nachdachte, desto besser gefiel er ihr. Was ihr aber am besten gefiel, war die Tatsache, dass er sie überhaupt eingeladen hatte.

«Ja ... gerne ... abgemacht», stammelte sie verlegen und hoffte, dass Hendrik nicht den inneren Tumult bemerkte, der sie ergriffen hatte.

Ein flüchtiger Blick auf Clara offenbarte jedoch, wie sich ihre Wangen, die sonst höchstens von ein paar Sommersprossen getönt waren, schnell mit Farbe füllten. Außerdem merkte Hendrik ihr die Verlegenheit deutlich an.

«Sonntag, nach der Kirche!», sagte er fast barsch.

«Nach der Kirche?» Clara stutzte. Hendrik war kein Kirchgänger, das wusste sie, und Hendrik musste wissen, dass auch Conrad und sie der Kirche sonntags wie wochentags fernblieben. Dann fiel ihr ein, was Hendrik meinte: Wahrscheinlich füllte sich das Tivoli im Gegensatz zu den frivolen Stätten auf St. Pauli erst nach der Kirchenzeit.

«Nach der Kirche!», bestätigte Clara.

«Conrad wird wohl nicht mitkommen wollen?», bemerkte Hendrik noch, als Clara bereits die Hand am Türgriff hatte. Aber es hörte sich weniger wie eine Frage an, sondern mehr wie eine Feststellung.

«Bestimmt nicht», antwortete sie, und es klang fast so, als sei sie fest entschlossen, das zu verhindern, falls Conrad es doch vorhaben sollte.

«Grüß ihn jedenfalls von mir», sagte Hendrik. «Und wenn du gleich Inspektor Voss begegnest», rief er Clara noch nach, «dann sag ihm doch bitte, ich hätte noch einiges mit ihm zu ...»

Aber Clara hatte die Tür bereits hinter sich geschlossen und Hendrik sprach nicht weiter. ‹Wie leicht sie doch aus dem Konzept zu bringen ist›, dachte er und machte sich daran, einige Namen aus den Unterlagen, die Clara ihm gebracht hatte, zu notieren. «Erstaunlich», murmelte er und wusste selber nicht genau, ob er damit die Akten als solche oder die Veränderung seines Verhältnisses zu Clara meinte. Dann streifte er sich seinen Mantel über und machte sich auf den Weg zu Baumeister Chateauneuf. Für Voss hinterließ er eine knappe Notiz.

In der Technischen Commission, die 1842 nach dem großen Brand für den Wiederaufbau der Stadt eingerichtet worden war, hatte Alexis de Chateauneuf eine Führungsposition innegehabt. Im Grunde, so hatte Hendrik aus den Akten und Plänen gefolgert, war es sogar Chateauneufs Plan, nach dem der Wiederaufbau ausgerichtet wurde, und nicht der von Lindley, wie Bülau behauptet hatte. Jetzt leitete Chateauneuf den Wiederaufbau von St. Petri sowie den Bau des Berliner Bahnhofs. Auch das große Postgebäude, am dem Henrik vorbeiging, als er in die Bleichen einbog, hatte Chateauneuf entworfen.

‹Alles Backstein›, dachte Hendrik bei sich, als sei ihm das bislang nicht aufgefallen. Bevor er die Post hinter sich ließ, blieb er stehen und betrachtete den mächtigen Bau eine Zeit lang. Die kubischen Formen des Backsteinbaus wurden durch einzelne Elemente aus Werkstein gegliedert. Er schritt die Fassade ab, warf einen Blick auf das Stadtpalais von Senator Jenisch, kreuzte den Heuberg und setzte seinen Weg hinauf zu den Hohen Bleichen fort. Der Wind wehte ihm entgegen. Hendrik schlug den Kragen seines Mantels hoch und versuchte, sein Gesicht vor den Vorboten des nahenden Winters zu schützen. Überall stiegen Rauchfahnen aus den Schornsteinen der Häuser empor und kräuselten sich in den klaren Himmel.

Alexis de Chateauneuf wohnte und arbeitete in der ABC-Straße. Hier hatte er bereits 1826 ein Wohnhaus für

Senator Martin Hieronymus Hudtwalcker erbaut. Sein eigenes Haus stand auf einem benachbarten Grundstück. «Alles Backstein», murmelte Hendrik erneut vor sich hin. ‹Aber doch ganz anders als die Sachen von Bülau›, dachte er. Die gemauerten Rundbogenfenster in den oberen Etagen erinnerten ihn, obwohl mit einfachsten Mitteln gestaltet, an toskanische Paläste und Rathäuser der Renaissance. Im Erdgeschoss waren Läden untergebracht. Um zu den Wohnungen in den oberen Etagen zu gelangen, musste Hendrik einen schmalen Torweg durchschreiten. Die Tür des Treppenhauses war versperrt. Der Commissarius zog an einer langen Kette. Der Klang der Glocke ließ mehrere Tauben im Hof aufflattern.

Chateauneuf trug einen grauen Kittel. Er war klein und hatte tatsächlich das Gesicht eines Jugendlichen. Überrascht schien er nicht zu sein, als er die Tür öffnete, obwohl Hendrik seine Uniform trug.

«Sie kommen wegen Drasche, nicht wahr? Es ist furchtbar. Ich habe Ihren Besuch erwartet. Kommen Sie doch bitte nach oben!»

Der Baumeister begleitete den Commissarius in einen großen Raum, der mit Tischen, Staffeleien und Bänken voll gestellt war. Überall hingen Karten und lagen Pläne. Das Zimmer war in zwei Bereiche aufgeteilt. Auf der linken Seite schien der Architekt mit dem Aufbau von St. Petri beschäftigt; dort gruppierte sich alles um ein hölzernes Modell der Kirche. Der rechte Teil des Zimmers diente dem Bahnhofsprojekt. Zwei junge Männer standen über ein großes Pult gebeugt. Sie blickten kurz auf, als der Meister mit seinem Gast hereintrat, vertieften sich aber sofort wieder in ihre Arbeit.

«Lassen Sie uns durchgehen, dort sind wir ungestört. Oder haben Sie auch Fragen an meine Angestellten?»

«Vorerst nicht.»

Sie betraten eine kleine Kammer, die wie ein Besprechungszimmer eingerichtet war. Der Architekt schenkte beiden einen Becher Tee ein. Dann setzten sie sich.

«Ich habe sein Bild vorgestern im *Correspondenten* erkannt.»

Hendrik hatte noch keine Frage gestellt.

«Ich hätte mich eigentlich selbst bei Ihnen melden müssen. Schließlich war ich dieser Tage mit Drasche verabredet. Aber wer denkt gleich an ein solches Unglück? Außerdem bin ich erst gestern aus Bergedorf zurückgekehrt. Ist er tatsächlich umgebracht worden?»

«Er weist zumindest die für ein Gewaltverbrechen typischen Verletzungen auf. Aber wir können auch einen Unfall nicht ausschließen.»

«Furchtbar. Wie kann ich Ihnen helfen?»

«In welchen Verhandlungen standen Sie mit Drasche?»

Chateauneuf stand auf, legte seinen Kittel ab und ging zu einem großen Kontorschrank hinüber. Er zog ein Buch hervor, legte es auf den Tisch und schlug es vor dem Commissarius auf.

«Hier sehen Sie sein Angebot. Drasche war der Einzige, der zu akzeptablen Preisen hätte liefern können. Waren Sie im Holsteinischen? Dann haben Sie gesehen, was er dort aufgebaut hat. Es ist unglaublich! Drasches Ziegel sind besser als alles andere, was zu kriegen ist. Wir sehen das am Bau von St. Petri. Bisher habe ich die Steine aus Rathenow bezogen.»

Chateauneuf ging zurück in sein Atelier und kam mit einer Ansichtsskizze zurück.

«Hier, so stellen wir uns die Ausführung des Turmes vor. Auch die Spitze soll in Backstein fortgesetzt werden. Dafür brauchen wir aber besondere Steine. Für die großen

Flächen haben wir bereits glasierte Bindersteine in regelmäßigem Verbund verwendet. Für die Spitze reicht das aber nicht. Durch die schräge Vermauerung bieten die Steine eine größere Angriffsfläche und müssen gegen Feuchtigkeit resistent sein. Drasches Ziegel nehmen so gut wie überhaupt keine Feuchtigkeit mehr auf.»

Hendrik blickte auf das Blatt. «Sie bauen ausschließlich mit Backstein?»

«Der Backsteinrohbau bietet die größte formale Freiheit für den Architekten.»

«Sie meinen damit den unverputzten Backsteinbau?», fragte Hendrik nach.

«Genau!», bestätigte Chateauneuf. «Außerdem hat die kleinzellige Struktur der Oberfläche gegenüber dem Putzbau mit seiner glatten Haut den Vorteil, dass Schmutz und Ablagerungen nicht so schnell sichtbar werden und somit keine ständigen Renovierungs- oder Reinigungsarbeiten erforderlich sind.»

Der Baumeister sah Hendrik fragend an. Er wusste nicht, wie sachkundig der Commissarius war, aber Hendriks konzentrierter und ruhiger Blick gab ihm die Gewissheit, dass er es mit einem an der Materie interessierten und verständigen Zuhörer zu tun hatte. Chateauneuf fuhr fort: «Der materialsichtige Rohbau, wie wir den Backsteinbau auch nennen, muss nicht durch überreichlichen Zierrat, etwa Bauschmuck im Sinne vergangener Zeiten, oder durch tapetengleiches Ornament künstlich belebt werden. Die Mauerfläche an sich lebt. Und auch die weit verbreitete Annahme, dass der Ziegelrohbau teurer als der Putzbau sei, lässt sich nur halten, wenn man die Folgekosten nicht berücksichtigt. Wir hatten deswegen bereits über die ‹Gesellschaft› einen Wettbewerb initiiert.»

Der Commissarius gab mit einem leichten Nicken zu verstehen, dass er auch darüber Bescheid wusste.

«Wie stehen Sie zu Theodor Bülau?», fragte er plötzlich.

Der Baumeister zögerte einen Augenblick und schüttelte den Kopf. «Mit der Entscheidung für Bülaus Entwurf sollte eigentlich …»

«Sie meinen den Bau der ‹Gesellschaft›?», warf Hendrik ein.

«Ja, ja. Es sollten die Wahrheit des Materials, Konstruktionswahrheit sowie rationale und praktische Zweckmäßigkeit demonstriert werden.»

«Das verstehe ich nicht», entgegnete Hendrik und versuchte, Chateauneufs Worte mit den Äußerungen Sempers in Einklang zu bringen.

«Das ist auch nicht ganz einfach. Sehen Sie, die Bauaufgabe verlangt nach einer Darstellung ihrer eigenen Beschaffenheit. Bei einem Wehrbau und bei einer Mühle reichen wenige Worte, um den Sinn der Bauaufgabe zu formulieren. Dementsprechend gibt es nur wenige Formen, die den Zweck der Bauaufgabe erfüllen. Und das Material wiederum wird ebenfalls durch Zweck und Form bestimmt. Holz etwa macht bei einem Wehrbau keinen Sinn, bei einer Mühle hingegen ist es Voraussetzung für deren Beweglichkeit. Anders sieht es aber bei Bauaufgaben aus, deren Material nicht zweckhaft festgelegt ist. Da folgt die stilistische Form nicht unbedingt dem Material, sondern es eröffnet sich ein fast unendlicher Spielraum.» Der Baumeister unterbrach seine Ausführungen kurz, um sich erneut zu vergewissern, ob der Commissarius seinen Worten folgte.

Dann hob er erneut an und machte eine Handbewegung, mit der er die Gewichtigkeit der nun folgenden

Worte unterstreichen wollte: «Nun geht es auf einmal um den Gehalt der äußeren Erscheinung. Die Gestalt soll Programm sein, Programm für die Inhalte – für Inhalte und Absichten des Bauherren. Und genau an diesem Punkt gehen die Meinungen eben auseinander. Nirgendwo wird das deutlicher als beim Bau der ‹Gesellschaft›, wo es ja nicht einen einzelnen Bauherren gab. Die Ausführung als Backsteinbau war Bedingung – man versprach sich dadurch ein Zeichen für die Handwerklichkeit des Bauens als Gewerbe. Aber warum, frage ich Sie, muss die Ausführung als Backsteinrohbau einer bestimmten Bauform folgen? Warum wehrhafte Zinnen? Warum Fenster, deren Größe an Schießscharten von Burgen erinnern? Von diesem Bau sollte eigentlich ein Reformimpuls ausgehen. Aber sehen Sie sich an, was dabei herausgekommen ist – ein reaktionäres Monument für eine mittelalterliche Stadt!» Der kleine Mann bebte vor Empörung.

Hendrik nickte unfreiwillig. «Und wie kam Bülau an Steine von Drasche?»

Der Architekt schien überrascht. «Nein, nein, das Haus der ‹Gesellschaft› wurde, soweit ich weiß, nicht mit Drasches Ziegeln errichtet. Aber an der Ferdinandstraße hat Bülau Ziegel von Drasche verarbeitet. Ich selbst hatte von Drasche für den Bau eines großen Gebäudekomplexes für die Familie Schemmann an der Neuen Burg Steine geordert. Der Besitzer wollte dann aber nur seinen Speicher als Backsteinrohbau errichtet haben. Da ich zur gleichen Zeit an der Ferdinandstraße ein Wohnhaus für die Familie Kuhnhardt baute, habe ich Bülau die Steine angeboten, der ja direkt nebenan für Voigt und Hübbe gebaut hat.»

Hendrik schloss die Augen und versuchte, sich die Ferdinandstraße vor Augen zu führen. «Dort haben Sie aber keinen Backsteinbau errichtet!»

«Nein ... wie sagt man doch? Der Kunde ist König.»

Hendrik nickte erneut, und nach einem Augenblick des Schweigens fragte er: «Wozu hatten Sie sich eigentlich mit Drasche verabredet?»

«Ich wollte noch einmal einen Anlauf wagen. Die Mitglieder der Commission und die Vertreter der Baudeputation sollten mit dem Angebot von Drasche konfrontiert werden. Er hatte ja am Wettbewerb nicht teilgenommen.»

«Wieso eigentlich nicht? Wenn Sie zu der Zeit schon Steine bei ihm gekauft hatten ...»

«Seine Steine waren zwar von einer außerordentlichen Qualität, aber damals konnte Drasche noch nicht zu konkurrenzfähigen Preisen liefern. Er sprach immer von einem neuen Ofen und einer automatischen Formpresse, welche den Produktionsablauf außerordentlich beschleunigt hätten. Mitte des Jahres gab er dann zu verstehen, seine erweiterte Anlage sei betriebsbereit. Ich fuhr hin. Er war aber zur gleichen Zeit nach Hamburg gekommen, um sich nach weiteren Interessenten umzuhören. Als ich zurückkehrte, war er schon wieder abgereist. Also schickte ich ihm ein Angebot. Durch die Modernisierung seiner Ziegelei hätte Drasche seine Steine ab sofort zu Preisen liefern können, die weit unter dem gelegen hätten, was für einen vergleichbaren Putzbau an Materialkosten angefallen wäre.»

«Er wollte die Ziegelei noch weiter ausbauen. Hat er denn noch weitere Interessenten gefunden?»

«Das weiß ich nicht. Aber er führte Verhandlungen über einen großen Flächenzukauf. Es wäre die Voraussetzung für eine Massenlieferung gewesen, aber seine Tochter berichtete mir, in letzter Zeit habe er Schwierigkeiten mit dem Grundeigentümer gehabt. Der wollte auf einmal den Preis für das Land drastisch erhöhen.»

Hendrik erinnerte sich an Katharina Drasche, die ihm so stark vorgekommen war. Ob sie dazu in der Lage sein würde, die Geschäfte des Vaters fortzuführen? Dann fragte er sich, ob es einen Zusammenhang zwischen Drasches Tod und dem Ausbau der Ziegelei gab und wem die benachbarten Ländereien gehörten.

«Wenn Jenisch auch nicht gerade ein Freund des Backsteinrohbaus ist», fuhr Chateauneuf fort, «hätte ihn allein seine Position als Präses der Baudeputation dazu verpflichtet, sich mit Drasches Angebot auseinander zu setzen. Bis jetzt vertritt Senator Jenisch den Standpunkt, es gebe gegenüber dem Putzbau keine konkurrenzfähigen Materialien. Er hält es für eine Illusion, dass der Backstein den hiesigen Naturgewalten trotzen kann. ‹Den Stein müssten Sie mir erst zeigen›, hat er einmal zu mir gesagt. In Wirklichkeit glaube ich aber, dass es sich bei Jenisch eher um eine Geschmacksfrage handelt. Er sieht sich der Tradition von Baudirektor Wimmel verpflichtet. Nach dessen Tod wurde alles mit Blick auf Esplanade und Neuen Jungfernstieg gebaut.»

«Alles verputzte Häuser», konstatierte Hendrik.

«Genau. Wohl geordnet und einheitlich. Die städtischen Baubeamten folgen diesen Vorgaben noch immer. Wissen Sie, es ist vor allem deswegen so tragisch, weil ich, bevor ich nach Paris an die Akademie ging, zuvor als Schüler von Wimmel unterrichtet wurde.»

Plötzlich wurde Chateauneuf ganz blass. «Sie entschuldigen mich!» Damit stürzte er hinaus und erbrach sich im Flur über einem steinernen Waschbecken. Die beiden jungen Zeichner waren sogleich auf den Korridor geeilt, als wüssten sie im Voraus, was geschehen würde. Als der Baumeister kurze Zeit später zurückkehrte, tupfte er sich die Stirn mit einem nassen Tuch.

«Sie müssen entschuldigen, das Ganze setzt mir doch sehr zu. Meine Frau sagt, ich sei überarbeitet. Aber … wo waren wir stehen geblieben?»

«Sie wiesen gerade darauf hin, dass die Baubeamten der Stadt vorrangig nach den Gestaltungswünschen des verstorbenen Baudirektors Wimmel planen. Aber Sie haben doch beispielsweise den Neubau für die Post auch in Backstein errichtet?»

«Sie müssen sich das so vorstellen: Es wird derzeit zwischen Zweckbauten und Repräsentationsbauten unterschieden. Dementsprechend entstehen die städtischen Wohnbauten aus repräsentativen Gründen in verputzter Gestalt. Das habe ich beim Bau für ein Wohnhaus an der Neuen Burg am eigenen Leibe erlebt. Es ist zum Verzweifeln, denn eigentlich ist es ein Kreislauf, der unterbrochen werden könnte. Einerseits fehlt es den Bauherren an Mut, ihre Wohnhäuser gegenüber den Nachbarhäusern in abweichender Form zu errichten, andererseits sehen sie natürlich die Häuser, die Bülau baut, und dann verstehe ich schon, dass man dem Backsteinbau skeptisch gegenübersteht.»

«Sie meinen, es gibt nur zu wenig akzeptable Vorbilder?»

«Ja. Wer will schon in einem düsteren Gemäuer leben? Denn genauso stellen sich die wenigen Backsteinbauten doch bislang dar! Dabei bietet der Backstein genug Möglichkeiten, die Bauaufgabe sowohl zweckmäßig als auch elegant zu erfüllen. Vor allem aber bietet der Backsteinrohbau die offene Darlegung der Konstruktion. Nur so, das ist seit der Antike bekannt, lässt sich eine neue Komposition, ein neuer, ein zeitgemäßer Baustil schaffen. Aber heute schiebt man dieser Erkenntnis einen Riegel vor.»

«Man unterscheidet die Bauaufgaben nach ihrer Wertigkeit und ordnet ihnen einen bestimmten historischen Stil zu», ergänzte Hendrik Chateauneufs Ausführungen.

Der Baumeister nickte bestätigend, und sein Körper sackte mit einem schweren Atemzug in sich zusammen. Chateauneuf wirkte verbraucht und abgespannt – wie ein ermatteter Kämpfer.

«Das war bei Schemmann an der Neuen Burg genauso. Der Speicher als Ziegelbau – schön und gut! –, aber für das Wohnhaus daneben verlangte die Familie eine verputzte Fassade, Rundbogen und Mezzanin. Dabei wäre all das auch mit Backsteinen zu realisieren gewesen. Aber ich langweile Sie mit diesen Ausführungen. Sie sind ja mit einem bestimmten Anliegen gekommen.»

«Ganz und gar nicht.» Hendrik schüttelte den Kopf. Noch vor weniger als einem Monat hätte er dem Architekten wohl Recht gegeben. «Ich beschäftige mich sehr intensiv mit der Gestalt dieser Stadt. Ihre Häuser gefallen mir, und ich kann nur hoffen, dass noch vieles nach Ihren Entwürfen gebaut wird.»

Chateauneuf räumte die Blätter und Bücher, die vor ihnen auf dem Tisch ausgebreitet lagen, zusammen und erhob sich. «Da muss ich Sie leider enttäuschen. Meine Entwürfe, insbesondere die Ziegelbauten, haben anscheinend im bürgerlichen Ambiente des Wiederaufbaus keine Zukunft, und ich sehe mich nicht als Architekt für so genannte niedere Bauaufgaben. Hamburg hält kein weiteres Arbeitsfeld für mich bereit. Ich werde die Stadt in den nächsten Wochen verlassen und arbeite zukünftig in Christiania.»

Hendrik war überrascht. Chateauneuf betreute doch gegenwärtig große Bauprojekte. Zudem war er einer der angesehensten Architekten der Stadt. Darüber hinaus machte ihn die resolute Art, in der Chateauneuf seinen Entschluss kundtat, stutzig.

«Wenn ich Ihren Ermittlungen noch weiter dienlich sein kann, werde ich mich selbstverständlich zur Verfügung halten.»

Hendrik versicherte, dass er auf Chateauneufs Angebot zurückkommen werde, und verabschiedete sich. Im Vorübergehen warf er einen Blick auf die großen Pläne, die überall in der Zeichenstube ausgebreitet waren. Es war ihm, als hätte er auch einen Entwurf für das Rathaus gesehen. Das farbige Blatt hing zwischen den Skizzen und Rissen für St. Petri. Es zeigte eine mächtige Rundbogenfassade aus hellem Ziegelstein. In Gedanken verglich er das Blatt mit dem Entwurf, den ihm Semper gezeigt hatte. Nein, es gab keine Ähnlichkeiten. Warum nur wollte Chateauneuf Hamburg verlassen? Die Frage ging ihm nicht aus dem Kopf.

Im Treppenhaus lief eine junge Frau mit hellen Haaren vor Hendrik nach unten. Draußen sah er gerade noch, wie sie schnellen Schrittes das einfache Fachwerkhaus betrat, welches auf der Rückseite des Hofes stand. Als er in den Hofgang einschwenkte, bemerkte er ein blasses Gesicht am Fenster, das sich hinter einem der Vorhänge zu verbergen versuchte.

Gedankenverloren schlenderte er die ABC-Straße hinunter bis zum Gänsemarkt. Die Stände waren bereits abgebaut. Die Zeit nach dem großen Brand hatte nicht nur die städtebauliche Ordnung einzelner Stadtteile, sondern auch die Strukturen des innerstädtischen Handels erfasst. Die wilde Hökerei auf den Straßen sollte unterbunden werden. Hierfür hatte man neue Plätze geschaffen, etwa am Hopfenmarkt und am Messberg, wo städtische Marktaufseher die Rechtschaffenheit der Händler kontrollierten. Auf dem Pferdemarkt waren allein zu diesem Zweck vor zwei Jahren die Hamburger Markthallen eröffnet worden.

Der Commissarius ging an den alten Gerberhöfen des ehemaligen Bleicherviertels vorbei zum Binnenbecken der Alster. Am Jungfernstieg betrachtete er die jungen Frauen aus den Obstmarschen, die neben prall gefüllten Apfelkörben standen und ihre Ware feilboten. Jedermann wusste, dass sie anderen Diensten zu besseren Preisen nicht abgeneigt waren. Hendrik sah jedoch wenig Sinn darin, dem Treiben durch die Präsenz seiner Uniform Einhalt zu bieten. Rasch ging er vorüber, warf den hübschen Mädchen und Frauen ein duldendes Lächeln zu und machte sich auf den Weg zu seiner Dienststelle.

Inspektor Schütz hatte Neuigkeiten für den Commissarius. Es war ihm gelungen, die Herkunft der beiden toten Vagabunden herauszufinden: Beide hatten bis Anfang des Jahres als Zigarrendreher in ein und demselben Betrieb in Ottensen gearbeitet und waren, bevor sie wegen Diebstahls verhaftet werden konnten, wohl als Obdachlose getarnt, in Hamburg untergetaucht. Viel mehr interessierte Hendrik aber, dass Schütz alle ihm bekannten Hotels und Herbergen mit einem Bild von Drasche abgeklappert hatte und schließlich bei einer Absteige am Hamburger Berg fündig geworden war. Dort erinnerte man sich an Drasche, der als regelmäßiger Gast untergekommen war. Es war eines der Etablissements, wo man gewöhnlich nur für eine Nacht und meist nicht ohne Begleitung abstieg.

«Die Wirtin erinnerte sich deswegen an Drasche», berichtete Schütz, «weil seine Frau stets so fein gekleidet war. ‹Kam wohl aus besseren Kreisen›, hat sie gesagt, ‹viel zu fein für die Gegend.› Im Sommer sind sie das erste Mal gemeinsam untergekommen.»

«Ist Drasche dort vorher allein abgestiegen?», fragte Hendrik.

«Sie war sich nicht ganz sicher.»

«Konnte sie die Frau beschreiben?»

Johannes Schütz hatte alles notiert. «Sie war etwa so groß wie Drasche, von kräftiger Statur und hatte langes blondes Haar.»

«Das ist aber nicht sehr viel, Johannes! Wann war Drasche zuletzt dort?»

«Also dafür, dass der Schuppen außerhalb der Stadt liegt, finde ich die Ergebnisse meiner Recherche schon recht anständig. Das ist eine Gegend, wo einem Polizisten normalerweise gar keine Auskünfte gegeben werden. Ich war eigentlich schon froh, wenn man mir nicht die Läden vor der Nase zuklappte. Eine Buchhaltung kannst du dort nicht erwarten.» Schütz war zu Recht beleidigt. Schon häufig hatte der Commissarius die Informationen, die er unter erschwerten Bedingungen aus dem Milieu ans Tageslicht brachte, als Selbstverständlichkeit bewertet. Andererseits verstand Schütz aber auch, dass der Commissarius mit dem Stand der Ermittlungen in diesem Fall nicht zufrieden war.

«Ich werde mich selber darum kümmern. Hast du Voss deinen Bericht gegeben?»

Inspektor Schütz nickte. «Und was passiert jetzt im Fall der Vagabunden?»

«Sag Voss, er soll einen Antrag für eine Belohnung zur Ergreifung der Täter stellen. Aber nicht zu knapp! Die verteilst du im Milieu. Der Rest wird sich dann hoffentlich von allein erledigen. Und sieh dich mal in dem Betrieb in Ottensen um – in Civil! Schau aber bitte vorher bei den Altonaer Gendarmen vorbei. Wenn nötig, bitte sie um Amtshilfe. Ich finde, das alles hört sich nach bandenmäßigem Schmuggel, vielleicht auch Hehlerei an. Tabakgeschäfte sind immer lukrativ. Vielleicht findest du Hinweise.»

Hendrik wollte Schütz noch zu seinem Erfolg gratulieren, aber dieser war schon mit empörter Miene abgezogen. ‹Katharina Drasche hatte also Recht mit ihrer Vermutung, dass ihr Vater eine Frauengeschichte in Hamburg hatte›, dachte er bei sich, ‹aber trotzdem sind wir jetzt nicht schlauer als vorher.›

Nachdem er sein Dienstzimmer betreten hatte, studierte Hendrik die Liste von Voss, der alle Ziegeleien im Holsteinischen fein säuberlich in einem Amtbuch aufgeführt hatte. Es wäre eine Arbeit von Monaten gewesen zu überprüfen, ob einer von den mehr als fünfzig Ziegeleibesitzern Kontakt oder Differenzen mit Drasche hatte. Voss damit zu beauftragen, alle Ziegeleien ausfindig zu machen, die in der letzten Zeit Material nach Hamburg geliefert hatten, konnte sich Hendrik sparen. Voss arbeitete zu systematisch, und er selbst wäre bis an seinen Lebensabend mit der Auswertung beschäftigt gewesen, denn noch nie war in so kurzer Zeit so viel in Hamburg gebaut worden wie in den letzten Jahren.

Hendrik stützte sich auf sein Pult und betrachtete das Geflecht von Karten und Fäden. Was er sah, war ein großes Dreieck: Drasche, Chateauneuf und Bülau. Sicher, die beiden Baumeister waren Konkurrenten, das belegte allein schon ihre Teilnahme an fast allen größeren Wettbewerben in den letzten Jahren, und Chateauneuf war zweifellos der erfolgreichere von beiden, nicht nur wegen seiner tragenden Rolle als ehemaliger Vorsitzender der Technischen Commission, sondern auch wegen seiner öffentlichen Bauaufträge. Dass aber Bülau den Wettbewerb für den Neubau der «Gesellschaft» gewonnen hatte, schien Chateauneuf mehr zu stören, als er zugab. Es galt jedoch auch zu bedenken, dass beide Backstein als Baumaterial bevorzugten – in welcher Form auch immer. Das bedeutete, dass beide durch Drasches Steine nur Vorteile gehabt hätten. Ein Tatmotiv konnte Hendrik daraus nicht ableiten. So blieb ihm das Ganze unverständlich. Vor allem konnte er Chateauneufs Entschluss, Hamburg zu verlassen, nicht einordnen. War es eine Flucht? Musste er deswegen als verdächtig gelten? Warum konnte er nicht so bauen, wie er wollte? War es wirklich nur der mangelnde Mut privater Bauherren, Wohnhäuser als Backsteinbauten zu errichten, oder gab es einen bislang von Hendrik noch nicht entdeckten Sachverhalt im Hintergrund, der die Verbreitung von Backsteinrohbauten verhinderte? Die Baudeputation vielleicht? Aber die hatte auf die Gestalt von Privathäusern keinen entscheidenden Einfluss, das zeigten schließlich die Bauten von Bülau. Es hieß also, verstärkt der Frage nachzugehen, wer ein Interesse daran haben könnte zu verhindern, dass Backstein als Baumaterial besser und billiger wurde. Und da fielen Hendrik in diesem Moment nur die Hersteller von Cement, Putz und Mörtel ein. Er musste in Erfahrung bringen, wer von den größeren Bauunternehmen der Stadt Kenntnis von Drasches hiesigen Verhandlungen hatte, und Voss sollte versuchen, die Hintergründe von Drasches gescheitertem Expansionsstreben in Husum näher zu beleuchten. Hendrik wurde den Verdacht nicht los, dass diese Spur zurück nach Hamburg führen würde.

Ein Ausflug

Als Commissarius Bischop am späten Vormittag des übernächsten Tages das Haus von Conrad und Clara Roever erreichte, verkündeten die Glocken von St. Jacobi gerade das Ende der Kirchenzeit. Hendrik war ohne Wagen aufgebrochen, nicht etwa um die wenigen Taler am Stadttor zu sparen, die ihn die Durchfahrt mit der Droschke mehr gekostet hätte, sondern vielmehr als deutliches Zeichen dafür, den Tag ohne Hast und Eile verbringen zu wollen. Letztendlich hatte er diesen Entschluss aber auch gefasst, weil ihm der morgendliche Blick aus dem Fenster seiner Schlafkammer gezeigt hatte, dass die Sonne am heutigen Tag die Oberhand behalten würde. Für gewöhnlich war es in dieser Stadt, und insbesondere zu dieser Jahreszeit, ja eher so, dass geplante Ausflüge aufgrund unvorhersehbarer Wetterumschwünge buchstäblich ins Wasser fielen oder zumindest eine überdachte Lokalität als Ausweichquartier angesteuert werden musste. Aber es sah tatsächlich so aus, als wenn der Sonntag diesmal seinem Namen Ehre machen würde. Nachdem sich der dünne Nebel am Morgen aufgelöst hatte, zeigte sich der Himmel wolkenfrei, und ein letzter warmer Herbsttag kündigte sich an.

Clara empfing Hendrik in einem langen Kleid aus grauem Gabardine mit einem Muster aus weinroten und gelben Blumen. Den ganzen Abend des Vortages hatte sie damit zugebracht, aus dem eigentlich für Vorhänge gemachten Stoff ein Kleid nach ihren Vorstellungen zu schneidern, und dabei war ein romantisches Frühlingskleid herausgekommen, das weder der Jahreszeit noch der diesjährigen Mode entsprach, die momentan dezente Streifen bevorzugte. Auch war das Kleid weder an den Hüften ausgestellt, noch hatte es geraffte Puffärmel. Eine schlichte Knopfleiste verdeckte Claras Dekolleté und endete ungerüscht in einem einfachen Umschlag, der ihre schmalen Schultern betonte. Ein enges Bündchen umschloss ihre Taille und Hendrik wusste, dass Clara keine Korsage benötigte, um ihren Körper der schlanken Form des Kleides anzupassen.

Hendrik gefiel, was er sah. Aber vor allem war er sehr darüber erleichtert, dass Clara heute, entgegen seinen Befürchtungen, keine Hosen trug.

Clara wusste Hendriks Blick zu deuten, und die Frage, ob ihm das Kleid gefalle, erübrigte sich. Stattdessen fragte sie ihn gleich nach der Begrüßung: «Wie war's in der Kirche?» Und dabei hatte sie sich fest vorgenommen, am heutigen Tag auf alle verbalen Provokationen zu verzichten.

«Phantastisch!», antwortete Hendrik, was Clara nicht weiter überraschte, hätte er nicht nach einer kurzen Pause noch: «Dein Kleid, meine ich!», hinzugefügt.

Clara war froh, dass Hendrik ihre Frage ignoriert und ihr sogar noch ein Kompliment gemacht hatte. Dem stillen Genuss seiner Worte verlieh sie mit einer tänzerischen Drehung Ausdruck, wobei sie fast stolz an sich hinabblickte. Dann dankte sie ihm mit einem strahlenden Lächeln.

Hendrik lächelte zurück und fragte: «Wo ist Conrad?»

«Der liegt noch in den Federn und studiert den *Correspondenten* vom Vortag», entgegnete Clara und fügte rasch hinzu: «Lass uns aufbrechen!»

Nachdem sich Clara einen Mantel übergehängt hatte, machten sie sich auf in Richtung Steintor und reihten sich in die lange Schlange der Ausflügler ein, die durch den eisernen Zaun zwischen den Wachhäuschen daran gehindert wurden, das Stadttor schneller zu passieren.

Vor ihnen lagen die Niederungen der Vorstadt St. Georg, und das letzte bunte Herbstlaub leuchtete ihnen entgegen. Zwar hatten die Bäume bereits den Großteil ihrer Blätter verloren, dennoch wirkte die Vorstadt gegenüber der geschlossenen Bebauung von Hamburg wie ein einziges Meer aus Bäumen und Büschen, aus dem nur hier und da einzelne Bauten aufragten. Der laubbedeckte Boden glänzte im Sonnenlicht und zeigte alle farblichen Schattierungen und Nuancen von hellem, verblasstem Gelb bis zu einem satten, tief leuchtenden Rotbraun.

Hendrik und Clara durchschritten das freie Gelände des ehemaligen Stadtwalls, das auf Drängen der Hamburger Kanoniere sorgsam von Bewuchs freigehalten wurde, damit es weiterhin als freies Schussfeld dienen konnte.

Erst entlang der Langen Reihe, dem Verbindungsweg zwischen Stadtring und Spital, verdichtete sich die Bebauung zu kleinen Häuserzeilen, Handwerkerhäusern und Budenreihen. Größere Bauten gab es hingegen nur entlang dem Steindamm, der als erste befestigte Straße der Vorstadt hinauf zum Galgenberg, dem Richtplatz der Hamburger Jurisdiktion, führte und weiter in Richtung Lübschem Baum und schließlich nach Wandsbek.

Nach einem halbstündigen Fußmarsch erreichten Hendrik und Clara das Tivoli. Enttäuscht stellten sie fest, dass die eigentliche Attraktion, eine mehr als hundert Meter lange Rutsche, auf der die Besucher aus dem oberen Stockwerk des Hauptbaus durch den Garten hinab zum Orchester- und Bühnenpavillon rutschen konnten, wegen Reparaturarbeiten nicht in Betrieb war. Anscheinend war man auch hier bereits auf die kalte Wintersaison eingestellt und von diesem warmen Herbsttag überrascht worden. Weder im Café noch in der Rotisserie war ein Platz zu bekommen, und so beschlossen Hendrik und Clara, in Richtung Alster weiterzulaufen.

Entlang der Koppeln, die bis nach Hohenfelde führten, wanderten sie hinab zur Wasserkante der Alster. Noch bevor Clara Gelegenheit bekam, darauf hinzuweisen, dass ihr allmählich die Füße schmerzten, erreichten sie die Lohmühlen-Terrassen, ein Ausflugslokal, in dessen Garten sie einen freien Platz fanden.

«Ich hätte nicht gedacht, dass überall in der Vorstadt ein solcher Betrieb herrscht. Ganz Hamburg scheint sich am heutigen Tag hier eingefunden zu haben», stöhnte Clara und lockerte, nachdem sie Platz genommen hatte, erleichtert die Haken und Schnüre ihrer Schuhe.

«Selbst auf dem Wasser», ergänzte Hendrik und machte nebenbei eine auffordernde Handbewegung in Richtung Servierdame.

«Ob es Frauen gestattet wird?», fragte Clara und starrte gebannt auf die Alster.

«Zu rudern?», fragte Hendrik nach. «Aber ja.» Er sah sich schon in einem der Boote auf dem Wasser – Clara die Riemen in den Händen.

«Nicht so einen Ausflugskahn.» Clara schüttelte den Kopf und deutete auf ein anderes Boot. «Eines dieser eleganten Sportboote meine ich.»

Ein langer, schmaler Viersitzer passierte gerade die Uferböschung. Auch Hendrik verfolgte die ebenso gleichmäßigen wie kraftvollen Bewegungen der Ruderer, mit denen sie sich vorbeugten und dann sofort wieder nach hinten ausstreckten, so weit, als würden sie für einen Augenblick hinter der Bordkante ihres Bootes verschwinden, um dann aber gleich wieder aufzutauchen und die ganze Prozedur zu wiederholen. Das Boot bewegte sich mit ungeheurer Geschwindigkeit vorwärts, und Clara und Hendrik schauten ihm nach, bis sich seine Silhouette auf dem glänzenden Wasser verlor.

«Es muss einen Wahnsinnsspaß machen», sagte Clara sehnsüchtig, «mit dieser Geschwindigkeit über das seichte Wasser zu gleiten.»

«Ich glaube, es ist eher anstrengend», entgegnete Hendrik und fügte noch hinzu: «Außerdem ist es ein Sport der elitären Kreise. Für Leute, die bei der Arbeit nicht ins Schwitzen kommen.»

«Da magst du Recht haben, aber es fasziniert mich trotzdem. Kennst du irgendwelche Ruderer persönlich?»

«Nein», antwortete Hendrik. «Es sind Söhne reicher Familien, die Erben der Stadt.»

«Der Nachwuchs unserer erbgesessenen Bürgerschaft?»

«Genau. Einige von ihnen besitzen Landhäuser auf der anderen Wasserseite.»

«Das ist praktisch. Dann können sie vom eigenen Garten aus losrudern.» Clara lachte spöttisch.

«Wer weiß», sagte Hendrik nachdenklich. «Vielleicht lieferten derartige Bedürfnisse sogar die Grundlage für das Aufstauen der Alster. Das Gewässer vor dem eigenen Garten für persönliche Plaisanterien – finanziert mit den Geldern der Stadt. Das würde doch passen! Schließlich sitzt man ja in der Bürgerschaft, oder die Familie stellt sogar einen Ratsherren.»

«Nein, nein. Jetzt gehst du zu weit! Hamburger Kaufleute gebärden sich doch nicht wie höfischer Adel!» Clara warf Hendrik einen skeptischen Blick zu. «Meinst du das ernst?»

«Natürlich nicht», entgegnete Hendrik.

«Der Grund für das Aufstauen liegt wohl eher darin.» Clara deutete auf das Alstervorland der Uhlenhorst, das sich rechts vor ihnen ausbreitete. Auf dem vorderen Plateau hatte man die Bäume gefällt, und selbst heute, am Sonntag, waren Grabenstecher damit beschäftigt, Binsengräser vor dem Ufersaum zu flechten und zwischen gerammten Pfählen einzulassen.

«Du meinst, um Bauplatz für weitere Landhäuser zu schaffen.»

«Nein!» Clara schüttelte den Kopf. «Die Stadt wächst.»

«Das ist die Meinung deines Vaters.»

«Nicht nur», konterte Clara. «Warum wehrst du dich so vehement dagegen, auch nur für einen Augenblick das Geschehen um dich herum aus einem anderen Blickwinkel zu betrachten?»

«Das tue ich doch den ganzen Tag», antwortete Hendrik.

«Eben. Darum verstehe ich nicht, dass du nicht bemerkst, was um Hamburg herum geschieht. Oder willst du es nicht sehen? Warum, glaubst du, liegen die großen Versorgungsanlagen der Stadt, die momentan errichtet werden, in so weiter Ferne? Warum baut man schon seit zwei Jahren die Stadtwasserkunst, die Hamburg in Zukunft mit gefiltertem Elbwasser versorgen soll, nicht näher an den momentanen Stadtgrenzen, sondern auf dem Rothenburgsort? Warum befindet sich das Steinkohlegaswerk, das vorletztes Jahr in Betrieb genommen wurde, um die Gasbeleuchtung in Hamburg weiter ausbauen zu können, auf dem Grasbrook? Was glaubst du, soll mit den großen Flächen dazwischen geschehen?»

Hendrik schwieg, denn er hatte keine Argumente. Die

Servierdame, ein Mädchen von höchstens vierzehn Jahren, brachte den bestellten Mokka und stellte zwei Teller mit je einem großen Stück Apfel-Zimt-Torte auf den Tisch. Hendrik legte zwei Silberstücke auf das Tablett, und das Mädchen bedankte sich mit einem Knicks.

«Das war aber großzügig», bemerkte Clara.

«Findest du?»

«Sie muss das Geld bestimmt mit den anderen Mädchen teilen.» Clara merkte, dass Hendrik in Gedanken immer noch eine befriedigende Antwort auf ihre vorhergehende Frage suchte. Sie war sich nicht sicher, ob er nicht längst einen konkreten Verdacht hegte, den er – aus welchen Gründen auch immer – für sich behalten wollte.

«Die Menge der Steine erlaubt Rückschlüsse auf eine besonders große Bauaufgabe», sagte Hendrik mehr zu sich selbst.

«Im Hintergrund eines solchen Vorhabens muss ein enormer Profit stehen, so groß, dass auch ein Menschenleben ...»

«Ja, ja. Ich weiß, worauf du jetzt hinauswillst.» Hendrik sah Clara ernst an. «Aber ich kann ein solches Gedankenspiel noch nicht zu Ende führen. Es bleibt reine Spekulation. Mir fehlen noch wichtige Informationen. Vor allem komme ich nicht an Senator Jenisch heran. Um das, was auch du vermutest, in Erwägung ziehen zu können, muss ich die hintergründigen Absichten von Jenisch und der Baudeputation kennen.»

«Auf jeden Fall ist es ein riskantes Unterfangen», gab Clara zu.

Hendrik nickte. «Ich brauche keine Hinweise, sondern Beweise.»

«Du hast also einen Verdacht?»

«Vielleicht.»

«Gegen wen?», bohrte Clara neugierig weiter, aber sie erhielt keine Antwort.

Hendrik ließ ein Stück Zucker in seine Mokkatasse gleiten und rührte so vorsichtig um, als wollte er damit demonstrieren, welche Vorsicht er auch bei seinen Ermittlungen an den Tag legen musste.

Clara beobachtete seine Hand, die ganz ruhig den kleinen Löffel in der Tasse kreisen ließ, ohne dass der Schaum des Mokkas über den Rand schwappte. Sie hatte verstanden. Wenn Hendrik nicht einmal ihr gegenüber eine Andeutung machen konnte, dann war die Sache nicht ungefährlich. Wahrscheinlich zielten Hendriks Verdachtsmomente auf jemanden, der ganz weit oben logierte, und wenn auch nicht ganz oben, dann zumindest doch oberhalb der Position eines einfachen Commissarius.

«Du darfst nichts durchsickern lassen?», formulierte Clara diese Befürchtung. Es klang trotz ihres zaghaften Tonfalls mehr nach einer Feststellung als nach einer Frage.

«Genau», antwortete er.

Clara glaubte zu erkennen, wie sich auf Hendriks Stirn Sorgenfalten abzeichneten. Also beschloss sie, fürs Erste nicht weiter nachzuhaken. Wahrscheinlich würde sie so oder so keine weiteren Hinweise von ihm erhalten.

«Wollen wir aufbrechen?» Demonstrativ leerte Hendrik seine Mokkatasse.

«Gut. Lass uns am Ufer zurücklaufen», entgegnete Clara in der Hoffnung, Hendrik würde vielleicht seinen Arm um ihre Schultern legen, während sie im Licht des Sonnenuntergangs, der sich hinter der Alster bereits ankündigte, dem Stadtwall entgegengingen.

Aber obwohl der Weg, der entlang dem Ufersaum zurück zur Stadt führte, eher einem schmalen Trampelpfad glich, herrschte dort rege Betriebsamkeit, die eine solche Intimität vor den Augen der dort flanierenden Öffentlichkeit verbot. Vom Nachbartisch hatten die beiden schließlich schon ein Getuschel vernommen, als Hendrik sich anschickte, Clara beim Schnüren ihrer Schuhe behilflich zu sein. Und so reihten sie sich sittsam eingehakt in den Rückstrom der Ausflügler ein, der, einer Karawane gleich, langsam auf die Stadttore zustrebte.

Sie passierten die Graswiesen, auf denen die Bleicher ihre Stoffbahnen ausgebreitet hatten, die Gatter mit den Mastschweinen und Gänsen, überstiegen die teils offenen Holzkanäle, in welchen die Abfälle der hiesigen Betriebe in die Alster geleitet wurden, und wenn der Wind aus südöstlicher Richtung geweht hätte, hätten sie den erbärmlichen Gestank ertragen müssen, der aus den Trögen der Hinterhöfe emporstieg. Alles was Unrat oder strenge Gerüche produzierte, jedwedes Gewerbe, das Schmutz und Gestank mit sich brachte, war hier in der Vorstadt versammelt – nicht freiwillig, denn die Stadt hatte früh genug Verordnungen erlassen und Verbote ausgesprochen, um bestimmte Berufsgruppen und Zweige des produzierenden Gewerbes gezielt aus den Stadtmauern zu verbannen. So waren St. Georg als östliche und St. Pauli als westliche Vorstadt gleichsam zu einem Sammelbecken all derer geworden, die, aus welchen Gründen auch immer, in der Stadt unerwünscht waren.

Angeregt durch das Gespräch mit Clara, versuchte Hendrik sich vorzustellen, er schwebte einem Vogel gleich hoch über der Stadt und blicke auf die natürlich wirkenden und wie beiläufig angelegten, in Wirklichkeit aber ganz bewusst gezogenen Grenzen der Stadt, auf das Nebeneinander von Arm und Reich, auf die sorgsam voneinander getrennten Bezirke innerhalb und außerhalb der

Stadtmauern. Und dann versuchte er, sich die äußeren Bezirke, die brachliegenden Flächen jenseits dieses Arrangements, als dicht besiedelte Wohngebiete vorzustellen.

Claras Hand, die seinen rechten Arm plötzlich fest umklammerte, riss ihn aus seinen Tagträumen. Eine Ratte, nein zwei, drei, eine ganze Brut von Ratten lief ihnen plötzlich vor die Füße und geradewegs Richtung Böschung. Sie flüchteten aus einem alten und moderigen Fass, das abseits des Weges gelegen hatte, nachdem eine Gruppe spielender Kinder dieses vermeintlich sichere Versteck aufgerichtet hatte. Nach einer Schrecksekunde stürzten die Kinder, mit Stöckern bewaffnet, johlend ihrer Beute nach. Einige Passanten, vornehmlich die weiblichen, schrien auf und setzten ihren Weg dann rasch fort.

Hendrik legte seinen Arm schützend um Clara und zog sie an sich heran. «Hast du Angst vor Ratten?», fragte er sichtlich besorgt.

«Ja!», log sie. «Es sind so viele!» Schon vor zehn Jahren hatte sie einige besonders dicke Exemplare unter Aufsicht ihres Vaters auf dem Küchentisch seziert. Clara versuchte ein wenig zu zittern. Sie selbst fand ihre Vorstellung wenig glaubhaft, aber Hendrik ließ seinen Arm während der ganzen verbleibenden Wegstrecke um ihre Hüfte gelegt. Kurz nach fünf Uhr passierten sie das Stadttor.

«Machen wir das bald noch einmal?», fragte Clara, als sie ihr Haus erreicht hatten.

«Kannst du Schlittschuh laufen?», entgegnete Hendrik. «Vielleicht friert die Alster diesen Winter wieder zu.»

«Ja, das wäre schön.» Clara wartete auf eine dem Tag angemessene Verabschiedung.

«Du entschuldigst mich bitte bei deinem Vater. Ich komme nicht mehr mit zu dir ins Haus, denn ich habe eine anstrengende Woche vor mir. Wir sehen uns spätestens nächste Woche bei der Eröffnung der ‹Gesellschaft›. Ihr begleitet mich doch?»

«Sicher», antwortete Clara. «Aber wenn es vorher Neuigkeiten gibt ...»

«... dann erfährst du sie», vervollständigte er ihren Satz und zog sie kurz an sich heran, um sich Wange an Wange von ihr zu verabschieden. «Es war ein schöner Tag. Aber jetzt wird es kalt, und du solltest schnell ins Haus gehen.» Mit diesen Worten schob er Clara, die ihn am liebsten umarmt hätte, in Richtung Haustür. Bevor sie noch ein Wort hätte sagen können, war Hendrik mit zügigem Schritt in die Ferdinandstraße eingebogen.

Patrioten

Am Abend des ersten Dezembers fand die feierliche Einweihung des Gebäudes der «Gesellschaft» an der Trostbrücke statt, und der Commissarius erfreute sich erneut der Begleitung von Clara Roever. Eigentlich hatte Hendrik das gesellschaftliche Ereignis mit Conrad und Clara zusammen besuchen wollen, aber Medicus Roever hatte es sich wieder einmal in letzter Minute anders überlegt. Seine Abneigung gegenüber gesellschaftlichen Festivitäten hatte seine Neugier besiegt. Er zog es vor, den Abend mit einem guten Buch und einer Flasche Portwein zu verbringen. Hendrik und Clara sollten ihm später von allen wichtigen Dingen berichten.

So rollte der Kutschwagen mit dem Commissarius und seiner Begleiterin am frühen Abend durch die Große Johannis Straße an der neuen Börse vorbei. Hendrik Bischop parkte das Vehikel gegenüber der Bäckerstraße. Die staffierte Reihe ansehnlicher Kutschen und Pferdewagen, die auf der Börsenbrücke abgestellt waren, deutete das gesellschaftliche Gewicht des Ereignisses bereits an. Fast alles von Rang und Namen schien anwesend zu sein. Die Feierlichkeit ging jedoch ungezwungener zu, als Hendrik erwartet hatte.

Die *Hamburgische Gesellschaft zur Beförderung der Künste und des nützlichen Gewerbes*, wie sie sich offiziell nannte, war schon 1765 von Hamburger Kaufleuten, Wissenschaftlern, Juristen, Künstlern, Medizinern und Geistlichen, kurzum von ehrbaren Bürgern der Stadt gegründet worden, um, wie sie es in einer Satzung verankert hatten, «das Gemeinwohl zu fördern und Industrie und Gewerbe der Vaterstadt zu heben». Seit ihrem Bestehen hatte die ‹Patriotische Gesellschaft›, wie sie auch genannt wurde, Erhebliches geleistet. Neben sozialen und bildungspolitischen Einrichtungen wollte man vor allem den wissenschaftlichen, technischen und künstlerischen Nachwuchs fördern sowie für die Erhaltung Hamburger Bau- und Kulturdenkmäler sorgen. Die Mitglieder der «Gesellschaft» rekrutierten sich zwar aus der gehobenen Bürgerschicht, ihre Anliegen waren teilweise jedoch ebenso kontrovers wie ihre beruflichen Tätigkeitsfelder. Tatsächlich gab es innerhalb der «Gesellschaft» einen ausgesprochen konservativen Flügel, dessen Vertreter Hendrik fast vollständig im Haus von Dr. Voigt kennen gelernt hatte.

Das prachtvolle Doppelportal des Hauses an der Trostbrücke war mit spätherbstlichen Laubzweigen geschmückt. Rechts und links über dem Eingang waren das Hamburger Stadtwappen und das Signum der «Gesellschaft», ein von Bienen umschwärmter Bienenkorb mit dem lateinischen Wahlspruch ‹Emolumento Publico› in Stein geschlagen. Hendrik und Clara schritten durch die große Eingangshalle und folgten der hereinströmenden, festlich gekleideten Gästeschar. Die rohen Ziegelmauern wurden durch schmiedeeiserne Rundleuchter, die in der zentralen Halle tief von der Decke herabhingen, in ein magisches Licht gehüllt. Fenster- und Gangdurchbrüche sowie fortlaufende Arkaden waren mit runden und spitzen Bögen gestaltet. Durch klosterartige Gänge, deren Decken wie gotische Gewölbe geformt waren, näherte man sich dem großen Festsaal, dessen Atmosphäre von den überhohen Fenstern auf der einen und durch die umlaufende Galerie auf der anderen Seite geprägt wurde.

Im Saal herrschte dichtes Gedränge. Hier und dort nickte man bekannten Gesichtern zu oder begrüßte sich mit gezierter Eleganz, stellte sich einander vor oder stand in kleinen Grüppchen im Gespräch beisammen. Einzelne Wortfetzen hallten durch den Raum: Kommentare zu tagespolitischen Themen, gesellschaftliche Neuigkeiten sowie, angesichts des feierlichen Anlasses, lobpreisende Worte über die Gestalt des Hauses und seinen Erbauer.

Der Widerhall des Gemurmels hatte etwas Rätselhaftes. Hendrik überlegte, woran ihn die Geräusche erinnerten. Die Sprache schien verwischt. Alles in allem klang es nicht nach menschlicher Kommunikation.

«Hörst du auch lauter Enten und Gänse schnattern?» Clara sprach aus, was Hendrik empfand. «Manchmal kann ich meinen Vater verstehen. Warum trifft der Mensch in solchen Massen aufeinander, wenn er sich doch nur Einzelnen mitzuteilen vermag?»

«Er möchte teilhaben.» Hendriks Blicke suchten den Raum nach bekannten Gesichtern ab, aber angesichts der Menge und der Uniformität der geladenen Gesellschaftsschicht konnte er keines entdecken.

«Teilhaben an den Ergebnissen oder teilhaben an den Entscheidungsprozessen?» Clara ließ nicht locker.

«Entscheidungen werden von einigen wenigen getroffen. Still und heimlich, meist in Absprache mit einzelnen Interessenvertretern, Personen mit Macht. Zieh dir Hosen an und schleich dich unter die Ratsherren, wie sie derzeit im provisorisch umfunktionierten Waisenhaus an der Admiralitätsstraße tagen! Du wirst sehen, es war immer so und es wird immer so bleiben. Eine wirkliche Mitbestimmung gibt es nur bei den Erbgesessenen.»

«Den Überalterten», sagte Clara trotzig.

Es missfiel ihr, wie sich Hendrik über ihre häusliche

Kleidung belustigte. ‹Er wird schon sehen›, dachte sie und blickte sich kontrollierend um, ob irgendjemand ihre spöttische Bemerkung über die Oberalten der Stadt vernommen hatte, und stellte erleichtert fest, dass das nicht der Fall war.

«Hast du während der letzten Woche eigentlich noch Wichtiges in Erfahrung bringen können?», fragte Clara und erinnerte Hendrik damit an sein Versprechen, sie gegebenenfalls sofort davon in Kenntnis zu setzen. Aber Hendrik hatte nichts von sich hören lassen; zweimal hatte sie versucht, ihn im Commissariat zu besuchen, aber nicht angetroffen. Auch hatte Hendrik die ganze Woche über keinen Kontakt mit Conrad aufgenommen, was selten geschah. Zumindest einmal pro Woche stattete Hendrik dem Freund normalerweise einen Besuch ab.

«Wirklich Wichtiges nicht», antwortete Hendrik. «Ich beschäftige mich momentan mit den Vorgängen in der ehemaligen Commission für den Wiederaufbau und versuche, das personelle Geflecht zu entwirren. Es ist interessant, wirft aber mehr Fragen als Antworten auf.»

«Zum Beispiel?», fragte Clara schnell.

«Nun, die Zusammenarbeit innerhalb der Commission war anscheinend alles andere als harmonisch. Ständig gab es heftige Auseinandersetzungen. Eine zentrale Rolle bei den Streitigkeiten spielte anscheinend Wasserbaudirektor Hübbe.»

«Der Bruder von Hugo und Wilhelm Hübbe, die im Haus Voigt anwesend waren?»

«Ja, ich glaube. Wieso?»

«Weil ich …», Clara stockte. «Weil Conrad», korrigierte sie, «wirklich Interessantes über die familiären Verflechtungen der Familie herausgefunden hat. Gustav Bülau hat es ihm erzählt.»

«So, so.» Hendrik konnte sich nicht vorstellen, was daran so interessant sein konnte.

«Der ganze Kreis um Voigt und Hübbe ist über diverse Heiraten miteinander verschwägert. Dr. Voigt ist verheiratet mit Amalie Hübbe, der Schwester von Hugo, Heinrich und Wilhelm Hübbe. Der Advokat Wilhelm Hübbe ist mit einer Schwester von Karl Heinrich Schleiden vermählt. Schleiden wiederum ist verheiratet mit Ida Speckter, der Schwester von Otto Speckter. Dessen angeheiratete Schwägerin, eine geborene Bergeest, hat Hugo Hübbe zur Frau genommen.»

«Aha!» Hendrik fragte sich, was er mit dieser Information anfangen sollte. Er hatte gar nicht erst versucht, sich die Verwandtschaftsgrade der soeben geschilderten Familienverhältnisse vor Augen zu führen. Noch weniger Lust hatte er, sich näher mit dem Thema Heirat zu beschäftigen.

«Was war denn nun mit Wasserbaudirektor Hübbe?», fragte Clara ungeduldig.

«Das erzähl ich dir später», flüsterte Hendrik. Wie durch ein geheimes Zeichen kehrte Stille in den Saal ein. Was folgte, war eine Reihe rhetorischer Lobeshymnen auf die Ziele und Bestrebungen der «Gesellschaft» im Allgemeinen, Berichte über derzeitige Förderprogramme sowie ein Rechenschaftsbericht über das nun fertig gestellte Haus als künftige Heimat und Brutstätte Hamburger Patrioten. Auf dem Höhepunkt der Feierlichkeiten hielt Friedrich Wurm, der derzeit proponierende Sekretär der «Gesellschaft», eine Rede, in der er keinen Hehl aus seiner deutsch-nationalen Gesinnung machte. Obwohl Hendrik es anders erwartet hatte, klang der folgende Beifall verhalten. Das einsetzende Gemurmel wurde durch die offiziellen Schlussbemerkungen des Festprogramms unterbrochen.

Anschließend strömte man auf die einzelnen Redner zu, gratulierte und fand bestätigende oder widersprechende Worte. Allenorts bildeten sich kleinere oder größere Gruppen, in denen heftig und kontrovers debattiert wurde.

Obwohl der Commissarius sich lieber anderen Personen zugewandt hätte, wurden er und seine Begleiterin von Voigt, Bülau, Hübbe und Wurm umringt. Bülau, der Architekt des Hauses, feierte heute seinen 48. Geburtstag, und man wollte Hendrik und Clara zum Mitfeiern bewegen. Clara hatte auf Wurm und auch auf Schleiden, der sich nach kurzer Zeit zu ihnen gesellte, an dem Abend im Hause Voigt offenbar mehr Eindruck als gewollt hinterlassen, und man schien sich von ihrer Anwesenheit eine vergnügliche Gesellschaft zu versprechen. Vielleicht hoffte man aber auch, Hendrik in seiner Rolle als Commissarius für die eigenen Absichten gewinnen zu können.

Voigt hielt einen kurzen aber prägnanten Monolog über die Wahrhaftigkeit baulicher Symmetrie, dem Hendrik, obwohl er sich alle erdenkliche Mühe gab, nicht ganz folgen konnte. Zumindest entnahm er Voigts Ausführungen aber, dass nach dessen Vorstellungen einzig die Bauten der großen Architekten des Altertums und des Mittelalters akzeptabel waren. Alles drehte sich bei ihm um Historie.

Immer wieder wurde das Gespräch von emsigen Gratulanten unterbrochen, die, teils mit überzeugender Miene, häufiger jedoch aus protokollarischer Höflichkeit, Theodor Bülau ihre Hochachtung aussprachen. So wurden Hendrik nach und nach die Architekten Hall, Kollmann, Martens, die Baumeister Reichardt, Rittmeister und Willweber vorgestellt, die sich alle mit Beiträgen am Wettbewerb um den Neubau des Gesellschaftsgebäudes beteiligt hatten und nun dem – anscheinend nicht unumstrittenen – Sieger die Hand reichten.

Hendrik fiel die Zuordnung der Gratulanten in zwei Lager nicht schwer. Knapp und zurückhaltend die einen, ein flüchtiger Blick in die Runde und der Verweis auf einen leider bereits verplanten Abend; bestätigend und voller Lob die wenigen anderen, die ihrer Gratulation Grundsätzliches zuzufügen wussten und zumindest für kurze Zeit in der Gruppe verblieben.

Schon bald drängte Clara Hendrik zum Aufbruch. Sie hatte wenig Lust, den Abend in dieser erzkonservativen Runde zu verbringen. Aber dem Commissarius, der dem inneren Zwang erlag, seinen gedanklichen Notizzettel mit allen erdenklichen Personalien und Beobachtungen zu vervollständigen, fiel nicht auf, dass Clara dem heimlich-lüsternen Interesse einiger Herren nichts entgegenzusetzen hatte. Erst als Hendrik auf den Stufen zur Galerie Chateauneuf bemerkte, verabschiedete man sich höflich von Bülau und den übrigen Anwesenden, die gerade beschlossen hatten, den angebrochenen Abend und die Feierlichkeiten in privatem Rahmen fortzusetzen.

Alexis de Chateauneuf hatte nicht zu den Gratulanten gehört. Er stand in einer kleinen Gruppe von Männern und Frauen, zu der auch der Architekt Reichardt gehörte. Chateauneuf sah schlecht aus. Er war totenblass. An seiner Seite erkannte Hendrik die Frau, die ihr Gesicht hinter dem Hoffenster zu verbergen versucht hatte. Hendrik machte Clara auf die beiden aufmerksam.

«Wer ist die Frau?», fragte Clara.

«Ich denke, Chateauneufs Gattin.»

«Ich glaube, ich kenne sie», flüsterte Clara. «Sie war häufiger bei uns in der Apotheke und hat so merkwürdiges Zeug gekauft.»

«Komm, lass sie uns doch begrüßen!» Hendrik zog Clara mit sich fort.

Chateauneuf schien im Aufbruch begriffen. Gestützt von seiner Frau und Reichardt schritt er durch die Halle. Wie zufällig fingen Hendrik und Clara die Gruppe an der Garderobe ab.

«Herr Chateauneuf, Sie erinnern sich an mich?»

Der Baumeister blickte auf. «Aber ja doch, der Herr Commissarius. Gibt es Neuigkeiten?» Chateauneuf gab sich offenbar große Mühe, sein Unwohlsein zu verbergen.

«Nein, in dieser Sache nicht. Wollen Sie schon aufbrechen?»

«Ja, meiner Gattin ist nicht wohl.» Chateauneuf machte keinerlei Anstalten, den beiden seine Frau vorzustellen. Zu Reichardt gewandt, sagte er leise: «Lieber Friedrich, würden Sie wohl dafür sorgen, dass mein Wagen vorfährt? Herr Commissarius», der Architekt half seiner Frau in den Mantel und sah Hendrik an, «Sie entschuldigen mich. Wenn Sie noch Fragen haben, besuchen Sie mich doch bitte dieser Tage in meinem Büro.»

Zusammen mit Reichardt begleiteten Hendrik und Clara das Paar zur Tür. Nachdem sich das Fuhrwerk in Bewegung gesetzt hatte, wandte Reichardt sich zu Hendrik um.

«Sie sind ein Freund von Bülau? Sie wurden mir vorhin vorgestellt, aber entschuldigen Sie, ich habe ein schlechtes Namengedächtnis …»

«Bischop, Hendrik Bischop.» Hendrik zeigte auf Clara. «Fräulein Clara Roever, die Tochter eines Freundes.»

Clara war verärgert, dass Hendrik sie wie ein kleines Mädchen vorstellte. ‹Aber wenn er es so will›, dachte sie, und zu Hendriks Überraschung knickste sie nicht höflich, sondern streckte die Hand zur Begrüßung aus.

Reichardt schien amüsiert. Schelmisch lächelte er Clara zu. Dann stellte er sich den beiden selbst vor. «Carl Friedrich Reichardt, Architekt. Chateauneuf sprach Sie als Commissarius an? Ist Ihre Anwesenheit dienstlicher Natur?»

«Wir ermitteln im Fall eines toten Ziegeleibesitzers. Sie haben vielleicht davon gehört? Inzwischen sind die Zeitungen voll mit seinem Konterfei. Erst in diesem Zusammenhang habe ich die Baumeister Bülau und Chateauneuf kennen gelernt. Die beiden kannten den Toten.»

«Und jetzt haben Sie einen weiteren Verdächtigen ausgemacht?» Reichardt lachte. «Aber ich muss Sie leider enttäuschen. Ich habe zwar über Chateauneuf von der angeblichen Qualität der Drasche-Klinker erfahren, und er wollte mir Drasche sogar vorstellen. Kennen gelernt habe ich den Mann jedoch nicht. Darf ich Sie noch auf ein Glas begleiten?»

Gemeinsam verließen sie das Foyer und gingen zurück in die große Halle. Der Großteil der Gäste hatte das Haus nach Beendigung des offiziellen Programms rasch verlassen. Vereinzelt standen noch Interessierte beisammen – in der Hauptsache wohl Architekten und solche, die auf die eine oder andere Weise am Bau des soeben eingeweihten Hauses beteiligt gewesen waren. Reichardt kannte allem Anschein nach viele der noch Anwesenden. Hier und dort nickte er einzelnen Personen zu, wobei sein wissendes Lächeln aber weniger persönliche Verbundenheit zum Ausdruck brachte, sondern vielmehr signalisierte, dass er ungestört bleiben wollte. Sein Blick fuhr entlang der Hallenwände hinauf zu den Galeriefenstern der oberen Stockwerke, verharrte einen kurzen Augenblick, als wenn er etwas Wichtiges entdeckt hätte. Dann wartete er, bis er sich sicher war, dass Hendriks und Claras Blicke dem seinen folgten, und senkte dann abrupt den Kopf.

«Und? Sagt Ihnen das Gebäude zu? Sie sehen aus, als

hätten Sie Angst, vom Schlussstein des Gewölbes erschlagen zu werden.»

«Für viele meines Geschlechts bedeutet eine Umgebung wie diese der lebenslange Verbleib in einem selten selbst erwählten Gefängnis», sagte Clara. «Ich muss gestehen: Es bereitet mir Unbehagen.»

Reichardt musterte sie. «Höre ich da eine Anklage? Aber tatsächlich, Ihre Beobachtung ist erstaunlich genau, obgleich ich persönlich nicht gleich an Klostermauern gedacht habe.»

Hendrik hatte eine Abneigung gegen suggestive Fragen. Trotzdem empfand er Sympathie für Reichardt. Seine Direktheit gefiel ihm. «Sie haben diese Kritik doch erwartet. Suchen Sie Bestätigung? Es scheint, als seien Sie dem Architekten nicht sehr wohlgesonnen.»

«Wie könnte ich? Ich akzeptiere Bülau als Kollegen, und ich beuge mich einem angeblich mehrheitlich gefassten Beschluss. Aus mir spricht kein Neid. Aber ich verstelle mir nicht den Blick auf das Wesentliche, das es zu betrachten gilt. Und das hat Ihre charmante Begleiterin gerade vortrefflich formuliert.»

Clara fühlte sich geschmeichelt. Sie hoffte inbrünstig, Hendrik würde das Kompliment zur Kenntnis nehmen und ihr beizeiten Vergleichbares zu verstehen geben. Aber Hendrik stand der Sinn nach anderem. Er hatte wieder Blut gerochen. Clara erkannte das an seinen Nasenflügeln, die sich so schnell bewegten, als nähme das Organ eine Fährte auf.

«Was hätten Sie denn sonst von einem Apologeten des Mittelalters erwartet?», hörte Hendrik sich zu seinem eigenen Erstaunen kühn und wie selbstverständlich sagen, um dann moderater hinzuzufügen: «Leider kenne ich Ihren eigenen Entwurf zum Wettbewerb nicht.»

Reichardt war seinerseits erstaunt, dass der Commissarius von seiner Wettbewerbsteilnahme wusste. «Sie scheinen sich ja im Dienste der Sache einiges Hintergrundwissen angeeignet zu haben. Kennen Sie Schinkel? Ich hatte für den Bau der ‹Gesellschaft› eher an eine Hamburger Bauakademie gedacht.»

Hendrik winkte ab. «Sie überschätzen mich. Ich befasse mich gezwungenermaßen mit Ihrer Materie und habe seit einigen Wochen regelmäßigen Kontakt zu Baumeistern und Architekten. Da Sie selbst Mitglied der Technischen Commission für den Wiederaufbau der Stadt waren, hätte ich Sie in den nächsten Tagen ohnehin aufgesucht, genauso wie Chateauneuf. Jetzt haben wir sozusagen das Verfahren ein wenig abgekürzt.»

In Reichardts freundliche Gesichtszüge mischte sich ein sorgenvoller Zug. «Ja, ja, Chateauneuf. Es ist furchtbar! Sein Gesundheitszustand ist wirklich nicht der allerbeste. Seine Frau ist in Hoffnung, und er muss sich häufiger erbrechen als sie. Dazu leidet er neuerdings unter Krämpfen. Seine Frau ist völlig verzweifelt. Die letzten Jahre haben ihm arg mitgespielt. Er hat zwar gute Aufträge, aber nach der Geschichte mit dem Postbau am Neuen Wall wirft ihm die Baudeputation ständig Steine zwischen die Füße. Man ist ihm nicht eben freundlich gesinnt.»

Hendrik leerte sein Glas und blickte interessiert auf. «Was war das für eine Geschichte?»

Der Architekt trat einen Schritt auf den Commissarius und seine junge Begleiterin zu. Er schaute sich kurz um und beugte sich vor, als gelte es, ein Geheimnis zu schützen. «Ich glaube, um das zu erläutern, sind wir nicht am geeigneten Ort. Die Gewölbe haben gute Ohren.»

Inmitten einer kleinen Gruppe, die etwas abseits stand,

erkannte Hendrik die Senatoren Preez und Jenisch sowie mehrere Beamte der Baudeputation. Es schien eine lebhafte Diskussion im Gange zu sein. Abwechselnd steckte man die Köpfe zusammen, trat einige Schritte auseinander, um sich gleich darauf wieder in den gemeinschaftlichen Kreis zu stellen. Auf heftiges Kopfschütteln folgte zustimmendes Nicken. Es schien sich um eine entschiedene Meinungsverschiedenheit zu handeln. Hendrik versuchte, dem Gespräch zu lauschen und trat einen Schritt hinter Reichardt. Aber bis auf wenige Wortfetzen blieb ihm der Inhalt der Kontroverse verborgen, und er beugte sich etwas zu interessiert vor. Im nächsten Moment bemerkte ihn einer der Debattierenden und gab den anderen ein Zeichen. Abrupt verebbte das Stimmengewirr, und kurz darauf entfernte sich die Gruppe.

Reichardt blickte in sein leeres Glas. «Der Bau hat all unsere Gemüter erregt. Wir werden jetzt eine Woche lang debattieren, und man wird über Konsequenzen nachdenken müssen. Kommen Sie am 8. Dezember zum Festmahl hierher? Es wird natürlich eine Fortsetzung der Feierlichkeiten geben.» Er sah die Ablehnung in Hendriks und Claras Gesicht und fügte hinzu: «Auch ich habe etwas Besseres zu tun. Derzeit schreibe ich an einem Handbuch über Städtebau. Im Gegensatz zu den meisten Hamburger Architekten, die alle an ihrer persönlichen Geschichte des großen Brandes schreiben.» Er überlegte kurz, dann sah er Hendrik an und sagte: «Vielleicht können Sie das Handbuch für Ihre Recherche gebrauchen. Wenn es Sie interessiert, besuchen Sie mich. Sie sind jederzeit willkommen.»

Damit verabschiedete man sich voneinander, und Hendrik und Clara machten sich auf in Richtung Gertrudenstraße.

Der Weg war nicht weit, und so konnten sie die spätabendliche Kälte unter den Decken des offenen Wagens halbwegs ertragen. Es war empfindlich kühl geworden. Clara nutzte die Gelegenheit, dicht an Hendrik heranzurücken.

«Du sagtest, du kennst die Frau von Chateauneuf aus eurer Apotheke?»

«Ja doch, ich irre mich bestimmt nicht. Sie ist ja nun wirklich nicht der Typ, den man alle Tage auf den Straßen trifft. Zweimal war sie dort. Sie hat seltsame Sachen verlangt. Semper pflegte daraufhin immer zu scherzen, es könnten unmöglich so viele Ratten in einem einzigen Bürgerkeller nisten. Sie spricht übrigens einen merkwürdigen Akzent; ich glaube, sie kommt aus Schweden oder Norwegen. Aber vielleicht haben wir sie auch nur nicht richtig verstanden.»

Clara schmiegte sich an Hendriks Schulter. Unwillkürlich musste er an Venedig denken.

Damals, als er mit Helena die Lagunenstadt bereist hatte, war es ähnlich kalt gewesen. In der mittäglichen Sonne erlaubten die Temperaturen noch, dass man sich der Pantalons entledigte und an einem der kleinen Restauranttische am Canal Grande unter freiem Himmel speiste, aber am späten Nachmittag stieg eine feuchte Kälte aus den Kanälen empor. Dann verwandelten sich die venezianischen Sonnenpromenaden innerhalb weniger Minuten in menschenleere Plateaus, kalt, feucht und unwirtlich. Die Kälte wurde durch einen böigen Wind noch verschärft. Die Menschen beschleunigten ihre Schritte, und nur den Ratten schienen die Temperaturen nichts auszumachen. In jedem Winkel, an jeder Treppe und jedem Brückenpodest, überall lauerten sie, äugten kurz hervor und verschwanden ohne einen Laut. Dabei kannte Hendrik die Ratten aus Hamburg nur zu gut. In den

Kriechkellern der Fleetbebauung waren sie ebenso gegenwärtig wie in den Speichern und Dielen der Bürgerhäuser. Die Tiere unterschieden nicht zwischen den Bevölkerungsschichten. Sie schienen eine unüberwindbare Plage der Stadt zu sein. Conrad vermutete in ihnen sogar einen der Gründe für die immer wiederkehrenden Choleraepidemien. Zuletzt war Hamburg vor fünfzehn Jahren von der Cholera heimgesucht worden. Mehr als 500 Tote hatte man gezählt.

Wie kam er jetzt nur darauf? Richtig, Clara hatte von Ratten gesprochen. Aber die Frau von Chateauneuf …? Schickte man für gewöhnlich nicht seine Hausangestellten für solcherlei Besorgungen aus? Insbesondere wenn man in anderen Umständen war? Außerdem befand sich die der ABC-Straße nächstgelegene Apotheke am Gänsemarkt. Warum kaufte Chateauneufs Frau nicht dort ein, zumal in ihrem Zustand?

Sie bogen in die Gertrudenstraße ein, und Hendrik ließ den Wagen vor dem Hause Roever anhalten. Er begleitete Clara noch bis an die Tür. Ihre Aufforderung, doch auf einen Schluck Port mit hereinzukommen, nahm er nicht an. Jetzt musste er allein sein und weiter nachdenken.

Architekten und Baumeister, Ratsherren und Kaufleute, Bauunternehmer und Ziegeleibesitzer … Eine feine Gesellschaft war das, in deren Kreis er da ermittelte. Und alle waren sie mit feinen Fäden aneinander gebunden … Eine Bewegung ließ ihn jäh aufschrecken, und er sah nur noch, wie Clara die Haustür hinter sich schloss.

Hendrik lenkte seine Kutsche zum Johannisplatz. An der viertelkreisrunden Treppe des kleinen Alsterbeckens ließ er das Pferd anhalten. Trotz der Kälte, die er in diesem Moment ebenso wenig wahrnahm wie vorhin den zarten Ab-

Der Neubau der «Patriotischen Gesellschaft» an der Trostbrücke. Architekt: Theodor Bülau. Eröffnungsfeier am 1. Dezember 1847.
(Lithographie, Hamburger Staatsarchiv)

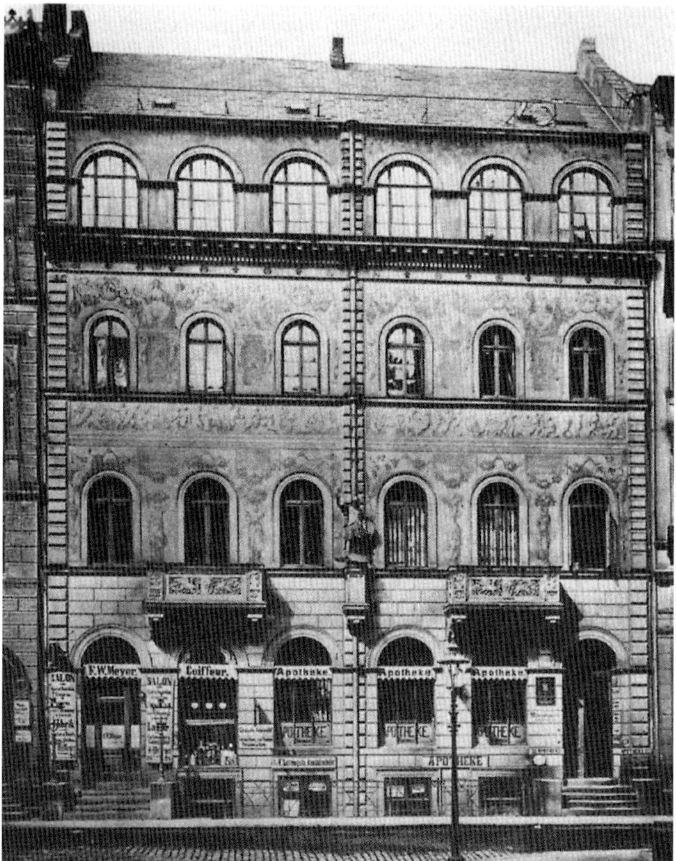

Apotheke Große Bäckerstraße 22/24. Um 1844 von Gottfried Semper für seinen Bruder Heinrich Semper erbaut. 1896 abgebrochen.

(Fotografie, Hamburger Staatsarchiv)

Wohnhaus Kuhnhardt, Ferdinandstraße 63 (links). Architekt: Alexis de Chateauneuf. Wohnhaus Dr. Voigt, Ferdinandstraße 65. Architekt: Theodor Bülau.

(Lithographie von Charles Fuchs 1846/47, Ausschnitt)

Die heutige «Alte Post» an der Poststraße.
Entwurfsblatt von Alexis de Chateauneuf, um 1846.
(Hamburger Staatsarchiv)

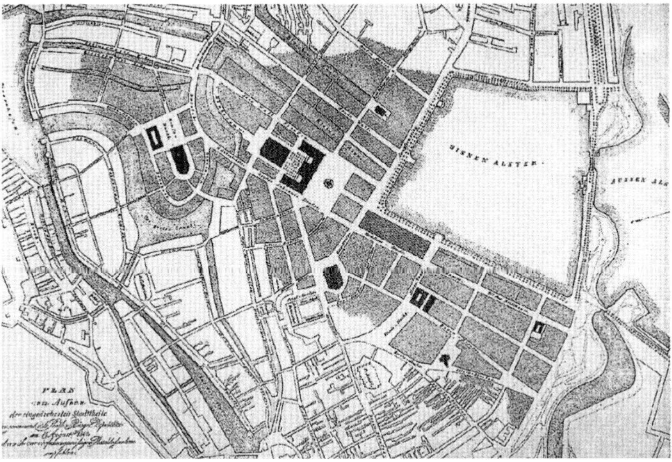

Wiederaufbauplan der Stadt Hamburg. Endgültiger Plan der Technischen Kommission vom 15. August 1842.
(Hamburger Staatsarchiv)

Entwurfsblätter für die Alsterarkaden von Alexis de Chateauneuf, um 1842.
(Hamburger Staatsarchiv)

Landhaus Richard Godeffroy, In de Bost 39.
Erbaut 1836 von Arthur Patrick Mee, verändert.
(Fotografie um 1960, Landesbildstelle Hamburg)

«Die Ruinen der Alstergegend».
Daguerreotypie 1842 von Carl Ferdinand Stelzner.
(Museum für Hamburgische Geschichte)

schiedskuss, den Clara ihm freundschaftlich auf die Wange gedrückt hatte, zog es ihn hinab zum Wasser. Der Platz hatte eine magische Ausstrahlung. Wieder dachte er an Venedig, an den Entwurf, den ihm Gottfried Semper gezeigt hatte. War der große Baumeister noch in Hamburg? Bei der heutigen Einweihungsfeier hatte Hendrik ihn inmitten der Menschenmenge nicht ausmachen können. Er betrachtete die Bögen der Alsterarkaden, die er wie durch einen transparenten Vorhang sah. Es hatte zu schneien begonnen. Die Schneeflocken, die ersten in diesem Jahr, bildeten einen bewegten Schleier, durch den sich die städtische Kulisse, wie durch ein nächtliches Kaleidoskop betrachtet, auflöste. Alles schien sich sanft in Bewegung zu setzen. Auf der Schleusenbrücke stand ein Nachtwächter im Schein der Laternen. In ihrem Lichtkegel sammelten sich die Schneeflocken wie ein Schwarm von Insekten.

Der Tanz der umhertreibenden Eiskristalle weckte im Commissarius den Wunsch, dem ungeordneten Nebeneinander der Geschehnisse einen Zusammenhalt zu geben. Was hatte er bislang eigentlich herausgefunden? Welchen Weg er auch einschlug – immer wieder begegnete er bei seinen Ermittlungen den Mitgliedern der Commission für den Wiederaufbau. Das schien zumindest deswegen erstaunlich, weil Drasche für den nunmehr fast abgeschlossenen Aufbau der abgebrannten Stadtteile kein Material in nennenswerter Größenordnung geliefert hatte. Außerdem war die Technische Commission als städtisches Gremium bereits seit zwei Jahren offiziell nicht mehr existent, was allerdings nicht bedeutete, dass die ehemaligen Mitglieder der Commission keinen Einfluss auf die bauliche Gestalt der Stadt mehr hatten. Ganz im Gegenteil. Zudem hatte es anscheinend bereits sehr früh personelle Querelen innerhalb der Commission gegeben.

Auch Reichardt, den er heute Abend kennen gelernt und als sehr angenehme Persönlichkeit empfunden hatte, war an den Streitigkeiten innerhalb der Commission beteiligt gewesen. Hendrik fragte sich, ob es in diesem Gremium – ähnlich wie in der «Gesellschaft» – zwei gegensätzliche weltanschauliche Strömungen gegeben hatte, deren Exponenten immer wieder aneinander geraten und – je nach Fürsprache aus Kreisen der anderen hamburgischen Entscheidungsgremien und der mächtigen Familien der Stadt – mal über-, mal unterlegen gewesen waren. Andererseits konnte es sich bei diesen Querelen aber auch um ganz harmlose Interessenkonflikte unter Konkurrenten gehandelt haben. Jedenfalls hatte Hendrik im Zuge seiner Recherchen während der vergangenen Woche herausgefunden, dass es in der Commission häufig wechselnde Mitgliedschaften gegeben hatte, welche die jeweils Betroffenen nicht unberührt gelassen haben konnten. Dafür ging es um zu viel. Zu viel Berufsehre, zu viel Geld, zu viel Einflussnahme.

Der Einzige, der von alledem unberührt geblieben zu sein schien, war Theodor Bülau. Die verwandtschaftlichen Verflechtungen der mit Bülau befreundeten Familien, die Clara vorhin geschildert hatte, waren vielleicht doch nicht so nebensächlich, wie Hendrik im ersten Moment gedacht hatte. Vor allem Bülaus direkte Verbindung zum zeitweiligen Commissionsmitglied Hübbe schien ihm bedeutsam.

Welchen Zusammenhang das alles jedoch mit Drasches Tod hatte, war dem Commissarius vollkommen unklar. Das einzige Verbindungsglied schien ihm Chateauneuf zu sein. Er musste ihn noch einmal aufsuchen.

Während Hendrik noch überlegte, ob es aus taktischen Gründen nicht vielleicht klüger wäre, vor diesem Besuch der Einladung von Reichardt zu folgen, bemerkte er hinter dem wirbelnden Vorhang aus Schneeflocken eine Gestalt, die eifrig damit beschäftigt war, mehrere hölzerne Gestelle und Gerätschaften in einer großen Kiste zu verstauen. Neugierig, wer außer ihm selbst hier zu dieser späten Stunde verweilte, ging Hendrik näher.

«Carl?»

Die Gestalt drehte sich zu Hendrik um und hielt schützend die Hände über die Augen. «Ja, wer ist es?»

«Ich bin es, Hendrik. Ich brauche wohl nicht zu fragen, was du hier machst. Aber um diese Zeit?»

«Ich hatte eine lange Belichtung und bin vom Schnee überrascht worden. Ich hoffe, dass auf dem Bild überhaupt was zu sehen ist. Bin gespannt. Pack doch bitte mal mit an!»

Der Commissarius half, eine schwere Kiste auf den wartenden Wagen zu stemmen. Das angespannte Pferd, auf dessen Rücken die Schneeflocken schmolzen, bewegte sich unruhig.

«Kannst du jetzt schon bei Dunkelheit ablichten?»

«Es ist ein Versuch. Ich habe neue Platten und eine empfindlichere Beschichtung. Trotzdem habe ich mehr als eine Stunde gewartet, und jetzt ist mir lausekalt. Was machst du hier?»

Hendrik schüttelte den Schnee von seinen Schultern. «Ein bisschen sinnieren. Wir haben uns lange nicht mehr gesehen.»

«Ein ungemütlicher Ort für eine Unterhaltung. Ich muss jetzt schnell ins Labor und die Platte entwickeln. Komm doch morgen Vormittag in den Bazar! Ich soll für Sillem eine Aufnahme seiner Einkaufsstraße machen. Dann können wir uns unterhalten.»

«Du hast Recht, es ist wirklich spät und ungemütlich. Ich versuche, gegen neun Uhr dort zu sein.»

Sie verabschiedeten sich, und Hendrik bestieg seinen eigenen Wagen. In wenigen Minuten würde er zu Hause sein und sich am Ofen wärmen können.

Carl Ferdinand Stelzner war Miniaturmaler. Zwei Jahre vor dem großen Brand hatte er zusammen mit Helenas Cousin Hermann ein kleines Atelier eröffnet und arbeitete, seit er die ersten Experimente mit der Camera obscura – ein neuartiges Verfahren zur Herstellung eines Lichtbildes – in Paris kennen gelernt hatte, als Daguerreotypist. In der Anfangszeit hatte Helena häufig im Atelier ausgeholfen, und es hatte sich eine enge Freundschaft mit Carl entwickelt.

Carls Auftraggeber waren in erster Linie wohlhabende Hamburger Kaufleute, die ihre Familienangehörigen porträtiert wissen wollten. Wie ein Hofmaler zog Carl durch die Häuser der ehrbaren Hamburger Bürger und verwandelte die Salons mit künstlicher Staffage und gemalten Hintergrundbildern in ein buntes Panorama großbürgerlicher Wunschvorstellungen. Das Problem waren die langen Belichtungszeiten, weshalb bewegliche Objekte nur unscharf oder gar nicht abzulichten waren.

Vor drei Jahren hatten Carl und Hendrik sich das letzte Mal gesehen. Damals hatte der Commissarius versucht, den Porträtisten für die polizeiliche Arbeit zu gewinnen. Aber die Aufnahme von Personen für ein Criminalarchiv scheiterte schließlich an der mangelnden Bereitschaft der Betreffenden, für die Dauer von mehreren Minuten in Bewegungslosigkeit zu verharren. So bevorzugte Hendrik für die dienstliche Ermittlungsarbeit nach wie vor die Arbeit des Lithographen Fuchs. Dessen Zeichner waren schnell, zuverlässig und sicher in der Darstellung markanter menschlicher Gesichtszüge.

Der andere Grund, aus dem der Kontakt zu Carl abgebrochen war, hieß Helena. Hendrik konnte nicht mit Carl zusammen sein, ohne an Helenas Tod zu denken. Trotzdem war er froh über diese zufällige Begegnung und freute sich auf den nächsten Morgen. Er brachte sein Pferd in Gang und lenkte den Wagen über die Schleusenbrücke durch die Poststraße, vorbei an der städtischen Wassermühle am Bleichenfleet, die kurz vor ihrer Vollendung stand. Bald würden sich hier bereits nachts die Kornwagen stauen. ‹Trotz Missernte in diesem Jahr scheinen die Kornspeicher voll zu sein›, dachte Hendrik. Im Laufe des Sommers war es sogar zu einem kurzfristigen Engpass in der Mehlversorgung der Stadt gekommen. Vielleicht war die Liefermenge aber auch über eine Absprache begrenzt worden. Das hatte Conrad vermutet, denn nach den Tumulten, die sich wegen der wucherartigen Preissteigerung für Lebensmittel im Juni dieses Jahres auf dem Schaarmarkt abgespielt hatten, waren die Preise für Brot und Kartoffeln von Seiten der Stadt für die Dauer von acht Wochen reglementiert worden. Nach dieser Sperrfrist hatte sich der freie Brotpreis wieder bei zwei Silbergroschen eingespielt – teuer genug, aber erstaunlicherweise schien damit auch der Lieferengpass verschwunden zu sein.

Vorsichtig lenkte Hendrik den Wagen in eine hinter der Stadtwassermühle gelegene Remise. Von hier aus konnte er Prätzmanns Passage, wo er zusammen mit seiner Schwester eine halbe Etage bewohnte, zu Fuß erreichen.

Sillem's Bazar war eine Hamburger Attraktion. Nach dem Vorbild anderer europäischer Metropolen hatte der Hamburger Kaufmann Wilhelm Sillem eine prachtvolle überdachte Einkaufspassage zwischen Jungfernstieg und Königstraße erbauen lassen. Sie lag nur einen Katzensprung entfernt von Hendriks Wohnung.

Um kurz vor neun durchschritt der Commissarius den Torbogen zur Passage an der Königstraße. Von dieser Seite wirkte der Eingang zu Sillems Flaniermeile weniger majestätisch als am Jungfernstieg. Erst nachdem Hendrik die Stufen des Durchgangs emporgestiegen war, tat sich vor ihm die phantastische Perspektive der Einkaufsstraße auf. Auf einer Länge von ungefähr zweihundert Fuß reihte sich zu beiden Seiten der Passage Geschäft an Geschäft. Alles strahlte in luxuriöser Pracht und Eleganz. Auf Bodenhöhe schien der Bazar nur aus Schaufenstern zu bestehen, hinter denen ausschließlich Produkte bester Güte feilgeboten wurden. Über den Rundbögen und Spiegelscheiben wurde ein vergoldetes Gesimsband von halbrunden Säulen getragen. Darüber erhob sich ein halbhohes Mezzaningeschoss mit ebenfalls rundbogigen, aber kleineren Fenstern, die jeweils paarweise von zierlichen Statuen eingerahmt wurden. Die Wände strahlten in poliertem Marmor, deren festlicher Glanz durch die vergoldeten Stuckaturen noch einmal gesteigert wurde. Das Ganze wurde von einem ebenso reich verzierten Tonnengewölbe bekrönt. Die Passage mündete in einen zylinderförmigen Zentralbau. Die Wände der Rotunde erhoben sich über vier Geschosse. Darüber wurde der Raum durch eine transparente Eisen-Glas-Konstruktion abgeschlossen, welche die Anwesenden in helles Licht eintauchte.

Immer wenn Hendrik die Passage durchschritt, fragte er sich, wer sich die hier angebotenen und ausgestellten Waren eigentlich leisten konnte. Natürlich gab es in Hamburg eine nicht geringe Anzahl wirklich wohlhabender Familien, aber die bezogen ihre Luxusgüter traditionell nicht im Ambiente öffentlicher Zurschaustellung. Außerdem kannte ein jeder Bürger Plätze, wo es die hier angebotenen Waren deutlich günstiger zu erwerben gab. Übrig blieben nur Durchreisende und Gäste der Stadt, die, mangels Kenntnis oder Zeit, angelockt durch vom Besitzer organisierte Veranstaltungen, Feiern, Ausstellungen oder Musikkonzerte, den Weg in dieses wettergeschützte Refugium kaufmännischen Spekulantentums fanden. Mit Genugtuung hatte Hendrik aber seit Bestehen des Bazars festgestellt, dass die Zahl flaniersüchtiger oder in der Öffentlichkeit protzender Wichtigtuer weitaus geringer war, als der Bauherr erwartet hatte. Auch an diesem Morgen herrschte gähnende Leere.

Carl Stelzner hatte seine Ausrüstung inmitten des zentralen Oktogons aufgebaut, welches den feierlichen Mittelpunkt der Anlage bildete. Der Daguerreotypist hatte, wohl um das beste Motiv zu finden, ein hölzernes Podest errichtet, auf dem er seine Camera obscura auf einem Stativ in Position zu bringen versuchte. Hendrik durchschritt den kleinen Triumphbogen, der den Übergang von Passage und Zentralbau markierte, und begrüßte den Freund, der ihm dann den ebenfalls anwesenden Sillem vorstellte.

«Wir werden den Weg für den Publikumsverkehr absperren müssen. Und bitte, Herr Sillem, veranlassen Sie, dass die Gaslaternen gelöscht werden.»

«Wie lange werden Sie benötigen?»

Carl Stelzner betonte die künstlerische Sorgfalt seiner Arbeit. «Einige Minuten wird es schon dauern. Bitten Sie die Kaufleute, die Ladentüren während der Belichtung nicht zu öffnen.»

Sillem stieg vorsichtig vom Podest und rief nach einem der Posten, der sich sogleich auf den Weg machte, die Anweisungen von Geschäft zu Geschäft zu tragen.

«Wir müssen behutsam sein, die Pächter sind wegen der Akzise schon gereizt. Aber ich habe ihnen zu verstehen gegeben, dass Ihre Arbeit dem Umsatz zugute kommen wird.»

«Die Geschäfte laufen nicht gut?» Hendrik blickte Sillem fragend an, dem trotz der Kälte schon Schweißperlen auf der Stirn standen.

«Doch, doch! Aber Sie kennen ja sicher das ewige Klagen der Händler. Das Geld sitzt eben momentan nicht so locker.»

«Aber eigentlich haben Sie bei diesen Temperaturen einen größeren Anstrom erwartet?»

Sillem tupfte sich die Stirn mit einem Taschentuch trocken. «Das ist die Ruhe vor dem Sturm. Vor den Feiertagen wird es hier ein ziemliches Gedränge geben. Ich habe eine riesengroße Tanne bestellt, die wir hier in der Halle aufstellen und mit Kerzen beleuchten werden.»

Hendrik hörte in Sillems Stimme mehr Hoffnung als Überzeugung. Die ganze Stadt wusste, dass sich Sillem mit dem Bau des Bazars hoffnungslos verschuldet hatte und nun auf ein sanierendes Weihnachtsgeschäft spekulierte. Der Bazar war schon vor seiner Fertigstellung als Gesprächsthema in aller Munde gewesen. Die Zeitungen hatten den Bau als städtebauliches Juwel der Hansestadt gelobt und die Besucher, die zunächst wie Heerscharen in die Passage strömten, schienen das Konzept auch zu bestätigen. Die anfängliche Euphorie hatte sich jedoch schnell wieder gelegt. Schon nach wenigen Wochen reichten die Umsätze aufgrund der allgemein schlechten Konjunkturlage nicht mehr aus. Die Ladenbesitzer und Pächter drohten wegen des hohen Mietzinses mit Abwanderung. Außerdem waren sie mit dem – inzwischen von fünf auf zwei Schilling herabgesetzten – Eintrittszoll nicht einverstanden. Dieses Eintrittsgeld, das beim Kauf in einem beliebigen Geschäft zwar angerechnet wurde, hielt das flanierende Publikum, so glaubte man erkannt zu haben, von einem Besuch im Bazar ab.

«Es ist so weit!» Der Posten kehrte nach Erledigung seines Auftrags zum Podest des Künstlers zurück.

Der Commissarius und Sillem traten nach Aufforderung einen Schritt zurück, und Stelzner öffnete auf der Stirnseite seiner Camera einen kleinen Deckel. In der anderen Hand hielt er eine mechanische Apparatur zur genauen Zeitnahme, die er mit kleinen Zahlen – es handelte sich um jahrelange Erfahrungswerte – beschriftet hatte. Sein rhythmisches Kopfnicken verriet, dass er trotz seines Zeitmessers still die Sekunden zählte. Niemand wagte zu sprechen, bis der Künstler mit einer schnellen Bewegung die kleine Kappe wieder vor den Holzkasten schob und die Prozedur für beendet erklärte.

Sillem reichte ihm erleichtert die Hand. «Ich hoffe auf allerbeste Qualität. So, jetzt muss ich ins Kontor. Die Geschäfte warten. Und machen Sie's nicht zu teuer!»

Während Carl das Holzgehäuse der Camera obscura bedächtig vom Stativ löste und den Apparat vorsichtig in einen eigens dafür angefertigten Lederkoffer legte, fragte Hendrik: «Wofür will Sillem das Bild haben?»

Carl verpackte weiter seine Geräte. «Er plant wohl so

etwas wie einen Prospekt, glaube ich. Er hat mir keine Details verraten, und ich bin dankbar dafür, dass er Vertrauen in meine Lichtbildtechnik hat. Die Leute wollen sonst immer nur Familienbilder. Kleine hässliche Gören» – Stelzner verzog sein Gesicht zu einer plärrenden Fratze –, «die nicht still sitzen wollen. Neulich hat mir sogar eines der Kinder von Abendroth die Zunge rausgestreckt – mitten in der Aufnahme. Seine Mutter hat natürlich von alledem nichts mitbekommen. Zumindest habe ich der Familie zwei Platten berechnet. Es trifft ja keine Armen. Komm, ich hab meine Sachen zusammen; lass uns im Russie noch einen Mokka trinken!»

Carl Stelzner hievte seine Koffer und Kisten auf eine Handkarre und schob sie durch die Halle in den Gepäckraum des angrenzenden Hotels.

Das vornehme Hotel de Russie flankierte den Eingang von Sillem's Bazar am Jungfernstieg. Die Gäste des noblen Hauses hatten selbstverständlich freien Eintritt in die Passage. Auch waren die rückwärtigen Räume so angeordnet, dass sie einen Einblick in die Rotunde des Bazars ermöglichten. Carl und Hendrik durchschritten das Foyer des Hotels und betraten den angrenzenden Salon, dessen große Fenster sich zu Hamburgs Prachtpromenade öffneten. Bevor sie sich einen der begehrten Fensterplätze sichern konnten, wurden sie von einer kräftigen, aber unaufdringlichen Stimme zurückgehalten.

«Sieh an, der Herr Stelzner!»

Die Stimme gehörte zu Karl Baurmeister, einem Hamburger Buchhändler und Herausgeber des *Tagwächters an der Elbe* – einer kritischen und von der städtischen Zensur scharf beäugten Zeitung.

Bei Baurmeister saßen außerdem Christian Hellwege,

der Neffe eines Hamburger Kaufmanns, der mit Schellackhandel zu Reichtum gelangt war, sowie Johann Gustav Gallois, ein Hamburger Advokat, der als Vorsitzender des ‹Vereins der Nicht-Grundeigentümer› im *Tagwächter* dieses Jahr mehrere provokative Artikel veröffentlicht hatte, die ihn als streitbaren Zeitgenossen und engagierten Kritiker der hamburgischen Sozialpolitik ausgewiesen hatten. Hendrik kannte Gallois aus dem Hause Roever. Conrad war Mitglied des Vereins. Am meisten überraschte Hendrik aber die Anwesenheit des Apothekers Heinrich Semper, den er in dieser Runde und an diesem Ort nicht erwartet hatte.

«Na, Carl, hofft Sillem, er kann sich mittels Werbung und modernster Technik sanieren? Wir haben dich vorhin bei der Arbeit beobachtet. Ich hoffe, du servierst ihm eine angemessene Rechnung.» Baurmeister rückte einen Stuhl weiter und forderte den Commissarius und Carl Stelzner mit einer einladenden Handbewegung auf, sich zu ihnen zu setzen.

«Kann das Geschäft Sie um diese Tageszeit entbehren?», wandte sich Hendrik an den Apotheker, nachdem er seinen Uniformrock abgelegt und Platz genommen hatte.

«Aber selbstverständlich! Claras Kenntnisse sind allemal ausreichend, um mich für einige Stunden zu vertreten.»

Hellwege und Gallois, die Hendrik nur flüchtig kannte, schienen erleichtert, dass Semper ihn so freundschaftlich begrüßte.

«Der Commissarius ist ein Freund des Hauses – und der Aufklärung», erklärte der Apotheker.

Hendrik schüttelte bescheiden den Kopf. Es war jetzt schon das zweite Mal, dass Semper ihm mit diesem Wortspiel seine Hochachtung ausdrückte. Weshalb nur war er sich Hendriks Geisteshaltung so sicher? Sie waren sich doch erst zweimal begegnet! Wahrscheinlich erzählte Clara in der Apotheke doch mehr, als ihm lieb war. Hendrik bestellte für sich und Stelzner zwei große Kännchen Mokka.

«Geht es Sillem denn nun wirklich schlecht, oder ist das nur die übliche Tour kaufmännischen Selbstmitleids in schlechten Zeiten?» Baurmeister schien von Stelzner nicht wirklich eine Antwort zu erwarten.

«Es scheint zumindest so, als säßen ihm seine Gläubiger noch nicht direkt auf der Pelle. Die nervöse Unruhe wird wohl ein Teil seiner Natur sein.»

«Glaubt mir, die Angst sitzt dem Spekulanten im Nacken!» Gallois schlürfte mit einem sichtlich schadenfrohen Ausdruck genüsslich seinen Mokka.

«Es wird Zeit, dass einige der Herren Großgrundbesitzer ein klein wenig ins Straucheln geraten. In diesen Zeiten darf es nicht ausschließlich die kleinen Leute treffen! Aus dieser Sicht ist es nur allzu gerecht, was mit der Passage geschieht. Wenn ich bedenke, was vor dem Neubau hier für ein Leben herrschte, die Vielfalt, die ...»

«Wir sprachen gerade über die Expropriation und die Neuparzellierung innerhalb der Brandgebiete», unterbrach Baurmeister Gallois, um die Neuankömmlinge in den Gesprächszusammenhang einzuweihen. «Johann ist der Meinung, die Neuverteilung der Grundstücke fordere nun ihren Tribut. Und da hält er es für selbstverständlich, dass diejenigen Spekulationsobjekte zuerst scheitern, die einst den größten Gewinn versprachen, weil sie erfahrungsgemäß immer auch mit dem größten Risiko verbunden sind. Ich hingegen vertrete mehr die Ansicht – und da stimmen mir hier alle anderen zu –, dass den Grundeigentümern erst mit dem Expropriationsgesetz die Möglichkeit der Selbstbedienung gegeben wurde – und das ganz gezielt. Schließlich haben sich die Mitglieder der Technischen Commission die Voraussetzung für die Enteignungsmöglichkeit und die Neuparzellierung von den ehemaligen Grundeigentümern – und man bedenke, diese Kaufleute bilden nach wie vor Rat und Bürgerschaft – mit der spekulativen Erwartungshaltung eben dieser Gruppe erkauft.»

«Erkauft?», fragte Hendrik neugierig.

«Nicht direkt. Sagen wir: Ertauscht!»

«Was gab es denn als Gegenleistung?»

«Im Gegenzug gab es die Zusage für die Erschließung des Hammerbrooks und die Möglichkeit, auch dort Flächen für den Wohnungsbau freizugeben», entgegnete Baurmeister. «Wir waren uns nur noch nicht darüber einig, ob das ein Angebot der einen oder eine Forderung der anderen Seite war. Schließlich war die Enteignung eine Grundvoraussetzung für die Planungsabsichten aller Wiederaufbauentwürfe im Brandgebiet.»

«Sie meinen also, es war keine wirkliche Expropriation, sondern eher ein freiwilliger Verzicht?»

«Ja, das bestimmt. Da sind wir uns einig. Es fragt sich nur, ob im Sinne des Allgemeinwohls der Stadt, wie es so gerne dargestellt wird, oder vor dem Hintergrund lukrativer Geschäfte.»

«Meiner Meinung nach», mischte sich Gallois ein, «handelte es sich um ein ganz gezieltes Vorgehen, um die Wohnpreise in der Stadt durch die Neubauten besser kontrollieren zu können. Vielleicht sogar – aber das ist reine Spekulation –, um das billige Wohnen ganz aus der Stadt zu verdrängen.»

Hendrik dachte an seine eigene Wohnung. Tatsächlich

hatte sich die Erwartung einiger Spekulanten im Neubaugebiet nicht erfüllt. Er selbst war durch diesen Sachverhalt zusammen mit seiner Schwester in den Genuss einer modernen Wohnung gekommen. Eigentlich hatte Prätzmann, ein Hamburger Bauunternehmer, die Häuser in seiner Passage teuer verkaufen wollen, doch aufgrund der schlechten Konjunkturlage fand er nur wenige, die bereit waren, seine Preise zu zahlen. Also hatte er einen Großteil der Anlage in kleinere Wohneinheiten aufteilen lassen, die er nun – immer noch teuer genug – vermietete.

«Sie wollen sagen, dass es denen, die im Sanierungsgebiet in spekulativer Erwartung investiert haben, in erster Linie gar nicht um den Profit ging, sondern um die Möglichkeit der Kontrolle?»

«Nein, nein», stellte Semper richtig, «Baurmeister meint nicht diejenigen, die sich wie Sillem an einem Prestigeobjekt innerhalb der Stadtmauern verhoben haben. Es sind nur wenige, die hier ihre Spekulationen betrieben. Die Neuparzellierung sollte ja vorrangig einem gehobenen Wohnstandard für den Eigenbedarf dienen. Was Baurmeister im Blick hat, ist die Steuerung der Entwicklung jenseits der Stadtmauern.»

Hendrik verstand nicht. «Aber dem steht doch die Torsperre im Weg», warf er ein.

«Das stimmt so pauschal nicht.» Gallois war von dem Thema sichtlich erregt. «Denen, die im Sanierungsgebiet investiert haben, geht es momentan weniger gut. Es mag an der Konjunkturlage liegen. Schön und gut, aber das ändert sich wieder, sobald es bergauf geht. Nicht alle haben das kaufmännische Risiko so weit ausgereizt wie Sillem. Der hofft eben, dass die Talsohle bereits durchschritten ist. Verständlich! Viel interessanter aber sind diejenigen, die momentan investieren und ihren Zins demnächst vervielfältigen. Nehmen wir beispielsweise das Ratsmitglied Abendroth. Es ist Ihnen doch wohl nicht entgangen, was zurzeit auf der Uhlenhorst passiert?»

Hendrik nickte. In Gedanken erinnerte er sich an das Gespräch, das er mit Clara im Garten der Lohmühlen-Terrassen geführt hatte. Auf einmal schien es so, als sollte Clara mit ihrer Annahme Recht behalten. Hendrik ahnte schon, worauf Gallois als Nächstes hinweisen würde. Wenn er in diesem Zusammenhang jetzt noch den Rudersport Hamburger Kaufmannssöhne erwähnen würde, müsste Hendrik Clara für eine Hellseherin halten.

«Die Familie Abendroth», hob Gallois erneut an, «hat das ehemalige Pachtgut Uhlenhorst vor zehn Jahren von der Kämmerei erworben. Seit zwei Jahren schon werden dort Straßen und Wege angelegt, und demnächst entstehen die ersten Häuser. Das Absenken des Alsterspiegels hat die Uhlenhorst von einer ehemals öden Sumpflandschaft zu kostbarem Bauland werden lassen. Das ist das beste Beispiel für wirkliche Grundeigentümer-Spekulationen.»

«Aber das Absenken des Wasserniveaus», unterbrach Hendrik die Ausführungen Gallois', «war doch vor zehn Jahren noch gar nicht vorauszusehen! Erst nach dem Brand hat man über die Regulierung der Alsterhöhe nachgedacht.»

Baurmeister schüttelte den Kopf. «Woher wollen Sie das wissen? Sehen Sie, das ist der Fehler: Die gewinnbringenden Handlungen der Spekulanten werden im Nachhinein immer als zufälliger Segen dargestellt. Niemand fragt, warum ein Kaufmann ein kleines Vermögen für anscheinend unnützes Zeug ausgibt.»

Der Apotheker nickte bestätigend. «Ähnlich war das mit dem Expropriationsgesetz für die Neuparzellierung der abgebrannten Stadtteile. Ich war ja selbst betroffen. Fragen Sie doch mal jemanden aus der Commission, was damals für ein Handel mit den Grundeigentümern gelaufen ist! Die Enteignung, wie es genannt wird, war doch überhaupt Voraussetzung für die ganze Aufbauplanung! Glauben Sie wirklich, die Kaufleute hätten ihre innerstädtischen Grundflächen ohne Gegenleistung herausgerückt? Mein Bruder hat ja kurze Zeit in der Commission mitgearbeitet. Er war entsetzt, wie der künstlerische Anspruch aufgrund wirtschaftlicher Perspektiven verschachert wurde. Aber es war ja nur *ein* Architekt in der Rat- und Bürgerdeputation. Er selbst war gegen die Expropriation – wie er mir sagte, wegen städtebaulicher Strukturen, deren traditionelle Eigentümlichkeit er mit der Neuparzellierung in Gefahr sah.»

«Aber was hat sie dann zu dem Verzicht auf ihren Besitz bewogen?», wollte Hendrik wissen. Er wurde das Gefühl nicht los, dass dies Zusammentreffen auf irgendeine Weise für ihn arrangiert worden war. Alle schienen ihm mit Überzeugung ins Gewissen reden zu wollen, so, als wolle man ihn auf eine Spur bringen. Irgendeine Absicht schien die hier Anwesenden zu vereinen. Es konnte kein Zufall sein, dass hier ausgerechnet über dieses Thema diskutiert wurde. Aber Stelzner konnte von seiner derzeitigen Ermittlung nichts ahnen. Oder hatte Semper …? Nein, diese Vermutung schien ihm dann doch zu konstruiert. Dann fiel ihm ein, dass Carl ihm eben gerade im Bazar von einem Besuch bei Abendroth berichtet hatte.

«Was sie bewogen hat?» Baurmeister blickte bedeutsam in die Runde. «Nun, die Zusage für die vorstädtischen Länder, dort flächendeckend Wohnraum für die unteren Bevölkerungsschichten entstehen zu lassen.» Seine Worte hätten auch von Conrad stammen können. Wie oft hatte er seine Vermutungen betreffend der Vorstädte geäußert, aber Hendrik hatte sie stets als illusionäre Phantastereien abgetan. Politischen Diskussionen mit Conrad war er immer aus dem Wege gegangen. Dabei erschienen seine Ansichten aus Hendriks momentanem Blickwinkel gar nicht so abwegig. Mit dieser Erkenntnis schlug Hendrik sein gedankliches Notizbuch wieder auf.

«Das passiert doch aber schon seit längerer Zeit, wie uns St. Georg und St. Pauli zeigen», wiegelte der Commissarius ab.

Vor allem Gallois schien sich von dieser Bemerkung provoziert zu fühlen. «Sie glauben immer noch an Zufälle? Abendroth ist doch nicht der Einzige! Schauen Sie sich doch mal an, was Meyer in den dreißiger Jahren auf dem Hammerbrook gekauft hat: riesige Flächen! Das war deutlich vor dem Bebauungsplan.»

«Der entstand erst 1838», ergänzte Hendrik unwillkürlich und war für einen Augenblick selbst überrascht, dass ihm die Planungsdaten so vertraut waren. Noch mehr überraschte ihn aber, dass plötzlich das Gebiet des Hammerbrook wieder auftauchte. Schließlich hatte er den Vermutungen, die Conrad und Clara in Bezug auf den Hammerbrook schon so oft geäußert hatten, stets mit Skepsis gegenübergestanden.

«Und wer zeichnete dafür verantwortlich?», fuhr Gallois erregt fort. «Zufällig gerade der Ingenieur, der die besten Kontakte zu den Geschäftsleuten und Grundstücksbesitzern hat! Zufällig gerade der Mann, der nach dem Brand von Ratsseite mit dem Wiederaufbauplan betraut wird, der bereits am 12. Mai, wenige Tage nachdem das Feuer zur Ruhe gekommen ist, einen fertigen Aufbauplan präsentieren kann! Das stinkt doch zum Himmel, wenn Sie mich fragen!»

«Sie meinen Lindley?», fragte Hendrik.

«Genau!», erwiderte Gallois.

Hendrik versuchte den Kreis zu schließen. Eigentlich hatte er bereits genug erfahren: Bekanntes, aber auch Neues. Aus dieser Perspektive hatten die Landkäufe vor den Stadttoren wirklich etwas Bedrohliches.

«Das Entscheidende ist also, wie lange sich die Torsperre halten kann», resümierte Hendrik und versuchte, sich in Conrads Argumentationsmuster hineinzudenken. Aber so ganz konnte er den Zusammenhängen nicht folgen. Es mochte daran liegen, dass dem Commissarius das verbindende Glied zu seinen Ermittlungen im Fall Drasche fehlte – und er war überzeugt, dass es einen Zusammenhang gab.

«Eine Ausweitung der Stadtgrenze bringt dann den erhofften Profit, wenn das Wohnen in der Vorstadt keinen Nachteil mehr hat», sagte Semper. Der Apotheker erhob sich und machte Anstalten, die Runde zu verlassen. «Im Übrigen sind wir uns darüber einig, dass das an die Öffentlichkeit muss.»

Auch Hellwege verabschiedete sich, und allgemeine Aufbruchstimmung erfasste die Runde.

Baurmeister sah Gallois ernst an und sagte abschließend: «Das Problem ist: Wir haben keine Beweise. Die könnte nur ein Mitglied der Commission liefern. Außerdem würde eine solche Behauptung in einem Presseorgan der Zensur zum Opfer fallen. Ich werde mit dem Verleger Campe sprechen, wie er die Situation einschätzt. Wir treffen uns ja sowieso morgen Abend bei ihm. Börne, Schirges und Laube haben bereits zugesagt. Es wird unter anderem darum gehen, ob wir Heine für eine Satire zu dem Thema gewinnen können.»

Gallois griff zu seinem Mantel und schlug den Schal,

nachdem er das heftige Schneetreiben auf dem Jungfernstieg durch eine der großen Glasscheiben bemerkt hatte, mehrere Male um den Kragen. «Campe hat zwar Einfluss, aber er wird sich hüten, sein bestes Pferd zu riskieren.»

Man verabschiedete sich voneinander. Nur Hendrik und Carl Stelzner blieben am Tisch zurück und Hendrik fragte: «Seit wann hast du Kontakt zu solchen Kreisen?»

«Ein Arbeitskreis. Wir treffen uns regelmäßig.»

«Hier?», fragte Hendrik überrascht. Das Russie erschien ihm nicht als der geeignete Ort, Themen von solcher Brisanz zu diskutieren.

«Nein, für gewöhnlich treffen wir uns bei Julius Campe. Es war wohl Zufall, dass sie hier saßen.»

«Ich habe nie gewusst, dass du politisch aktiv bist.»

Stelzner lächelte. «Politisch aktiv? Versteh mich bitte nicht falsch, aber wenn du etwas verändern willst, ist es nur innerhalb eines Vereins möglich. Wir stehen doch alle außen vor. Auf Entscheidungen haben wir keinen Einfluss.»

«Aber ihr kommentiert und kritisiert die Zustände über die Presse.»

«Wir müssen vorsichtig sein. Man gerät leicht ins Straucheln, wenn man ausspricht, was alle denken. Es ist die Kunst der Verpackung. Zumindest Baurmeister will die jetzige Grenze der Toleranz ausloten. Es tut sich etwas … und er hat Rückendeckung. Aber erzähl von dir! Woran arbeitest du?»

Hendrik war sich nicht sicher, wie weit er Carl Stelzner einweihen konnte. Dennoch erzählte er vom Fall Drasche und berichtete von seinen derzeitigen Ermittlungen in Architektenkreisen.

«Daher also deine Skepsis vorhin. Jetzt verstehe ich … ich hab doch gemerkt, dass dir die Situation nicht geheuer war. Aber dann muss dir das Thema und müssen dir Gallois' Ausführungen doch gerade recht gekommen sein! Merkst du nicht, dass du in unserer Sache recherchierst?»

«In eurer Sache? Du vergisst, ich bin Commissarius. Ich ermittle im Auftrag der Stadt.»

Stelzner musste lachen und schlug Hendrik freundschaftlich auf die Schulter. «So sehr kannst du dich nicht verändert haben! Die Stadt», wiederholte er. «Wer ist die Stadt? Natürlich ermittelst du für die Allgemeinheit, aber du hast immer für die Sache selbst gelebt. Je verworrener die Fälle waren, umso mehr hast du dich hineingekniet. Ich kann mich nicht erinnern, dass du je akribisch gearbeitet hättest, nur weil deine Dienstherren es von dir verlangten. Und in diesem Fall dürfte dein Interesse wohl am allerwenigsten im Sinne der Herren Senatoren sein. Ist dir schon einmal in den Sinn gekommen, dass du vielleicht sogar gegen deine Dienstherren ermittelst?»

«Nun», sagte Hendrik unbehaglich, «anscheinend muss ich mit dieser Gefahr leben. Ich durchschaue bloß die Absichten noch nicht.»

«Du solltest aufpassen, dass du nicht in die Feuerlinie gerätst!»

«Das ist in diesem Fall einfacher gesagt als getan», entgegnete Hendrik. «Ich weiß bis jetzt noch nicht einmal, wer in welche Richtung schießt und wer oder was das Ziel ist.»

«Es ist ganz einfach. Das Ziel heißt Bereicherung», sagte Stelzner mit voller Überzeugung.

«Nein, das wäre zu einfach. Ich bin während meiner Recherchen schon viel zu vielen Ideologen begegnet», erwiderte Hendrik. «Auf diesem Schlachtfeld wird auch um Inhalte gekämpft. Architekten sind Idealisten, die Träume mit Steinen formen.» Hendrik machte eine nachdenkliche Pause. «Wenn man sie lässt», fügte er schließlich hinzu.

«Du vergisst dabei, dass Architekten Auftraggeber haben.»

«Das meinte ich ja damit.»

«Und Auftraggeber haben meist eine eigene Ideologie. Zudem sind sie sehr mächtig, wenn sie staatliche Bauaufträge vergeben können.»

Eine Weile saßen die beiden schweigend da, jeder in seine Gedanken vertieft. Dann sagte Carl: «Übrigens» – er klopfte auf die Tischkante, da Hendrik ihn gar nicht zu hören schien – «willst du mich übermorgen nach Blankenese begleiten? Hellwege hat mir einen Auftrag bei Godeffroys besorgt. Man will ein Bild für das Gründungsbuch irgendeiner Actien-Gesellschaft. Es werden wohl zahlreiche Kaufleute und Senatoren anwesend sein.»

«Und da soll ich dann gleich weiter recherchieren?»

«Nein, ich mach mich nicht lustig über deine Arbeit. In Wirklichkeit bin ja ich der Hampelmann für die Oberschicht. Aber Christian Hellwege hat mir versichert, es wird dort kein gesellschaftlicher Popanz aufgeführt – alles ganz ungezwungen. Bei der Gelegenheit können wir unser Gespräch fortsetzen.»

«Ob der alten Zeiten? Du weißt, was ich davon halte.»

«Nein, kein Wort darüber. Versprochen!»

«Wann soll ich bei dir sein?»

«Wir fahren mit Hellweges Droschke. Er holt mich gegen zwölf Uhr mittags ab.»

«Wenn es sich einrichten lässt, werde ich da sein.»

Hendrik war beunruhigt. Alles gehörte irgendwie zusammen. Das personelle Geflecht hatte undurchschaubare Züge angenommen. Womit er sich auch befasste, jeder schien an der Handlung beteiligt zu sein. Selbst Conrad war durch seine Mitgliedschaft im ‹Verein der Nicht-Grundeigentümer› für Hendrik zu einem Kärtchen geworden – wie absurd! Es war ihm, als spielten alle in einem Theaterstück, dessen Inhalt er nicht verstand und dessen Handlung er nicht folgen konnte. Hendrik fühlte sich beobachtet. Er war zu einem unfreiwilligen Mitspieler geworden. Er musste runter von der Bühne, wollte Abstand gewinnen.

«In diesem Fall wirst du wohl darauf achten müssen, dass du nicht deinen eigenen Ast absägst», hörte er noch Stelzners Worte in seinem Ohr, als er das Russie längst verlassen und sich auf den Weg zur Wache an den Raboisen gemacht hatte. Die kalte Luft tat ihm gut. Das einsetzende Schneegestöber hatte die Straßen leer gefegt. Nur hin und wieder huschte eine dick vermummte Gestalt an ihm vorbei über den tief verschneiten Alsterdamm.

Johannes Schütz fing Hendrik noch am Eingang des Hauses an den Raboisen ab. «Voss hat Neuigkeiten für dich. Du musst dringend mit ihm sprechen. Er erwartet dich oben.»

«Hat er eine Andeutung gemacht, worum es geht?»

«Nein. Er hat nur gesagt, es sei von Bedeutung und er hat mich gefragt, ob ich wüsste, gegen wen wir in diesem Fall eigentlich ermitteln. Er schien etwas in Sorge zu sein. Außerdem liegt der Abschlussbericht von Medicus Roever vor und…» Inspektor Schütz machte eine Pause. Seine Gesichtszüge signalisierten Hilflosigkeit.

«Und was?», fragte Hendrik.

«Die Tochter von Drasche hat sich gemeldet. Sie dankt für die Überführung des Leichnams.»

«Ja, und?»

«Sie fragt nach seiner Reisetasche!»

«Welche Reisetasche?», entgegnete Hendrik. «Hatte Drasche noch Gepäck in der Herberge?»

«Man hat nichts davon erwähnt.» Das Schulterzucken von Johannes Schütz zeugte von einem schlechten Gewissen.

«Aber du hast auch nicht ausdrücklich danach gefragt? Mensch, Johannes! Niemand reist ohne Mantel und Gepäck!» Der vorwurfsvolle Unterton in Hendriks Stimme war nicht zu überhören. «Ich werde mich selbst darum kümmern. Aber alles der Reihe nach!» Der Commissarius fluchte leise vor sich hin, als er die Treppe hinaufeilte.

«Und meinen Bericht», rief Schütz ihm nach, «habe ich dir auf den Schreibtisch gelegt.»

Die Neugierde trieb Hendrik zur Eile. Entgegen seiner Gewohnheit, zum täglichen Dienstantritt zuerst die hausinternen Tagesprotokolle zu überfliegen, durchschritt er die Amtsstube schnellen Schrittes. Sein knapper Gruß verhallte im Raum. Inspektor Voss hatte sich hinter einem mächtigen Stapel von Ordnern und Akten verbarrikadiert. Erst als Hendrik die Tür hinter sich schloss, blickte er auf.

«Erfolg?», fragte Hendrik.

Das Dutzend abgebrannter Kerzen auf Voss' Schreibtisch zeugte von nächtlicher Arbeit.

«Du willst doch nicht etwa sagen, dass du seit gestern hier sitzt?»

«Ja, in der Tat die ganze Nacht. Die ganze Sache gefällt mir nicht. Ich kann nur hoffen, es wird keine Rückfragen geben.»

«Was für Rückfragen? Von wem?» Hendrik hängte seinen klammen Mantel und die nasse Mütze vor das Fenster und setzte sich zu Voss, der unaufhaltsam in seinen Papieren blätterte.

«Hier! Und hier! Es scheint, als ob du den richtigen Riecher gehabt hättest.»

Voss reichte Hendrik mehrere gesiegelte Blätter über den Tisch. Der Commissarius warf einen kurzen Blick auf die Urkunden und schob sie zurück.

«Vielleicht fängst du mal vorne an. Ich weiß überhaupt nicht, worum es hier eigentlich geht. Sind das Besitzurkunden? Wo hast du die her?»

Der Commissarius machte sich ernsthaft Sorgen um seinen Inspektor. Voss war für gewöhnlich der Letzte, der sich von irgendetwas aus der Ruhe bringen ließ. Und jetzt machte er einen derart verstörten Eindruck, dass er nicht mal seine Gedanken ordnen konnte.

«Du hast mich gebeten, den Ländereien rund um den Besitz von Drasche nachzugehen. Das hier ist das Ergebnis.» Voss deutete auf einen Stapel Akten.

«Und?», fragte Hendrik erwartungsvoll.

«Also...» Voss holte tief Luft. «Der Großteil der Ländereien, die sich an Drasches Boden anschließen, sind urkundlich im Besitz des Herzogs von Sonderburg. Der dortige Verwalter, so konnte ich in Erfahrung bringen, ist ein angeheirateter Verwandter von Ludwig von Appen. Appen ist der größte Cementimporteur der Stadt. Er beliefert beispielsweise die Bauunternehmer Prätzmann und Ludolff. Zudem ist er, genau wie Prätzmann, mit Jenisch befreundet ...»

«Und Ludolff», fiel der Commissarius seinem Inspektor ins Wort, «war als Architekt und Berater in der Technischen Commission für den Wiederaufbau.»

Voss nickte bestätigend.

«Das ist famos! Der Kreis schließt sich.» Hendrik sah Voss nachdenklich an. «Jetzt wird mir auch klar, warum Drasche das Land nicht mehr erwerben konnte. Es wurde von höchster Ebene interveniert. Aber warum? Und warum hat man Drasche getötet, wenn er bereits kaltgestellt war?»

Voss begann, die Akten auf seinem Tisch zu ordnen. «Vielleicht hatte er die Sache durchschaut?»

«Bestimmt!» Hendrik versuchte vergeblich, die neuen Fakten in einen sinnvollen Zusammenhang zu bringen. Aber es schien ihm, als entstünde mit jeder Antwort eine Vielzahl neuer Fragen. Vor allem fragte er sich, woher Drasche die entsprechenden Informationen hätte haben können. «Nehmen wir mal an», versuchte er zu rekapitulieren,, «man hat verhindern wollen, dass Drasche seinen Betrieb weiter vergrößert, dann bleibt die Frage offen, wer das veranlasst hat: Ludolff, der Architekt und Bauunternehmer, weil er den Backstein als konkurrenzfähigen Baustoff fürchtete? Appen, aus eben diesen Gründen? Oder Jenisch, als Vorsitzender der Baudeputation, weil ihm der Backstein aus stilistischen Gründen unpassend erschien?» Hendrik rieb sich die Nase und warf Voss einen fragenden Blick zu. «Himmel hilf!», fluchte er. «Wofür braucht man eine solche Menge Steine? Der Wiederaufbau ist doch fast abgeschlossen! Das Ganze macht nur dann einen Sinn, wenn ...» Hendrik atmete tief durch. «Also gut! Gehen wir davon aus, dass es ein großes Bauprojekt gibt – irgendwo.»

«Was für ein Bauprojekt?», fragte Voss.

«Egal!», entgegnete Hendrik. «Ein großes Bauprojekt eben. Ich weiß nicht, wo. Auf dem Hammerbrook, auf dem Grasbrook, auf der Uhlenhorst! Irgendwo eben.» Hendriks Stimme klang gereizt.

«Aber ein solches Projekt müsste doch bekannt sein», wandte Voss ein.

«Eben nicht. Oder besser gesagt, nur wenigen! Der

Baudeputation jedenfalls!» Hendrik hielt einen Moment inne. «Und einem Architekten.» Hendrik dachte an Chateauneuf oder Bülau, sprach aber keinen der Namen aus. «Dieser Architekt will dort mit Steinen von Drasche bauen und beginnt Verhandlungen…»

«Mit der Baudeputation!», ergänzte Voss.

«Oder einem privaten Bauträger.» Hendrik musste daran denken, was Carl Stelzner ihm gegenüber erwähnt hatte: Chateauneuf und Abendroth waren miteinander befreundet. Aber Chateauneuf wollte Hamburg doch verlassen! Das widersprach dieser These. Oder hatte Chateauneuf seinen Entschluss, die Stadt zu verlassen, vielleicht erst gefasst, nachdem er erkannt hatte, dass man für dieses ominöse Bauvorhaben keinen Backstein wollte? «Aber warum umbringen?», murmelte der Commissarius. «Das ergibt alles keinen Sinn.»

Inspektor Voss sortierte weiter seine Akten. Hendrik beobachtete ihn dabei. Schließlich fragte er: «Woher kommen die Unterlagen eigentlich? Ich glaube nicht, dass die Sachen hamburgischer Verwaltung unterliegen?»

Voss winkte ab. «Frag mich nicht danach! Ich werde die Sachen auf dem schnellsten Wege wieder in der Versenkung verschwinden lassen.»

Der Commissarius hob die Augenbrauen. Er war überrascht. Voss hätte er – im Gegensatz zu Schütz – so etwas nicht zugetraut. In seinen Augen war er immer ein biederer Bürokrat gewesen. Aber tatsächlich hatte sich der Inspektor stets als genialer Materialbeschaffer erwiesen, was Hendrik allerdings erst jetzt bewusst wurde. Dass Voss' Recherchen auf teilweise nicht ganz legalen Wegen zustande gekommen waren, hatte er bisher nicht im Entferntesten in Erwägung gezogen. Aber das war jetzt nebensächlich.

«Kannst du mir noch eine andere Aktenkopie verschaffen?», fragte Hendrik, und Voss ahnte sofort, obwohl er die Verdachtsmomente seines Commissarius nicht kannte, dass er auch für diesen Auftrag abseits der offiziellen Wege operieren musste.

«Mmmh», machte Voss nur und zuckte die Achseln.

«Ich bräuchte Einsicht in die Grundbücher und, wenn irgend vorhanden, in die Bebauungspläne für einige Privatländereien auf der Uhlenhorst und auf dem Hammerbrook. Die betreffenden Akten findest du wahrscheinlich bei den zuständigen Landherrenschaften. Wenn nicht die Originale, dann sicher die Kopien. Die Verkäufe müssen vor 1838 getätigt worden sein.»

Voss hatte mitgeschrieben. «Auf welche Namen?», fragte er.

«Abendroth und Meyer», antwortete Hendrik.

Voss blickte erschrocken auf, aber Hendriks Blick gab ihm zu verstehen, dass er besser keinen Kommentar zu diesen Namen abgeben sollte. Mit einem tiefen Seufzer klappte er sein Notizbuch zu.

«Gibt es noch etwas?», fragte Hendrik.

«Nur noch den Bericht von Schütz.»

«Welchen Bericht? Johannes hat mir gar nichts davon erzählt.» Dann erinnerte er sich daran, dass der Inspektor ihm noch etwas zugerufen hatte, als er ihn vor der Amtsstube stehen gelassen hatte.

«Er hat den Mörder», sagte Voss ruhig.

«Was!?» Hendrik sprang vor Erregung auf.

«Johannes hat einen Chinesen festnehmen lassen.»

«Einen Chinesen?» Hendrik glaubte nicht recht zu hören.

«Ja, im Fall der Vagabunden.»

«Ach so.» Hendrik merkte, dass seine Gedanken zurzeit einzig und allein um den Fall Drasche rotierten. Alles andere erschien ihm nebensächlich.

«Gestern Abend hat Johannes den Mann gefasst, auf einem Handelsschiff der Godeffroys, nachdem er einen Tipp aus Altona erhalten hat. Es handelt sich um einen Matrosen aus Kanton. Er ist geständig. Johannes hat ihn die ganze Nacht über befragt. Die beiden haben dem Chinesen anscheinend einen ganzen Batzen Geld geschuldet und wollten sich aus dem Staub machen.»

«Als Vagabunden getarnt? Fragt sich nur, was ein chinesischer Matrose hier wohl für Geschäfte abwickelt. Na ja, das wird ja wohl alles in Johannes' Bericht stehen. Ich gratuliere jedenfalls – euch beiden. Und du» – Hendrik machte eine auffordernde Handbewegung in Richtung Tür – «verschwindest jetzt in die Koje!»

«Erst muss ich noch die Akten zurückschaffen.» Voss schnürte ein Bündel zusammen und verstaute es sorgfältig in einer Tasche, schlüpfte in seinen Mantel, hob kurz die Hand zum Gruß und verließ das Zimmer.

Hendrik Bischop blätterte Schütz' Bericht durch und überflog die Zeilen. «Sehr gut», murmelte er immer wieder. «Sehr gut.» Schließlich legte er den Ordner beiseite. So interessant der Bericht auch war, insbesondere die Tatsache, dass wahrscheinlich organisierter Opiumhandel hinter der ganzen Angelegenheit steckte – Hendriks Gedanken blieben auf den Fall Drasche fixiert. Er konnte sich nicht losmachen von dem, was Gallois ihm im Hotel Russie über die Eigentumsverhältnisse und das Zustandekommen des Expropriationsgesetzes erzählt hatte. Hendrik beschloss, sowohl Chateauneuf als auch Carl Reichardt vorsichtig darüber auszufragen.

Unterstellungen

Noch am selben Nachmittag machte sich der Commissarius auf in die ABC-Straße. Obwohl das Wetter eine Fahrt mit der Droschke nahe gelegt hätte, zog er den halbstündigen Fußmarsch entlang der Alster vor. Auf dem Weg über den Alsterdamm folgte sein Blick der Silhouette des Jungfernstiegs, die zur Linken an einem freien Platz hinter dem kleinen Alsterbecken endete. Er versuchte, die mögliche Gestalt eines Rathauses auf diesen Platz zu projizieren; die Anzahl der ihm bekannten Entwürfe war groß genug.

Jeder Baumeister, mit dem er in den letzten Wochen Kontakt aufgenommen hatte, schien einen Beitrag zur Gestalt des neuen Rathauses liefern zu wollen. Nur Chateauneuf tat, als interessiere ihn die Bauaufgabe wenig. Er wollte ihn noch einmal darauf ansprechen, denn so freundlich der Architekt ihm gegenüber auch auftrat, der Wahrheitsgehalt einiger seiner Äußerungen hielt einer Überprüfung nicht stand. Chateauneuf hatte ihm auch verschwiegen, dass er vor den Wiederaufbauarbeiten sehr wohl Kontakt zu Bülau und dem Kreis um Voigt gehabt hatte. Hendriks Recherchen hatten ergeben, dass Chateauneuf im Jahre 1831 zusammen mit dem Bruder von Dr. Schleidens Frau, dem Maler Otto Speckter, durch Italien gereist war. Als Hendrik von dieser Reise erfuhr, wünschte er, er hätte besser zugehört, als Clara am Abend der Eröffnungsfeier der «Gesellschaft» vom Verwandtschaftsgeflecht des Kreises um Bülau gesprochen hatte. Fest stand jedenfalls, dass es also doch eine Verbindung zu

Bülau gab, die nicht ausschließlich, wie Chateauneuf behauptet hatte, auf dem gemeinsamen Interesse am Backstein beruhte.

Zuerst wollte er Chateauneuf also über die personelle Besetzung, seine eigene Rolle und die Struktur der ehemaligen Commission befragen, denn dort liefen nach Hendriks Vorstellungen alle Fäden zusammen, die es aufzunehmen galt, wenn er verstehen wollte, was sich im Metier des genialen Ziegelmachers Drasche abgespielt und schließlich zu dessen gewaltsamem Tod geführt hatte.

Er wusste, dass die Technische Commission für den Wiederaufbau der Stadt nach dem Brand innerhalb kürzester Zeit eingesetzt worden war. Als Mitglieder wurden der leitende Baubeamte der Stadt, Baudirektor Wimmel, Wasserbaudirektor Hübbe sowie Oberingenieur Heinrich benannt, und neben Chateauneuf ergänzten noch drei weitere Privatarchitekten das Ensemble: Reichardt, Ludolff und Klees-Wülbern, der, ebenso wie Wimmel, vor zwei Jahren verstorben war. Der Commission war eine Rat- und Bürgerdeputation übergeordnet. Es war ein Kontroll- und Beschlussfassungsorgan mit enormen Machtbefugnissen. Diese Deputation war durch Senatsbeschluss gebildet worden und sollte die Neubaufinanzierung sowie die Enteignungs- und Baugesetze regeln. Zwischen diesen Gruppierungen, so vermutete Hendrik, muss es Interessenkonflikte, aber auch Schiebereien gegeben haben. Zumindest das Engagement von Ludolff, so wusste er ja nun durch die Recherchen von Inspektor Voss, musste in unternehmerische, bautechnische und künstlerische Interessen gespalten gewesen sein. Und Alexis de Chateauneuf hatte die ganze Zeit am Schalthebel, an der Verbindungsstelle zwischen Commission und Deputation gesessen. Zudem war er nicht nur mit Lindley, sondern auch mit vielen Senatoren und Syndici persönlich befreundet. Wenn jemand etwas von Mauscheleien wusste, wie Gallois und Baurmeister sie angedeutet hatten, dann Chateauneuf.

Als Hendrik den Hof an der ABC-Straße betrat, musterte er unwillkürlich die Fenster des kleinen Hauses an der Rückseite. Aber die Vorhänge waren zugezogen. Das Haus wirkte unbewohnt. Sollte Chateauneuf die Stadt bereits verlassen haben? Der Klang der Schelle blieb unbeantwortet. Erst auf lautes Rufen öffnete sich ein Fenster in der oberen Etage, dort, wo Hendrik den schwachen Schein einer Lampe ausgemacht hatte.

«Warten Sie, ich komme herunter», hörte er eine schwache Stimme.

Mit einer kleinen Laterne in der Hand kam Chateauneuf an die Tür. Die schwachen Sonnenstrahlen des zu Ende gehenden Tages konnten die tiefen Schatten im Hof nicht mehr aufhellen. Schon bald würde es, der Jahreszeit gemäß, vollends dunkel sein.

«Ich möchte nicht stören, ich komme unangemeldet …»

«Nein, nein, kommen Sie herein! Ich war nur ein wenig eingeschlafen. Der Tag hat früh begonnen. Meine Frau ist in den Morgenstunden nach Christiania abgereist.»

«Sie fahren nicht mit?», fragte der Commissarius erstaunt.

Chateauneuf führte Hendrik in das ihm bekannte Atelier und entzündete die Gasbeleuchtung, die nach kurzer Zeit den ganzen Raum hell erleuchtete.

«Doch! Später. In einigen Tagen. Noch erfordern die Bauarbeiten an St. Petri meine Anwesenheit.»

Hendrik blickte sich um. Das Atelier war aufgeräumt.

Die Pläne und Pausen des Berliner Bahnhofs waren verschwunden, Tische und Staffeleien leer. Auch die vermeintliche Zeichnung des Rathauses, die Hendrik bei seinem ersten Besuch entdeckt zu haben glaubte, hing nicht mehr an ihrem Platz.

«Womit kann ich Ihnen dienen? Sind Sie im Fall Drasche weitergekommen?» Der Architekt forderte den Commissarius auf, Platz zu nehmen. Chateauneuf legte seinen Hausrock ab und nahm ebenfalls Platz.

«Ich komme nochmals wegen der Commission. Sie entschuldigen, eigentlich ist Ihre Arbeit während des Wiederaufbaus jedem in der Stadt hinlänglich bekannt. Ihr Anteil am Aufbauplan sichert Ihnen ebenso wie Ihre Bauten die Hochachtung der Bevölkerung. Dennoch muss ich Sie über einige Vorkommnisse während Ihrer Arbeit in der Commission befragen. Meine Nachforschungen haben ergeben, dass der Tod von Drasche womöglich im Zusammenhang mit Bauspekulationen stehen könnte. Einige Hinweise legen den Verdacht nahe, dass von Seiten der Bürgerdeputation eine Ausweitung des Backsteinbaus im Rahmen der Wiederaufbaumaßnahmen ausgeschlossen werden sollte.»

«Das ist absurd», antwortete Chateauneuf, aber seine Worte klangen wenig überzeugend.

«Ich habe Hinweise, aufgrund derer ich vermute, dass es Absprachen zwischen Deputation und Commission gegeben hat. Wahrscheinlich standen sie sogar im Zusammenhang mit der Expropriationsfrage.»

«Von solchen Vorgängen müsste ich doch Kenntnis haben!», rief der Baumeister entrüstet aus. Schlagartig schien ihm klar zu werden, dass es weder ein Höflichkeitsbesuch noch eine polizeidienstliche Routinebefragung war, die den Commissarius zu ihm geführt hatte. Vielmehr schien er ein ganz konkretes Anliegen zu haben.

«Deswegen bin ich hier», sagte Hendrik, als hätte er Chateauneufs Gedanken gelesen.

Von einem Augenblick zum anderen verwandelte sich Chateauneufs Gesichtsausdruck in eine steinerne Maske. Mit einer abrupten Bewegung rückte er seinen Stuhl zur Seite, als wolle er zu Hendrik auf Distanz gehen. «Sind Sie sich darüber bewusst, dass Sie von mir Informationen erhalten wollen, die ich ihnen, selbst wenn ich es könnte, nicht geben darf?», fragte er.

Hendrik war bemüht, ebenso höflich wie direkt vorzugehen. Es war an der Zeit, endlich Konkretes zutage zu fördern. Er hasste Ungenauigkeiten, und die Ergebnisse seiner bisherigen Ermittlungen waren mehr als vage. «Es gibt also tatsächlich Vorgänge, die nicht an die Öffentlichkeit gelangt sind und es in absehbarer Zeit auch nicht sollen», resümierte er fürs Erste.

«Sie verrennen sich da in eine Sache...»

«Ich will einfach nur wissen, welche Gegenleistung den Grundbesitzern für die bevorstehende Expropriation versprochen wurde.» Hendrik stand auf und schritt mit verschränkten Armen durch den Raum. Er durfte Chateauneuf nicht zu sehr in die Enge treiben. Der Baumeister sollte den Eindruck gewinnen, dass er bereits alle Details kannte und nur nach einer Bestätigung dafür verlangte, was natürlich nicht der Wahrheit entsprach, aber diese Taktik hatte sich bei Befragungen in prekären Situationen über die Jahre stets bewährt.

«Die Gegenleistung bestand in einer Entschädigungszahlung. Das ist doch hinlänglich bekannt», erwiderte Chateauneuf wie selbstverständlich.

«Und darüber hinaus? Die Kaufleute haben sich, so heftig auch debattiert wurde, niemals wirklich gegen die Enteignung gewehrt. Es wäre ihnen ein Leichtes gewesen, das Vorhaben zu stoppen. Aus ihren Kreisen rekrutiert sich schließlich der Großteil von Rat und Bürgerschaft. Fast jede Familie der Ratsherren und Bürgerschaftsmitglieder war auf die eine oder andere Weise von der bevorstehenden Enteignung betroffen. Wie sah die Fürsprache innerhalb der Commission aus?»

«Sind Ihre Vorgesetzten eigentlich über den Stand Ihrer Ermittlungen informiert? Sie könnten in Teufels Küche kommen! Sind Sie sich dessen bewusst?»

Chateauneuf reagierte so, wie Hendrik erwartet hatte. Die Androhung eines gesellschaftlichen Eklats und den versteckt formulierten Verweis auf persönliche Kontakte und gute Beziehungen zu ‹höherer Stelle› kannte der Commissarius nur zu gut. Und in diesem Fall war seine Lage besonders heikel, denn schließlich hatte er überhaupt keine Beweise, die bei anderen Fällen bislang stets seine Entlastung garantiert hatten. Darüber hinaus hatte ein Verdacht noch niemals zuvor so hoch hinauf gezielt: Hendrik hätte unter anderem die Namen fast aller Hamburger Bürgermeister nennen können. Wenn er mit seinen Vermutungen richtig lag – von wem hätte er sich noch Rückendeckung erhoffen können? Der Hamburger Polizeiapparat war schließlich keine unabhängige Institution. Andererseits war sich Hendrik nur zu sicher, dass Chateauneuf mehr wusste, als er zugab. Ob über den Tod von Drasche oder über die Vorgänge während des Wiederaufbaus – das würde er noch herausfinden.

«Bedenken Sie, ich habe Sie nicht vorgeladen. Betrachten Sie meinen Besuch also als mehr oder weniger privat.»

Chateauneuf schien sich nicht sicher zu sein, wie er darauf reagieren sollte. Zumindest verzichtete er aber darauf, den Commissarius aus dem Haus zu weisen. Noch jedenfalls. Folglich setzte Hendrik die Befragung fort.

«Über die Anliegen von Ludolff ist mir beispielsweise einiges bekannt. Er war ja nicht nur in der Commission, sondern hatte auch unternehmerische Bauinteressen.»

«Was unterstellen Sie Ludolff?», fuhr Chateauneuf auf. «Es kommt in unserem Berufszweig häufiger vor, dass sich Baumeister und Architekten gleichzeitig als Bauunternehmer betätigen. Ludolff war stets ein integrer Kollege. Zudem war er auch Sachverständiger der Rat- und Bürgerdeputation in Fragen der Wohnraumbeschaffung und der Bauvorschriften.»

«Eben! Er konnte sozusagen mit sich selbst verhandeln», bemerkte Hendrik trocken.

«In Absprache mit Syndicus Amsinck, dem damaligen Vorsitzenden der Baudeputation – später mit Edward Banks. Banks war auch Mitglied des Expropriationsausschusses der Rat- und Bürgerdeputation und damit mein Ansprechpartner als Sprecher der Commission», entgegnete Chateauneuf korrigierend.

«Und die Bauvorschriften galten nur für das Neubaugebiet?»

«Für die abgebrannten Stadtteile und für den Hammerbrook.»

Hendrik triumphierte im Stillen. Jetzt war er in der Lage, die Richtung des Gesprächs zu steuern. Entweder Chateauneuf hatte nicht gemerkt, worauf er hinauswollte, oder er hatte dessen Widerwillen, Auskunft zu geben, durchbrochen.

«Damit sind wir bei Lindley angekommen. Und bei Ihrer Fürsprache für ihn. Sie waren und sind doch befreundet mit Lindley?»

Chateauneuf nickte.

«Darüber kam es wohl zu Meinungsverschiedenheiten, nicht nur innerhalb der Commission?»

«In der Rat- und Bürgerdeputation gab es ja nur einen Fachmann, den Architekten Franz Georg Stammann – er war als Einziger für den Plan von Lindley.» Chateauneufs Worte klangen fast entschuldigend.

«Und wie sah es innerhalb der Technischen Commission aus? Wer war für eine Expropriation, ohne die Lindleys Plan niemals in die Tat hätte umgesetzt werden können?»

«Sie sind wirklich gut informiert. Ich habe Sie unterschätzt. Aber missverstehen Sie meine Bereitschaft nicht, Ihnen Auskunft zu geben. Ich habe mir nichts vorzuwerfen.»

Dazu sagte Hendrik nichts. Das war auch nicht nötig, denn Chateauneuf sprach bereits weiter.

«Wimmel hat sich in diesem Punkt stets zurückgehalten. Vielleicht war er auch schon senil. Er machte eigentlich den Eindruck, als überfordere ihn die ganze Angelegenheit. Oberingenieur Paridom Heinrich war gegen Lindleys Plan, ebenso wie Wasserbaudirektor Hübbe, aber wohl mehr aus Kompetenzgründen. Allerdings war Hübbe auch strikt gegen jede Form von Enteignung, die seiner Meinung nach sozialpolitisch unverantwortbar war», berichtete der Baumeister.

«Was war mit Reichardt?», wollte Hendrik wissen.

«Friedrich kam erst im Juli – auf meinen Vorschlag – für Hübbe. Haben Sie schon mit ihm gesprochen?»

«Nein. Sie sind mit ihm sehr gut befreundet, nicht wahr?»

«Ja, wir kennen uns schon lange. Es gab mehrere gemeinsame Projekte, die Alsterarkaden beispielsweise.» Chateauneuf stockte einen Augenblick und hielt sich den Kopf. Dann setzte er fort: «Wenn Sie ihn aufsuchen, sollten Sie wissen, dass es Spannungen zwischen uns gegeben hat … ein paar böse Verleumdungen …» Immer wieder unterbrach der Baumeister seine Ausführungen, wartete und tat, als suche er selbst nach Erklärungen. «Und auch ich habe Fehler gemacht», endete er schließlich.

«Worum ging es dabei?»

«Nun, es gab das Gerücht, dass sich Friedrich seine Arbeit für die Commission bezahlen lassen wollte. Im Nachhinein hat sich das als falsch herausgestellt, aber Hübbe hatte es so dargestellt. Es war wohl ein später Akt der Intrige als Antwort auf seine Ablösung durch Reichardt. Anfang 1843 ist Friedrich deswegen aus der Commission ausgeschieden. Es war ein Fehler und ich glaube, er hat mir nie so ganz verziehen, dass ich diesem Gerücht eine Zeit lang Glauben geschenkt habe.»

«Auch mit Ihrem Freund Lindley sind Sie aneinander geraten», gab Hendrik das nächste Stichwort.

«Nicht direkt. Es ging um seinen ersten Entwurf, die Geradlinigkeit, Gründe der Bodenökonomie, und außerdem war auch ich kein Freund der Expropriation.»

Hendrik tat, als rekapituliere er: «Wenn ich Sie richtig verstehe, dann waren eigentlich alle Beteiligten gegen eine Expropriation. Warum wurde dann trotzdem enteignet?»

«Lindleys Einfluss war sehr groß. Allein seine Freundschaft zu Meyer hat ihm die allerbesten Kontakte gesichert.»

Hendrik tat unwissend. «Meyer?», fragte er mit gut gespieltem Erstaunen. «Der Name sagt mir nichts.»

«Heinrich Christian Meyer. Er hat in den Dreißigern die größten Grundstücke auf dem Hammerbrook und dem Grasbrook erworben», erklärte Chateauneuf.

Hendrik konnte es kaum glauben, aber Baurmeister und Gallois hatten anscheinend Recht mit ihrer Vermutung. Es gab einen Zusammenhang, und es sah tatsächlich so aus, als wenn den Grundbesitzern, zumindest denen, die im Besitz von umliegenden Ländereien waren, die Entwicklung innerhalb der Stadtmauern vollkommen gleichgültig gewesen war. Aber welche Erwartungen hatten sie? War es der Gedanke an eine Neustrukturierung städtischer Entwicklung oder reine Profitgier? Was das betraf, schien Chateauneuf ihm aber nicht weiterhelfen zu können.

Hendrik versuchte zusammenzufassen: «Es sieht also so aus, betrachtet man die Sache genauer, dass die Betroffenen sich nicht nur nicht gegen die bevorstehenden Enteignungen gewehrt, sondern die Durchführung der Expropriation auch noch unterstützt haben.»

«Wenn man will, kann man es so ausdrücken», gab Chateauneuf widerwillig zu. «Aber welchen Zusammenhang zu Drasche sehen Sie dabei?»

‹Gar keinen›, hätte Hendrik sagen können, und es wäre nicht gelogen gewesen. Die einzig mögliche Verbindung saß vor ihm – aber Chateauneuf konnte schon wegen seiner bisherigen Versuche und Initiativen, den Backstein auf breiter Front im Stadtbild zu etablieren, keinen Grund für die Beseitigung von Drasche gehabt haben.

«Wem genau wollten Sie Drasche eigentlich vorstellen?»

«Oh, ich weiß, was Sie jetzt denken, aber glauben Sie mir, Sie irren sich, wenn...» Er stockte. Chateauneuf merkte, dass es aussichtslos war, den Commissarius von seinem Verdacht abzubringen. Energisch schüttelte er den Kopf. «Jenisch natürlich! Das habe ich, soweit ich mich erinnere, bereits gesagt. Aber Sie wollen doch nicht allen Ernstes behaupten, dass Jenisch...?»

«Ich will gar nichts behaupten», sagte Hendrik schnell.

«Jenisch ist doch mit Ludolff befreundet, oder? Zu Abendroth wird er sicher auch privaten Kontakt pflegen, und über Meyer kann ich nur spekulieren. Wem haben Sie Drasche noch angekündigt?»

Der Baumeister schüttelte unentwegt den Kopf.

«Jenisch sagte mir, Inspektor Forsmann von der Baudeputation hätte Interesse. Er muss ihn also über mein Anliegen informiert haben. Sonst habe ich nur Friedrich eingeweiht. Sie wollen doch nicht wirklich gegen Jenisch und Abendroth ermitteln?»

Hendrik antwortete nicht. «War Reichardt eigentlich auch gegen die Expropriation?», fragte er stattdessen.

Chateauneuf schien entsetzt über den Verdacht, den der Commissarius gegenüber höchstrangigen Persönlichkeiten andeutete. Nun aber entspannten sich seine Gesichtszüge. «Ja, das war er, aber aus ähnlichen Gründen wie Semper. Er sah die Gefahr der Auflösung des für Hamburg typischen Nebeneinanders von Wohnraum und Gewerbeflächen. Friedrich wollte mehr vom alten Stadtbild bewahren.»

«Das klingt wie bei Bülau», stellte Hendrik fest.

«Nein, ganz und gar nicht! Obwohl, anfänglich war auch er von Bülaus Ideen angetan. Genau wie ich. Aber Bülau und Voigt hatten letzten Endes etwas ganz anderes im Sinn. Wir haben es nur ein bisschen zu spät bemerkt. Es gab einen Zirkel innerhalb der Patriotischen Gesellschaft. Nach den offiziellen Veranstaltungen der ‹Gesellschaft› im Einbeckschen Haus an der Großen Johannisstraße traf man sich in der Deichstraße. Bei den ersten Sitzungen war ich anwesend. Wegen meiner Initiative für den Backstein wollte die Gruppe mich für ihre Sache gewinnen. Aber schon am ersten Abend merkte ich, dass es dort nicht um fortschrittliche Ideen ging. Ganz im Gegenteil! Es war ein Sumpf von reaktionären Gedanken. Dabei ging es eigentlich nur nebensächlich um das Baumaterial. Genauso gut hätte man sich auch für Lehmhütten entscheiden können. Man träumte von einer mittelalterlichen Stadt.»

«Wer waren die Wortführer?»

«Die treibenden Kräfte waren Voigt, Hugo Hübbe und Schleiden. Sie verstanden sich als Stadterneuerer. Aber nachdem ich mich für Lindley eingesetzt hatte, wurde ich nicht mehr eingeladen.»

Hendrik erhob sich. «Ich glaube, ich habe Sie lange genug belästigt. Es ist spät geworden. Ich möchte Sie nach diesem anstrengenden Tag nicht vom verdienten Schlaf abhalten. Wie geht es übrigens Ihrer Gesundheit?»

«Etwas besser. Wir werden sehen, wie es die nächsten Tage läuft. Ich habe auf der Baustelle viel zu tun. Leider konnte ich mich aufgrund meines Unwohlseins der letzten Wochen auch wenig um meine Frau kümmern. Sie ist in anderen Umständen und braucht ein wenig Ruhe. Es hat ihr gar nicht gut getan, dass sie in der letzten Zeit noch ihren kränkelnden Mann pflegen musste. Nun, so bin ich ganz froh, dass sie zu ihrer Familie nach Christiania vorausgefahren ist.»

Chateauneuf führte den Commissarius durch das aufgeräumte Atelier und begleitete ihn noch bis zum Treppenhaus.

«Werden Sie das Büro auflösen?», fragte Hendrik.

«Nein, vorerst nicht. Ich werde mich ab und an in Hamburg aufhalten. So ganz kann ich mich noch nicht an den Gedanken gewöhnen, diese Stadt zu verlassen.»

Als sich Hendrik von Chateauneuf verabschiedete, war es bereits stockfinstere Nacht. Der Heimweg war kalt und ungemütlich. Der Winter hatte die Stadt fest im Griff. Er hatte sich und seine Arbeit in Gefahr gebracht, dessen war sich Hendrik bewusst. Vielleicht musste er mit Konsequenzen rechnen, das war ihm klar – aber er konnte nicht mehr zurück. Dass sich Chateauneuf auf die Befragung eingelassen hatte, bestätigte Hendrik in seinem Vorgehen. Er hatte nichts über seine Kenntnis von der Verbindung zwischen Drasches Erweiterungsplänen und seinem Verdacht gegenüber Ludolff verlauten lassen. Einen Trumpf wollte er im Ärmel behalten. Erst musste er noch mit Reichardt sprechen. Außerdem war er sich noch nicht darüber im Klaren, ob es wirklich die Interessen von Ludolff oder die von Senator Jenisch waren, die hinter den Vorgängen im Holsteinischen standen. Aber, dessen war sich Hendrik sicher, die Verbindung war gewiss nicht zufälliger Natur.

Am Abend des darauf folgenden Tages führte Hendriks Weg zum Hause Roever. Conrad war allein; Clara besuchte ein Konzert. Hendrik erinnerte sich: Bereits vor zwei Wochen hatte sie ihn gefragt, ob er sie nicht begleiten wolle. Im Thalia Theater dirigierte ein bekannter Komponist die Uraufführung seines jüngsten Werkes. Liszt? Schumann? Hendrik hatte es vergessen. Außerdem interessierte er sich nur wenig für Musik. Er wäre nur Clara zuliebe mitgegangen, hatte ihr damals aber – er war in Gedanken wohl woanders gewesen – keine Zusage gegeben.

«Ist sie alleine fort?»

«Nein, nein», beruhigte ihn Conrad im Glauben, Hendrik sei besorgt wegen des nächtlichen Heimwegs. Trotz der kurzen Entfernung zum Pferdemarkt konnte man zu später Stunde nie wissen, wer einem begegnete. Noch ahnte er nicht, dass Hendriks Frage mehr von Eifersucht denn von Fürsorge herrührte.

«Wienbarg hat sie vor etwa einer Stunde abgeholt, und er wird sie gewiss wohlbehalten und zu sittsamer Stunde wieder hier abliefern.»

«Ludolf Wienbarg?» Hendrik schnaufte verächtlich. «Was, um alles in der Welt, hat Clara mit Wienbarg zu tun? Du weißt, was ich von diesem Menschen halte! Vielleicht lauert ihm an der nächsten Straßenecke eine Meute auf, die ihm den Tonus Hamburger Sprachkultur beibringen will. Er hat sich mit seinen Artikeln einen Haufen Feinde gemacht. Da bezweifle ich doch sehr, ob Clara in guter Begleitung ist!»

Conrad lächelte. Er hatte seinen Freund nur selten so in Rage erlebt, ahnte nun aber, was diesen in Wirklichkeit beschäftigte.

«Sie wäre sicher lieber mit dir unterwegs gewesen. Du weißt, wie sie dich anhimmelt. Aber ich will ihr schließlich nicht ihren Umgang vorschreiben. Außerdem sind Wienbargs Artikel sehr trefflich.»

«Du meinst zynisch», sagte Hendrik bitter.

«Nein, er ist ein guter Beobachter. Als Schreiber braucht man eben eine scharfe Zunge, sonst findet man kein Gehör. Und Clara schätzt die Gesellschaft kritischer Zeitgenossen.»

Hendrik sah Conrad unsicher an. Worauf wollte er anspielen? War ihm sein Wesen nicht kritisch genug, oder bezog sich Conrads Lächeln auf sein neuartiges Verhältnis zu Clara? Er zog es vor, nichts auf seine Äußerung zu erwidern und versuchte das Thema zu wechseln. «Ich hatte vorgestern ein Gespräch mit Baurmeister und Gallois», sagte er.

«Ja, ich weiß. Clara hat mir davon berichtet. Semper hat ihr erzählt, dass er dich zusammen mit Carl Stelzner im Russie getroffen hat. Ich dachte, du hättest keinen Kontakt mehr zu Carl?»

«Wir haben uns neulich nachts zufällig an der Schleusenbrücke getroffen; er war bei der Arbeit und ich wieder mal in Gedanken.»

Conrad löschte das Gaslicht, stellte ein paar Kerzen auf und brachte eine große Karaffe roten Weines. Es würde eine lange Nacht werden.

«Gallois hat mir einige interessante Details verraten. Anfangs dachte ich, es sei einer dieser unglaublichen Zufälle, aber langsam begreife ich, warum Semper mich ständig als ‹Aufklärer› bezeichnet: Man erhofft sich durch meine Arbeit verwertbare Aufschlüsse für andere Interessen – Interessen, die denen der reinen Verbrechensaufklärung übergeordnet sind.»

Conrad musterte den Freund, der sich inzwischen in einem der bequemen Ledersessel niedergelassen hatte.

«Du meinst, man instrumentalisiert dich?», fragte er besorgt.

«Nicht direkt, aber ich glaube, man spielt mir Informationen zu. Verwertbare Informationen, ja, sicher – aber trotzdem ist mir die Sache nicht geheuer. Das Ganze wirkt auf mich wie ein Geheimbund – so, als bereite man einen Aufstand vor.»

Beide Männer schwiegen eine Weile.

«Bedenkt man deinen Status, so scheint es mir eher ein Vertrauensbeweis zu sein, wenn man dir Informationen zuspielt oder dich in bestimmte Dinge einweiht», sagte Conrad schließlich.

«Soweit ist es noch nicht gekommen – zumindest hat man mir gegenüber noch nichts konkretisiert, was meine eventuelle Loyalität überprüfbar gemacht hätte. Bist du eigentlich noch Mitglied im Verein der Nicht-Grundeigentümer? Ich habe deine Aktivitäten dort nie nachvollziehen können. Du hast Eigentum, und im Gegensatz zu mir bist du auch wohlhabend.»

«Du weißt, was ich von Privilegien halte. Ich verstehe meine Mitgliedschaft als unterstützend; der Sache halber», sagte Conrad betont zurückhaltend.

«Welche Sache?»

«Veränderung, Hendrik! Wir leben im Jahre 1847! Die Stadt wurde innerhalb kürzester Zeit zu einer der modernsten des Kontinents. Und immer noch haben wir eine Verfassung, die bis auf wenige Artikel auf der von 1712 beruht. Nicht einmal das Ende der französischen Besatzung hat eine Änderung gebracht. Es gab zwar Ansätze von Reformforderungen, ich denke da nur an Abendroths *Wünsche bei Hamburgs Wiedergeburt*, du erinnerst dich? Aber geschehen ist nichts! Es wird Zeit für einen zweiten Versuch.»

Hendrik schaute Conrad verblüfft an. «Wie kommst du gerade auf Abendroth? Der Name verfolgt mich anscheinend. Erst erzählt mir Carl Stelzner von seiner Arbeit bei der Familie, dann offenbaren mir Gallois und Baurmeister, dass es vielleicht krumme Geschäfte im Zusammenhang mit dem Wiederaufbau gegeben hat, in welche unter anderem auch Mitglieder der Familie Abendroth verstrickt sein könnten, und jetzt erwähnst auch du diesen Namen ...» Er erzählte Conrad zusammenfassend von seinen Ermittlungen im Fall Drasche und seinem erneuten Besuch bei Chateauneuf.

«Abgestritten hat er nichts?», fragte Conrad.

«Nicht direkt. Konnte er auch schlecht. Ich habe Chateauneuf glauben lassen, ich wüsste über die Mauscheleien bereits Bescheid und hatte Beweise.»

«Und?», bohrte Conrad nach. «Hast du Beweise?»

«Nichts Offizielles», musste Hendrik zugeben. «Man hat Drasche einfach dadurch kaltgestellt, in dem man seine geplanten Landzukäufe verhindert hat. Der Weg lässt sich bis zu Ludolff zurückverfolgen.»

«Heinrich Ludolff?»

«Ja», bestätigte Hendrik. «Erst dachte ich, möglicherweise hätte auch Jenisch als Präses der Baudeputation seine Finger im Spiel, aber Ludolff war bereits während seiner Zeit als Berater der Technischen Commission für den Wiederaufbau kein Befürworter des Backsteins. Und während dieser Zeit hatte nicht Jenisch, sondern Syndicus Amsinck den Vorsitz der Baudeputation. Außerdem war

Ludolff damals gleichzeitig Sachverständiger der Rat- und Bürgerdeputation in allen Belangen der Wohnraumbeschaffung. So konnte er nebenbei auch noch seine Interessen als Bauunternehmer vertreten.»

«Bestimmt alles Putzbauten!», vermutete Conrad.

«Natürlich», bestätigte Hendrik. «Aber jetzt kommt's!»

«Mach es nicht so spannend!» Conrad beugte sich interessiert vor.

«Ja, aber unterbrich mich nicht, wenn ich jetzt auch auf den Hammerbrook zu sprechen komme.»

«Ach nee, wie ich schon immer gesagt habe!», sagte Conrad triumphierend.

«Aber in einem anderen Zusammenhang», entgegnete Hendrik. «Ich muss ein wenig ausholen. Vor mehr als zehn Jahren haben August Abendroth und Heinrich Christian Meyer riesige Grundstücke auf der Uhlenhorst und auf dem Hammerbrook erworben – für'n Appel und'n Ei, denn die Ländereien waren Wiesen- und Weidegrundstücke. Die Gebiete des Hammerbrooks wurden von Meyer mit der Nutzungsabsicht erworben, Ausbauflächen für seine Gewerbe- und Produktionsbetriebe zu schaffen. 1838 hat William Lindley, der englische Ingenieur, im Auftrag von Meyer einen Bebauungsplan für den Hammerbrook ausgearbeitet, der in seiner geometrischen Anlage nicht unbedingt symptomatisch für eine gewerbliche Nutzung ist.»

«Meine Rede!», unterbrach ihn Conrad. «Ein Wohngebiet!»

«Dafür gab es zum damaligen Zeitpunkt noch keine offziellen Anträge, geschweige denn Genehmigungen», gab Hendrik zu bedenken. «Es wurde nur ein Kanalsystem vorgestochen, mehr geschah erst einmal nicht. Die Grundstücke auf der Uhlenhorst blieben unangetastet;

kein Wunder, war ja auch alles Sumpfgebiet.» Hendrik leerte sein Glas Portwein mit einem Zug. «Jetzt müssen wir einen Zeitsprung machen», sagte er. «Nach dem Hamburger Brand legte Lindley binnen weniger Tage den Wiederaufbauplan der zerstörten Gebiete vor, dessen Grundlage die Enteignung weiter Flächen bildete.»

«Wie wir alle wissen», warf Conrad dazwischen. «Es gibt wohl kaum eine Sache in der Stadt, die intensiver in der Presse diskutiert wurde.»

«Richtig. Aber merkwürdigerweise gab es auf Seiten der daran beteiligten Baufachleute und Städteplaner, wie ich inzwischen herausgefunden habe, keine wirklichen Befürworter der Expropriation – im Gegensatz zu vielen Mitgliedern der Rat- und Bürgerdeputation.»

«Und da saß Ludolff.»

«Eben! Er vertrat auch die Interessen der Grundbesitzer, denn er setzte sich als Sachverständiger dafür ein, dass die Bauvorschriften nicht allein für die abgebrannten Stadtteile Geltung haben sollten, sondern, man höre und staune, auch für den Hammerbrook, der damit wie selbstverständlich als Bauland behandelt wurde.»

«Du meinst also, es gab bezüglich der Enteignungsgesetze einen Tauschhandel?»

Hendrik nickte ernst. «Aber es kommt noch schöner. Noch in der gleichen Woche, in der die Expropriation beschlossen wurde, geschah Folgendes: Auf Antrag der Baudeputation werden die Grundbücher, Urkunden und Akten mit allen Flurkarten zu den betreffenden Grundstücken auf dem Hammerbrook von der Landherrenschaft nach Hamburg überstellt. Es gibt bezüglich der entsprechenden Unterlagen bei der Landherrenschaft lediglich eine Aktennotiz: «Urkunden und Abschriften 1842 an die Hamburger Baudeputation». Einer meiner Inspektoren war gestern bei der Landherrenschaft und wollte Akteneinsicht nehmen. Er ist daraufhin zur Baudeputation geschickt worden, wo man von diesem Vorgang angeblich keine Kenntnis hatte. Dort existieren nur die Abschriften, auf denen bereits eine Änderung der Nutzungsabsicht des Eigentümers bezüglich der im Jahre 1842 geänderten Bauvorschriften auf dem Hammerbrook vermerkt sind.»

«Unglaublich!» Conrad schüttelte den Kopf.

«Wenige Wochen später wiederholt sich der Vorgang übrigens unter ähnlichen Vorzeichen, diesmal die Ländereien auf der Uhlenhorst betreffend: Nachdem das Aufstauen der Alster beschlossene Sache ist, stellen die Eigentümer – die größten Flächen sind in Besitz der Familie Abendroth – einen Antrag, die vormals laut Flurkarte als Brachflächen ausgewiesenen Grundstücke zur Bebauung freizugeben.»

«Wer als Bauunternehmer beauftragt wurde, brauch ich wohl nicht zu fragen.»

«So weit bin ich noch nicht», musste Hendrik zugeben, «aber ich nehme an, dass wir dasselbe vermuten.»

Conrad füllte das Glas seines Freundes zum wiederholten Male mit Port. «Jetzt verstehe ich, warum du dich vom Namen Abendroth verfolgt fühlst. Aber der Name steht doch nur exemplarisch für eine Vielzahl ähnlicher Vorkommnisse in den letzten Jahren.» Conrad sprach, als würde ihn das alles nicht sonderlich aus der Fassung bringen. «Im Rahmen heutiger Gesetze ist diese Form von Spekulantentum doch rechtens – wenn auch moralisch höchst bedenklich. Aber all das zeugt vom Verfall der politischen Kultur, den wir momentan erleben. Vor dem Hintergrund wirtschaftlicher Interessen ist die Verfügungsgewalt der verfassungsgemäßen Obrigkeit zu einer Sippenwirtschaft verkommen.»

«Und wen oder was machst du dafür verantwortlich?», fragte Hendrik provokativ.

«Das mangelnde Mitbestimmungsrecht der Bevölkerung und zu umfassende Kompetenzen der Stadtväter. Gesetze, Steuererhebung, Verwaltung, kurzum alles obliegt dem Senat. Die Regierung der Stadt verteilt sich doch nur auf Rat und erbgesessene Bürgerschaft. Und wer dort Mitglied ist, ist es auf Lebenszeit. Zudem sichert noch das Selbstergänzungsrecht immer währende Macht. Und die», beendete Conrad seine Ausführung mit einem Seufzer, «führt über die Jahre zu Selbstgefälligkeit und Bequemlichkeit.»

«Und schließlich», fügte Hendrik hinzu, «nimmt sich jeder, was er kriegen kann, oder schafft zumindest die Voraussetzungen dafür, dass sich ein anderer bereichern kann.»

Conrad nickte bestätigend. «Während gegenüber dem Reichtum einiger weniger die Armut flächendeckende Ausmaße annimmt. Da hilft weder Schönreden noch Hinausdrängen.»

Hendrik fühlte sich nachträglich durch die Äußerungen seines Freundes bestätigt. «Noch vor wenigen Monaten hast du meine Bedenken gegenüber der sich erneuernden Stadt zurückgewiesen.»

«Das tue ich auch heute noch. Die Modernisierung der Stadt, Kanalisation, Gasbeleuchtung und Wasserversorgung sind wesentliche Grundlagen für eine verbesserte Lebensqualität. Die Forderung nach einer Neuverteilung der Staats- und Stadtgewalten steht dazu nicht im Widerspruch. An den Vorzügen einer modernen Stadt müssen schließlich alle beteiligt werden.»

«Aus meinem jetzigen Blickwinkel betrachtet, kann ich aber nur zu dem Schluss kommen, dass die Modernisierung nicht für das Wohl der Allgemeinheit, sondern eher für den Erhalt bestehender Machtverhältnisse vorangetrieben wurde», wandte Hendrik ein.

Er konnte sein Unbehagen kaum verbergen. Natürlich hatte Conrad Recht. Aber er sträubte sich, sein eigenes Rechtsempfinden in Frage zu stellen. Sollte er dem Streben nach Aufklärung abschwören? Erstmals hatte ihn seine Arbeit an eine Grenze gebracht, die zu überschreiten der Sache nicht dienlich sein würde. Jede Ausweitung seiner Ermittlungen in diese Richtung würde allein seiner persönlichen Genugtuung dienen – ein zweifelhafter Erfolg, den er mit niemandem teilen könnte, solange er nicht Veränderungen mit sich brachte. Er merkte, dass er nahe davor war, zu resignieren.

Conrad schien seine Gedanken zu erahnen. «Du glaubst doch nicht wirklich, selbst wenn du genügend Beweise für unlautere Machenschaften in den Händen hältst, dass du die Möglichkeit bekommst, gegen Senatsmitglieder oder Erbgesessene von Amts wegen vorzugehen? Man würde deine Absichten im Keime ersticken.»

Hendrik dachte an Voss und dessen sorgenvolle Miene angesichts des heiklen Materials und der beteiligten Persönlichkeiten. Er dachte an Chateauneufs Entsetzen und seine eindringliche Warnung davor, etwaige Rats- oder Bürgerschaftsmitglieder zu verdächtigen. Vielleicht hatten sie alle Recht. Hatte er sich tatsächlich zu weit vorgewagt? Aber was waren die Alternativen? «Was sollte deiner Meinung nach geschehen?», fragte er und hoffte, sein Freund würde jetzt keinen seiner zynischen Kommentare zum Besten geben, sondern einen Ratschlag formulieren, der dem Ernst der Situation entsprach.

«Bevor du den Weg, den du eingeschlagen hast, zu Ende gehen kannst, musst du erst einmal andere Grundlagen schaffen, die Voraussetzungen ändern.» Conrad zögerte einen Moment, als suche er nach den richtigen Worten. «Du brauchst einen Apparat im Rücken, der an Aufklärung interessiert ist, ein Instrument, das die Rechtschaffenheit deines Anliegens unterstützt. Alle, für die du sprichst, haben bislang keine Mitbestimmungsmöglichkeit. Sie sind Marionetten, oder besser gesagt: Statisten. Die Beteiligung an Entscheidungen, die ihre eigenen Belange betreffen, wird ihnen verwehrt.» Conrad blickte Hendrik eindringlich an. «Was ich sagen will ist, dass die Stadt einer Reform bedarf, einer Verwaltungsreform. Ja, sogar einer Verfassungsreform. Weg mit der erbgesessenen Bürgerschaft! Her mit einer vom Volk gewählten Bürgervertretung!»

Hendrik konnte es nicht glauben. Da machte er sich Gedanken, ob sein Vorgehen, seine Ermittlungen, ja seine ganze Arbeit einen Sinn machten, ob es nicht zu gefährlich war, die Stadtvorderen zu nah ins Visier zu nehmen, einzelne krimineller Machenschaften zu überführen, ihnen vielleicht sogar einen Mord zu unterstellen, und sein Freund offenbarte ihm ganz nebenbei, dass er den ganzen Staat umkrempeln wollte. Worüber machte er sich eigentlich Sorgen? Die Situation hatte etwas Absurdes. Unweigerlich musste er lachen – weniger über Conrad, als vielmehr über sich selbst. «Wie willst du das erreichen? Willst du eine Revolution anzetteln? Wir haben keinen König, den du stürzen, keinen Patriarchen, den du öffentlich hinrichten lassen könntest. Welcher Instrumente willst du dich bedienen? Es gibt nicht einmal mehr ein Rathaus, geschweige denn einen Palast, den du belagern und stürmen könntest …»

«Red keinen Unsinn!», fiel ihm Conrad ins Wort und leerte sein Glas. «Keine Revolution! Es gibt keinen Tyrannen. Das Volk muss aus sich selbst agieren. Aufklärung, Kritik, Protest und Verweigerung sind die Schlagworte der Zeit.»

Hendrik musterte den Freund und fragte sich, ob dieser es ernst meinte oder vielleicht zu viel des Weines getrunken hatte. Nein, er spielte keins seiner Spielchen. Conrads Miene war ernst und entschlossen.

Hendrik zögerte. «Es wird zu einem Aufstand kommen?»

Erneut füllte Conrad beide Gläser bis zum Rand. «Ich hoffe nicht! Vertrauen wir der Sprache der Vernunft. Aber wenn es kein Einlenken gibt, weiß ich letztendlich nicht, was passieren wird. Es hängt alles davon ab, wie groß der Rückhalt in der Bevölkerung ist. In den Gängevierteln – das weißt du selbst am besten – brodelt es wie in einem Vulkan. Nicht nur der Engpass in der Lebensmittelversorgung Mitte des Jahres ist daran schuld. Armut und drängende Enge – sie werden nicht ohne Konsequenzen bleiben.»

«Der Brand hat ja nur die Stadtteile vernichtet, in denen seit je bessere Verhältnisse geherrscht haben. Wenn die südliche Altstadt – das Kirchspiel von St. Jacobi und die Gebiete um St. Michaelis – nach dem gleichen Konzept saniert wird, wohin sollen dann all die Menschen?»

«Es sind die Wohnquartiere der Armut, welche die lebenswichtigen Adern der Stadt blockieren. Du siehst, es läuft wieder auf die Vorstädte hinaus – und auf die Öffnung der Tore. Ich vermute, das ist bereits beschlossene Sache. Nur in den Vorstädten finden sich entsprechende Flächen. Und außerdem scheinen deine Recherchen meine Ahnungen zu bestätigen. Es passt doch alles wunderbar zusammen: Die Planungen für den Hammerbrook, die einsetzende Bebauung auf der Uhlenhorst und auch die Verteilung dieses Bodens auf einige wenige Erbgesessene bestätigen das. Erst wenn das Land aufgeteilt ist, wird die Sache offiziell, werden die Schlagbäume fallen. Sonst hätten sich bereits viele dort niedergelassen, um der Enge hier zu entgehen. Aber man möchte keinen Wildwuchs wie auf St. Pauli. Wenn du schon in den Wirren der ehemaligen Commission ermittelst, dann wirst du, ich bin sicher, auch Beweise dafür finden, dass bereits vor 1842 ein Stadterweiterungskonzept vorlag. Und wenn Drasche wirklich eine so ungeheuer umfangreiche Backstein-Produktion plante, muss er von diesen Plänen Kenntnis gehabt haben.»

Die Tür klappte und beide, der Brisanz ihrer Worte bewusst, zuckten zusammen und drehten sich erschrocken um. Clara stand im Zimmer.

«Bist du allein?», fragte Conrad.

Clara streifte ihren Mantel ab und warf ihn über einen Stuhl.

«Ja, die Galanterie ist beendet.» Clara kam ihnen mit tänzelndem Schritt entgegen und machte einen albernen Knicks. «Wienbarg hat mich mit seiner Droschke gebracht. Ein Schmeichler vor dem Herrn.»

Hendrik wollte Clara wegen Wienbarg zur Rede stellen, ließ es aber nun. Ihre letzten Worte, das merkte er, zielten auf sein eigenes Unvermögen, Clara seine Wertschätzung zu offenbaren.

Conrad rückte einen Sessel für seine Tochter heran. «Setz dich zu uns! Ich habe Hendrik gerade moralisch demontiert. Die Aufbauarbeit musst du jetzt übernehmen.»

«Dein Vater will mich zu einem Revolutionär machen», erklärte Hendrik lachend und reichte Clara ein Glas.

«Das fände ich gar nicht mal so schlecht. Angesichts der

bestehenden Verhältnisse kann ich aufsässiges Gedankengut nur unterstützen. Im Übrigen stelle ich mich für das zukünftige Bürgermeisteramt zur Verfügung.» Clara hob frech ihr Glas.

Alle mussten lachen. Aber Hendrik wusste genau, dass es Clara, trotz ihrer humorvollen Übertreibung, bitterernst war.

«Übrigens habe ich den Architekten Reichardt im Theater getroffen. Ich soll dir ausrichten, er hält seine Einladung nach wie vor aufrecht und hofft auf einen Besuch. Aber ihr entschuldigt mich jetzt, der Abend war lang und ich bin müde. Wisst ihr, wie spät es ist?»

Sowohl Hendrik als auch Conrad erschraken, als sie feststellten, dass es schon weit nach Mitternacht war, und Clara richtete Hendrik ein provisorisches Gästebett in Conrads Arbeitszimmer her. Schon häufig hatte der Commissarius im Hause Roever übernachtet. Heute war ihm zum ersten Mal die Anwesenheit Claras bewusst – und das irritierte ihn so sehr, dass er kaum zur Ruhe kam.

Theorien

Als Hendrik am nächsten Morgen erwachte, hatte Clara das Haus schon verlassen. Conrad saß in der Küche und studierte den *Correspondenten* des letzten Tages.

«Deine Schwester wird in Sorge sein.» Conrad blickte nur kurz zu Hendrik auf, ehe er sich wieder in seine Lektüre vertiefte.

Hendrik schwieg. «Wann ist Clara aufgebrochen?», fragte er nach einer Weile.

«Ich will mich nicht einmischen, aber du solltest klare Verhältnisse schaffen.»

Es war das erste Mal, dass Conrad den Freund so direkt auf dessen Beziehung zu seiner Tochter ansprach.

«Wovor fürchtest du dich?», fragte Conrad und legte die Zeitung beiseite. «Glaubst du, unsere Freundschaft könnte Schaden nehmen?»

«Nein. Ich bin nur momentan mit anderen Dingen beschäftigt.» Hendrik schnitt sich eine große Scheibe vom Brotlaib ab und bestrich sie mit Apfelmus.

Conrad ließ nicht locker: «Du weichst deinen Gefühlen aus. Du wirst immer mit anderen Dingen beschäftigt sein. Dein ganzes Leben lang.»

«Eben sagtest du noch, du willst dich nicht einmischen. Jetzt setzt du mir die Pistole auf die Brust.»

Conrad füllte seinen Becher mit Kaffee. Dann schob er Hendrik auffordernd die Kanne hinüber. «Oder ist es immer noch wegen Helena?», fragte er vorsichtig.

«Erwartest du, dass ich meinen besten Freund zu meinem Schwiegervater mache?»

«Ich hätte keine Schwierigkeiten damit.» Conrad grinste ihn an. «Vielleicht spreche ich gerade als Vater. Ich sehe, wie Clara leidet. Da will ich natürlich Abhilfe schaffen. Du bist mehr für sie als der väterliche Freund. Wie steht es mit deinen Empfindungen?»

«Clara ist eine ungewöhnliche Frau», murmelte Hendrik etwas verlegen.

«Du kennst sie genau. Ihre Maskerade ist auch Fassade. Dahinter verbirgt sich eine ebenso selbstbewusste wie sensible Frau.»

«Ich befürchte, ich kann ihre Erwartungen nicht erfüllen.»

«Quatsch! Sie erwartet lediglich Toleranz. Ich merke doch, wie es zwischen euch knistert. Aber glaube nicht, dass sie dich um deine Hand bittet.»

Beide mussten angesichts dieser Vorstellung lachen. Das half, die Situation ein wenig zu entspannen. Aber Hendrik wusste um den Ernst von Conrads Worten. Natürlich hatte sein Freund Recht. Er war unfähig, sich seine eigenen Gefühle einzugestehen. So schob er eine Entscheidung weiter vor sich her.

«Sorge für Klarheit!» Als Hendrik das Haus Roever verließ, nahm er Conrads Worte mit auf den Weg.

Hendrik schritt die Gertrudenstraße Richtung St. Jacobi entlang. Auf den Straßen herrschte reges Treiben. Schon nach wenigen Metern hatte er die Angst vor einer Konfrontation mit seinen Empfindungen gegenüber Clara verdrängt. Der Commissarius überquerte die Rosenstraße, die wie ein unsichtbarer Wall die Altstadt vom Glanz des neuen Hamburgs trennte. Die Schuttmassen, die auf dem Gertrudenkirchhof noch von den Geschehnissen der letzten Jahre zeugten, markierten gleichermaßen den Übergang in das von der Feuersbrunst weitgehend verschont gebliebene Quartier der Armut.

Zwischen Pferde- und Schweinemarkt zogen sich die Fachwerkhäuser wie endlos langes Tauwerk durch die Gänge. Das Barkhofviertel war eine Stadt für sich – ein Labyrinth für jeden Fremden, der sich darin verirrte. Die schmalen Wege ließen nur das Nötigste passieren. Für Wagen waren sie viel zu eng. An manchen Stellen schien nur eine Hand breit Licht zwischen den Giebeln hindurch. Hätte das Feuer Einzug in dieses Viertel gehalten, Hunderte von Menschen wären wegen fehlender Fluchtwege ums Leben gekommen. An kaum einer anderen Stelle der Stadt zeigte sich die Armut der unteren Bevölkerungsschicht so krass wie hier.

Der Große Barkhof öffnete sich kaum hausbreit zur Steinstraße. Hendrik Bischop fühlte sich von der winterlichen Sonne geblendet, die über den Dächern emporstieg. Einige, angesichts der Kälte viel zu spärlich bekleidete Kinder, wärmten sich am Feuer eines Kastanienverkäufers. In dem breiten Straßenzug, der das Viertel von den südlich gelegenen Gängen rund um die Springeltwiete trennte, konnten sie wenigstens das Tageslicht sehen und etwas frischere Luft atmen. Der Commissarius bog ab in Richtung Fuhlentwiete. Unweit von hier, auf einem hofseitigen Grundstück zur Steinstraße, wohnte und arbeitete der Architekt Carl Friedrich Reichardt.

Entgegen Hendriks Erwartungen glichen Reichardts Arbeitsräume weniger einem Atelier als vielmehr einer Schreibstube. Eingerahmt von Büchern und an Wänden befestigten Stadtplänen thronte inmitten des Raumes ein bescheidener, hoffnungslos überfüllter Schreibtisch.

«Ich hatte Ihren Besuch schon früher erwartet.» Höflich

hatte er den Commissarius, dessen Kommen unangemeldet war, empfangen. Reichardt machte keinen Hehl aus seiner Enttäuschung darüber, dass Hendrik ihm seine Aufwartung ohne Begleitung von Clara machte. «Ich traf Fräulein Roever gestern im Theater. Eine reizende Person.»

Nachdem Reichardt den Commissarius aufgefordert hatte, Platz zu nehmen, sortierte er mehrere Papierbögen, die dem Anschein nach wahllos auf dem Fußboden des Zimmers verteilt lagen. Dann stellte er sich an den Arbeitstisch und entfernte in aller Ruhe mit einem kurzen Messer die angetrockneten Tintenreste von mehreren Schreibfedern.

«Sind Sie mit Ihren Ermittlungen weitergekommen?» Reichardt sprach, ohne sich seinem Gast zuzuwenden. Seine Stimme klang nicht neugierig.

«Einen Verdächtigen haben wir noch nicht. So wie es aussieht, hatte niemand außer Baumeister de Chateauneuf persönlichen Kontakt zu Drasche. Aber fast jeder in Ihrer Zunft wusste von der Qualität seiner Ziegel.»

«Ist das ein Wunder? Wenn es stimmt, was Alexis mir über seine Produktionsmöglichkeiten erzählt hat, so wird ...» Reichardt stockte und verbesserte sich: «... so hätte Drasche einen entscheidenden Teil des Bauwesens revolutioniert. Was wird jetzt eigentlich aus seiner Ziegelei?» Erst jetzt wendete sich der Architekt dem Commissarius zu und nahm ebenfalls auf einem der verstreut im Zimmer umherstehenden Stühle Platz.

«Als ich im Holsteinischen war, schien der Betrieb zu ruhen. Seine Tochter erzählte mir von Vergrößerungsabsichten, die allerdings zu scheitern drohen. Ein Teil ihrer Familie lebt in Wien. Ich nehme nicht an, dass sie in der Lage sein wird, die Ziegelei allein zu führen.»

«Es wäre sehr tragisch und ohne Zweifel auch katastrophal für die hiesige Bauwirtschaft, wenn innovative Ansätze in der Materialproduktion keine Unterstützung fänden. Von der Beeinflussung zukünftiger Entwurfsarbeit einmal ganz zu schweigen. Aber das wird Ihnen Chateauneuf ja bereits deutlich gemacht haben.» Der Architekt erhob sich wieder und umkreiste den Commissarius mit bedächtigen Schritten. Sein Blick war auf den Boden gerichtet.

«Er war in dieser Hinsicht eher etwas zurückhaltend», korrigierte Hendrik. «Entwerfen Sie eigentlich auch Backsteinbauten?»

Reichardt machte eine ausladende Geste durch den Raum. «Wie Sie sehen, bin ich eigentlich mehr Schreiberling. Momentan müssen neue Leitlinien für die weitere Entwicklung des Städtebaus erdacht werden. Es reicht nicht, ständig historische Stile miteinander zu verbinden oder sie bestimmten Bauaufgaben zuzuordnen. Sehen Sie mich bitte nicht als Visionär, ich analysiere nur, was unausweichlich auf uns zukommt. Allein die flächenmäßige Ausdehnung der Städte wird in naher Zukunft eine Verwaltungsreform unumgänglich machen. Die zukünftige Umstrukturierung wird eine Vielzahl neuer Bauaufgaben mit sich bringen.»

«Und dafür entwickeln Sie neue bauliche Leitgedanken?»

«Ich sehe, Sie haben mich verstanden.» Reichardt nickte bestätigend.

«Welche Rolle spielt dabei der Backstein?»

«Sie müssen die Frage anders formulieren: Welchen Kostenfaktor stellt er dar? Wenn in kürzester Zeit neue Bauaufgaben mit öffentlichen Geldern finanziert werden müssen, wird der Kostenfaktor die Baumethoden bestimmen. Für mich persönlich ist es daher von größtem Interesse, wie stark das die Gestalt der Gebäude und das ganze Stadtbild beeinflussen wird.»

«Sie erwähnten neulich in der ‹Gesellschaft› ein Städtebau-Handbuch, an dem Sie schreiben. Was sind Ihre Ziele?» Hendrik beobachtete Reichardt, der unaufhaltsam durch den Raum kreiste.

«Einerseits versuche ich eine Analyse der bestehenden Verhältnisse; dabei besteht die Hauptaufgabe darin, neue Lösungsvorschläge für allgemein bekannte städtebauliche Probleme zu liefern. Andererseits will ich der Forderung nach einem neuen Baustil Ausdruck verleihen. Die Architektur muss mit dem Charakter der Zeit, mit Wahrheit und Vernunft in Einklang gebracht werden.»

«Welche bestehenden Gebäude veranschaulichen denn Ihrer Meinung nach ‹Wahrheit und Vernunft›?», fragte Hendrik nach.

«Lassen Sie es mich so ausdrücken», entgegnete Reichardt, «alles was sich dem Schematismus entgegenstellt. Es darf keine Regelmäßigkeit geben, die dem natürlich gewachsenen Stadtbild eine unnatürliche Erscheinung verleihen würde. Die territorialen Eigentümlichkeiten müssen dabei natürlich erhalten bleiben.»

«Ist das nicht, was auch Bülau will?»

«Nein, keinesfalls! Ich bin auch für eine Wiederbelebung des Backsteins, aber nicht in dieser Form. Für Bülau ist der Backsteinbau gleichzusetzen mit der Gotik, mit dem Mittelalter. Sein Stil ist dabei lediglich Ausdruck für die Rückkehr zu einer längst überholten Gesellschaftsstruktur. Bülau ist ein Reaktionär.»

«Er sieht sich der Tradition verpflichtet», zitierte Hendrik den Baumeister in Erinnerung an das Gespräch im Hause Voigt.

«Wenn er vom Bewahren und von Traditionen spricht», erklärte Reichardt, «dann will er nicht erhalten, sondern er will zurückkehren. Zurückkehren in eine Zeit längst überholter Ordnungsstrukturen. Er verdrängt dabei völlig, dass diese Zeit eine Zeit der Unfreiheiten war, eine Zeit der Stände, der Knechtschaft, der Ausbeutung. Seine Vorstellung von Ordnung ist eine stillschweigende Masse, die sich, unter Berufung auf christliche Tugenden, demutsvoll um eine beherrschende Mitte gruppiert. Ihn interessiert nicht, ob diese Mitte eine Kirche oder ein Rathaus ist. Und aus diesem Blickwinkel heraus hat er auch das Haus der ‹Gesellschaft› an der Trostbrücke entworfen. Unsere ganze Bewegung, die Suche nach neuen Ansätzen, wurde durch Bülau diskreditiert. Er wendet sich zwar gegen die gotischen Entwürfe von Scott, aber nur aus nationalen Gründen. Eigentlich verfolgt er die gleichen Ziele. Im Kirchenbau haben wir uns an die Gotik gewöhnt. Obwohl man natürlich darüber streiten kann, ob es der Kirche gut tut, wenn sie sich in Form und mit Hilfe einer mittelalterlichen Ikone darstellt, vor allem, wenn man bedenkt, dass es phantastische Vorschläge für eine zeitgemäße Architektur gegeben hat, wie beispielsweise Sempers Entwurf für die Nikolaikirche.

Reichardt trat an eines der Regale und zog mehrere Bücher hervor, die er Hendrik hinhielt. «Wenn es Sie interessiert, gebe ich Ihnen gerne ein bisschen Lektüre zu diesem Thema mit. Da können Sie einen Eindruck gewinnen, welche Absichten christlich-nationale Fanatiker hinter der Fassade mittelalterlicher Gotik entwickeln. Auch Bülau wird es, selbst wenn er es abstreitet, gelesen haben.»

Hendrik nahm die Bücher entgegen. Er betrachtete die Titel. Es waren Bücher in englischer Sprache, alle vom selben Verfasser: Augustus Welby Northmore Pugin.

«Beginnen Sie damit!» Reichardt deutete auf zwei der Bücher. *Specimens of Gothic Architecture.*

Die anderen Titel lauteten *Contrasts, or a parallel between the Architecture of the 15th and 19th Centuries. The true Principles of pointed or Christian Architecture* sowie *An Apology for the revival of Christian Architecture in England.* Alle waren zwischen 1830 und 1843 in London herausgegeben worden. Hendrik verstand nur wenig Englisch; es reichte gerade, um die Titel zu verstehen. Aber das ließ er sich nicht anmerken. Clara würde ihm beim Übersetzen zur Hand gehen müssen.

«Eine ansehnliche Bibliothek haben Sie.» Hendrik legte die Bücher beiseite.

«Ohne die Hintergründe zu kennen, ist man nicht in der Lage, die Vorgänge und Entscheidungen zu durchschauen.» Reichardt stand am Fenster und zeigte auf die umliegenden Häuser. «Pugin ist so eine Art Vordenker der Neugotik. Architekten wie Scott berufen sich auf ihn. Ich weiß, dass Scott an einem Entwurf für unser Rathaus arbeitet, und er wird sicherlich auch hier Befürworter finden.»

«Wie mir scheint, will jeder Architekt von Rang und Namen einen Beitrag zu dieser Bauaufgabe leisten. Wie sind Ihre Vorstellungen vom neuen Rathaus?», fragte der Commissarius neugierig.

«Ich beschäftige mich momentan nicht mit konkreter Entwurfsarbeit.» Reichardt machte eine kurze Pause und blickte auf seinen Schreibtisch. «Aber Sie haben Recht, vielleicht sollte ich mich einmischen.»

Der Baumeister ging zu einer großen Plankommode, die etwas abseits in einer Raumnische stand, und zog einen der breiten Schübe heraus. «Das sind meine letzten Ideen.» Er musterte das oberste Blatt mit kritischem Blick.

Hendrik erhob sich und leistete Reichardts stiller Aufforderung Folge, das Blatt zu betrachten. Es zeigte einen Entwurf für die vor einem Jahr am kleinen Alsterbecken fertig gestellten Arkaden. Entgegen der Ausführung waren die Gebäude auf der Zeichnung allerdings aus Backstein.

«Sichtmauerwerk», murmelte Hendrik.

«Ich habe sie zusammen mit Alexis entworfen. Als ich aus Amerika zurückkehrte, sah ich in Chateauneuf einen Architekten, der ähnliche Zielvorstellungen hatte wie ich selbst.»

«Sehen Sie das heute anders?»

«Über die Jahre...» Reichardt brach ab und setzte neu an. «Vor allem unsere Zusammenarbeit in der Technischen Commission ließ mich erkennen, dass Alexis zwar ähnliche Ziele vor Augen hat, aber für eine Umsetzung seiner Ideen auf anderen Gebieten große Kompromisse in Kauf zu nehmen bereit ist», sagte er vage, um das Vorgehen des Kollegen aber gleich darauf zu rechtfertigen. «Vielleicht habe ich selbst auch nur zu wenig diplomatisches Gespür.»

«Chateauneuf hatte eine führende Position innerhalb der Commission.»

«Genau. Und ab diesem Zeitpunkt begann er, seine eigenen Ideale, unsere Ideale, die aus formalen Gründen zu scheitern drohten, zu opfern», erklärte Reichardt.

«Wie darf ich das verstehen? Wofür zu opfern?»

«Er versuchte, wenigstens das Konzept zu retten. Dabei fiel die ästhetische Komponente hinter dem ursprünglichen städtebaulichen Leitgedanken mehr und mehr zurück.» Reichardt kramte aus der Schublade noch einige Zeichnungen und Skizzen hervor und breitete sie vor der Kommode auf dem Fußboden aus.

«Sehen Sie, der ursprüngliche Plan, den ich Ihnen zuerst gezeigt habe, entstand bereits 1841.» Er blickte Hendrik prüfend an und fügte aufgebracht hinzu: «Ein Jahr vor dem Brand!»

«Das bedeutet…» Hendrik Bischop fehlten die Worte.

«Das bedeutet, die Idee ist viel älter, als man denkt! Der erste offizielle Plan, der in der Commission im Oktober des Brandjahres präsentiert wurde, ist bloß eine Überarbeitung, sozusagen aus aktuellem Anlass. Baudirektor Wimmel hatte jedoch so viele Einwände dagegen, dass Alexis auch diesen Entwurf nochmals korrigierte und die ursprüngliche Konzeption schließlich ganz verwarf, um zumindest die Ausführung zu sichern. Der endgültige Plan vom Februar des folgenden Jahres spiegelte in erster Linie den von Wimmel bevorzugten Stil wider. Ich geriet darüber mit Alexis furchtbar in Streit, weshalb ich noch am Tag der Präsentation um meine Entlassung aus der Commission bat.»

«War nicht eine durch Wasserbaudirektor Hübbe angestiftete Intrige der Grund für Ihre Entlassung?» Vor dem Hintergrund, der sich ihm nun auftat, versuchte Hendrik, den Geschehnissen einen neuen Sinn zu geben.

«Nein. Der Wettbewerb unter uns Architekten war damals das Entscheidende. Alle hatten doch bereits vor dem Brand ausgearbeitete Pläne in der Tasche. Jeder Baumeister versuchte natürlich, seine eigenen Ideen und städtebaulichen Vorstellungen durchzusetzen. Wann ergibt sich schon so eine Gelegenheit?»

Hendrik schien es, als müsse er die Rollen aller in der Commission Tätigen neu überdenken. In diesem Moment wurde er sich schlagartig darüber bewusst, dass sich der Schwerpunkt seiner Arbeit, seine Interessen, verschoben hatte. Sein Drang nach Aufklärung galt zunehmend den Vorkommnissen und Ungereimtheiten im Zusammenhang mit der Wiederaufbauplanung seiner Stadt. Die Todesumstände des Ziegeleibesitzers Drasche rückten dabei mehr und mehr in den Hintergrund. Vielleicht würde sich zu einem späteren Zeitpunkt eine Verbindung zwischen den Geschehnissen ergeben. Was Reichardt ihm da offenbarte, war jedenfalls so ungeheuerlich, dass Hendrik das Gefühl bekam, eigentlich ermittle er in einem ganz anderen, viel brisanteren Fall. Und er fragte sich, warum Reichardt ihm das alles erzählte. Er musste noch mehr in Erfahrung bringen.

«Warum war Hübbe eigentlich damals aus der Commission ausgeschieden?», fragte Hendrik und wartete gespannt darauf, ob Reichardt Chateauneufs Auskünfte bestätigen würde.

«Das hatte einen anderen Grund. Hübbe unterlag ja der Bereich Schleusenbau. Als nach dem Brand die Absenkung des Wasserspiegels der Alster durchgesetzt werden sollte, weigerte sich Hübbe. Dahinter standen natürlich die Interessen seines Bruders, der zusammen mit Bülau und dessen Gesinnungsgenossen ganz andere Ziele verfolgte. Nach deren Bestreben sollte eine Stadterweiterung ja von vornherein ausgeschlossen bleiben. Hat Ihnen Alexis von den Zusammenkünften des Zirkels um Bülau und Dr. Voigt berichtet?»

Hendrik nickte nachdenklich. Es stimmte also, was er bereits vermutet hatte: Es gab eine Verbindung zwischen Theodor Bülau und der Technischen Commission. Bülau und Voigt konnten, oder besser gesagt, wollten über Hübbe also Einfluss auf die Entscheidungen der Commission nehmen. Hendrik ärgerte sich: Warum war er nicht schon längst selbst auf die Idee gekommen, dass ein Baumeister wie Bülau selbstverständlich auch einen Wiederaufbauplan ausgearbeitet hatte. Aber Hendrik zwang sich, sein Gedankenspiel jetzt nicht unnötig mit Spekulationen zu belasten. Reichardts Ausführungen waren einfach zu wichtig. Er wollte ihn nicht in seinen ausführlichen Schilderungen unterbrechen.

«Nach Bülaus und Voigts Vorstellungen sollte der alte Stadtgrundriss erhalten bleiben. Einer Bebauung des Alstervorlandes musste also entgegengewirkt werden, damit sich das historische Zentrum der Stadt nicht verschieben konnte. Und Alexis kannte ja die Interessen von Voigt und Hübbe, weil sie ihn mehrmals zu ihren Sitzungen in der Deichstraße eingeladen hatten. Angesichts dieser gefährlichen Konstellation hat Chateauneuf natürlich interveniert und schnell Ersatz für Hübbe besorgt. Eben mich.»

«Chateauneuf hatte also stets die Fäden in der Hand», konstatierte der Commissarius und setzte nachdenklich hinzu: «Von wann stammt Chateauneufs Plan eigentlich?»

«Die Grundidee entstand wohl in den zwanziger Jahren», lautete Reichardts überraschende Antwort, «und zwar im Zusammenhang mit der Stadtentfestigung, dem Abtragen des alten Bollwerks. Dafür war der Ingenieur-Hauptmann Carl August Schwarz zuständig, und wie es scheint, kam ihm bei dieser Gelegenheit wohl die Idee einer planmäßigen Vorstadterschließung. Schwarz wurde damals vom Ratsherrn Mönckeberg unterstützt, der engen Kontakt zu Karl Sieveking hatte, der wiederum mit Alexis de Chateauneuf befreundet war. Chateauneuf engagierte sich damals für die Neubebauung des Domplatzes, und Sieveking forderte ihn auf, nach den Konzepten von Schwarz einen entsprechenden Gesamtplan auszuarbeiten.»

«Aber dann hatte Chateauneuf ja…»

«Nicht so schnell!» Reichardt lachte. «Chateauneuf wähnte sich und seine Pläne nur so lange in Sicherheit, bis zu erkennen war, dass es etlichen hoch gestellten Hamburger Persönlichkeiten, Rats- und Bürgerschaftsmitgliedern gar nicht um die Stadtgestalt, geschweige denn um ästhetische Gesichtspunkte ging. Zumindest hätte er das spätestens ab dem Zeitpunkt erkennen müssen, als die privaten Investitionen im Alstervorland und in den geplanten Stadterweiterungsgebieten einsetzten.»

«Aber er hat Stillschweigen bewahrt. Warum?», fragte Hendrik.

Reichardt lächelte. «Er wollte seine Projekte nicht gefährden. Dass sie in der von ihm vorgesehenen Form nicht umsetzbar waren, wurde ihm erst bewusst, als er merkte, dass er nur für bestimmte Bauaufgaben herangezogen wurde ...»

«... und von den ganz großen Projekten ausgeschlossen blieb», vollendete Hendrik den Gedanken.

«Genau!»

«Daher auch sein Engagement für den kostengünstigen Ziegelbau?» Eigentlich schien Hendrik die Frage überflüssig.

«Nein, nicht ausschließlich. Wir dürfen Chateauneuf nicht nur Schlechtes unterstellen. Es ist wohl mehr eine bei Künstlern seines Formats häufig vorherrschende Naivität, welche die Hintergrundinteressen des realen Lebens ausblenden. Das von ihm entwickelte Stadterweiterungskonzept zeugt durchaus von stadtplanerischer Genialität.» Etwas wehmütig blickte Reichardt aus dem Fenster, und beide Männer schwiegen eine Weile.

«Es ist also wahr, dass bereits vor dem Brand eine Stadterweiterung in Erwägung gezogen wurde», sagte Hendrik schließlich mehr zu sich selbst. Conrad hatte also Recht gehabt. «Aber hat es darüber jemals offizielle Beschlüsse von den zuständigen Gremien der Stadt gegeben? Und hatten die Fürsprecher dieser Pläne überhaupt die entsprechenden Befugnisse?»

«Nein, aber sie verfügten über die nötigen Kontakte», gab Reichardt mit einem Augenzwinkern zu bedenken.

«Und warum kam das nicht an die Öffentlichkeit?»

«Das durfte es nicht. Die Durchführung der Stadterweiterung nach Chateauneufs Plan hätte ja die Öffnung der Stadttore vorausgesetzt.»

«Und standen den Interessen einiger Grundeigentümer entgegen», ergänzte Hendrik.

«Genau. Bis zum Brand! Dann sah die Situation durch die zu erwartende Expropriation anders aus. Man hatte ja nun ein Verfügungsmittel in der Rückhand. Das war ja auch die Hoffnung von Alexis, dass man nun seinen Plan aufgreifen würde.»

«Ja, aber der Großteil des Kuchens war bereits aufgeteilt», stellte der Commissarius fest.

Reichardt schob die Pläne, die er auf dem Fußboden ausgebreitet hatte, zusammen und legte sie zurück in die Plankommode.

«Wo befinden sich Chateauneufs Pläne jetzt?» In Hendriks Worten schwang so etwas wie die Hoffnung mit, Reichardt könne die Pläne aus einer der Schubladen hervorziehen.

«Ich weiß es nicht. Seit Wimmels Tod sind sie verschwunden. Da auch ich daran beteiligt war, habe ich Senator Jenisch um die Herausgabe der Blätter gebeten, aber er bestreitet, dass die Pläne in der Baudeputation vorliegen. Verständlich. Allein die Datierung der ersten Blätter birgt ja eine gehörige Brisanz.» Der Architekt schloss die Kommode und ging zu seinem Schreibtisch zurück, während er weitersprach. «Schon zu Beginn des Jahrhunderts war der Abriss des Doms vorangetrieben worden. Die dadurch gewonnene Freifläche bot ihm die Möglichkeit, den Ansatz einer städtebaulichen Neustrukturierung mit einem Präzedenzbau einzuleiten. Geschehen ist aber nichts. Zumindest so lange nicht, bis Chateauneufs Konzept vorlag. Sein Plan umfasste auch den Abriss des Maria-Magdalenen-Klosters, so geschehen 1837. An dessen Stelle entstand dann ja der Neubau der Börse.»

«Was ich dabei nicht verstehe, ist, warum die Bauten dann nicht von Chateauneuf ausgeführt wurden. Soweit ich weiß, wurden die Neubauten auf dem Domplatz, der Bau des Johanneums sowie die Börse, von Baudirektor Wimmel entworfen.»

«Das ist ja genau das Entscheidende», sagte Reichardt und tippte mit dem Finger mehrmals gegen die Tischplatte. «Chateauneufs Dilemma liegt darin, dass er für fast alle hochrangigen Bauaufgaben die Vorarbeiten und Entwürfe ausgearbeitet hat und dann nicht zum Zuge kam. Durch den großen Brand bot sich ihm dann die Chance, sein Konzept zu verwirklichen. Aber wegen der existierenden Spannungen konnte er seinen Plan nicht als eigenes Produkt verkaufen. Nach den Problemen mit der Neuen Post bekam er von Seiten der Baudeputation keine Chance mehr. So hat er seinen Freund Lindley vorgeschickt und ihn, so gut es eben ging, unterstützt. Aber Lindley hatte natürlich auch eigene Ideen, daher rührten die zeitweiligen Zwistigkeiten zwischen Alexis und dem Engländer.»

Hendrik ließ gegenüber Reichardt von den wirklichen Hintergründen und Absichten, die, wie er ja wusste, hinter Lindleys Entwurf gestanden hatten, nichts verlauten. Es wäre unklug gewesen, Reichardt auf die Interessen von Lindleys privaten Auftraggebern, Meyer, Abendroth, und wie sie auch immer hießen, hinzuweisen und den Verdacht zu verbreiten, Lindley habe nicht in erster Linie das Wohl der Stadt im Auge gehabt.

«Was war das für eine Sache mit dem Postbau?», fragte er stattdessen. «Sie sprachen es schon auf der Einweihungsfeier der ‹Gesellschaft› an.» Die undurchsichtigen Hintergründe des Postbaus am Neuen Wall waren der eigentliche Grund für Hendriks Kommen gewesen. Reichardt hatte damals nicht darüber sprechen wollen und allein durch diesen Umstand Hendriks Interesse geweckt.

«Ich kenne die Geschichte natürlich nur aus Alexis' Perspektive», sagte Reichardt besonnen, «aber der Postbau am Neuen Wall scheint so etwas wie eine Schlüsselrolle für seine Streitereien mit der Baudeputation zu spielen.»

«Wann war das?», fragte Hendrik.

«Alexis hatte sich mit seinem Entwurf 1830 durchgesetzt. Entgegen der in Hamburg üblichen Gründung auf Pfählen sollte das Gebäude nach englischem Vorbild mit Hilfe gemauerter Fundamentplatten schwimmend angelegt werden. Der morastige Hamburger Baugrund sorgte nach Anfangserfolgen aber schnell für Ernüchterung. Schon nach vier Jahren zeigten sich Risse. Der Cementmörtel hielt der von unten eindringenden Feuchtigkeit nicht stand. Daraufhin folgte ein Rechtsstreit zwischen Alexis und der Deputation, wer für das Scheitern des Experimentes verantwortlich sei. Man versuchte, Chateauneuf die Schuld zuzuweisen. Alexis hingegen berief sich auf Mängel bei der Bauausführung und schob die Verantwortung auf den Bauunternehmer.»

«Und was ist letztendlich aus der Sache geworden?»

«Einen Schadensersatzausgleich gab es bis heute nicht», erklärte Reichardt. «Bei späteren Bauvorhaben wie Börse und Johanneum bekam Alexis das dann auch zu spüren. Seine Entwürfe wurden nicht berücksichtigt.»

«Aber Chateauneuf hatte doch weiterhin gute Kontakte, beispielsweise zu Abendroth und, soviel ich weiß, auch zu anderen Ratsherren und Mitgliedern der Bürgerschaft.»

«Die hatten andere aber auch», lautete Reichardts lakonische Antwort, und in der Tat wäre es recht indiskret gewesen, an dieser Stelle andere Namen ins Spiel zu bringen.

Trotzdem hatte er Hendrik genug Stoff zum Nachdenken gegeben. Zu keinem Zeitpunkt hatte er erwartet, dass sich ein derartiger Sumpf vor ihm ausbreiten könnte. Alle Welt außer ihm selbst schien von den Vorgängen zu wissen. Jeder schien ihm sagen zu wollen: Hier, so war es! Es wissen doch alle! Warum du nicht? Was hast du all die Jahre getan, geschlafen? Warum unternimmst du nichts dagegen? Wir tun es doch auch! Hendrik fühlte sich plötzlich ganz erbärmlich allein.

«Nach Ihren Schilderungen beruht der gesamte Neubau der Stadt auf Vorgaben, die lange vor dem Brand ausgearbeitet und wohl auch beschlossen wurden. Warum erzählen Sie mir das alles?», fragte er mude.

«Weil ich glaube, dass diese Informationen bei Ihnen an die richtige Adresse gelangen.» Reichardt legt eine Pause ein und sah den Commissarius eindringlich an, wie einen Gesinnungsgenossen. «Und weil ich insgeheim hoffe», setzte er fort, «mit der Preisgabe dieser Information vielleicht Schlimmeres verhindern zu können. Es ist also auch ein wenig Eigennutz im Spiel, denn die Sache geht ja noch weiter. Bislang sprachen wir nur über Dom und Magdalenenkloster. Raten Sie, was der Plan anstelle des St. Johannis-Klosters vorsah?»

Hendrik ahnte es, denn auch das St. Johannis-Kloster war vor zehn Jahren ein Opfer der Hamburger Abrisspolitik geworden, aber er schwieg.

«Genau. Das Rathaus!», sprach Reichardt Hendriks Vermutung aus.

Der Commissarius versuchte, sich das Gebäude zu vergegenwärtigen, welches er auf der Zeichnung in Chateauneufs Atelier gesehen hatte. «Ich glaube, ich kenne Chateauneufs Entwurf.»

«Ein Ziegelbau!», sagte Reichardt mit Nachdruck.

«Aus hellfarbigem Ziegel. Ja, eine Ansicht hing in seinem Atelier», bestätigte Hendrik.

«Alexis sah eine Form vor, wie er sie stilistisch in etwa mit seinem Postbau an den großen Bleichen realisieren konnte – aber natürlich monumentaler. Bedenken Sie die Dimensionen eines Rathauses! Das dürfte für Sie übrigens von besonderem Interesse sein. Um die Finanzierung seines Entwurfs zu sichern, um also wettbewerbsfähig zu sein, musste er die Materialkosten eindämmen. Ich vermute darin den Hauptgrund für seine Verhandlungen mit dem Ziegeleibesitzer.»

«Wenn ich sie recht verstehe, wollen Sie damit sagen, dass der Tod von Drasche möglicherweise im Zusammenhang mit einem konkreten Bauvorhaben steht, eben des Rathauses?»

«Zumindest erscheint es mir nicht so abwegig», sagte Reichardt ernst.

Die Vorstellung, dass jemand einen Mord beging, um ein Bauprojekt – egal welcher Größenordnung – zu verhindern oder eine andere Ausführung durchzusetzen, ließ Hendrik schaudern. Aber tatsächlich hätte die Beseitigung von Drasche eine Ausführung des Rathauses als Backsteinbau nicht nur gefährdet, sondern einem solchen Projekt nach jetziger Erkenntnis auch jegliche Grundlage entzogen. Zugleich wurde sich Hendrik darüber bewusst, dass sich in diesem Fall der Kreis der Verdächtigen erheblich verkleinern würde. Sollte Reichardt mit seiner Vermutung Recht haben, brauchte Hendrik nur noch in Erfahrung zu bringen, wer alles von Chateauneufs Plan Kenntnis hatte. Schließlich hatte es bislang noch keinen öffentlichen Disput darüber gegeben. Aber warum schwieg Chateauneuf ihm gegenüber? Dieser ganze Sachverhalt war erstens von ungeheurer Wichtigkeit, und zudem entlastete er Chateauneuf auch von jeglichem Verdacht.

«Wer alles kannte Chateauneufs Rathausentwurf?», fragte Hendrik.

Reichardt hatte zwischenzeitlich wieder an seinem Schreibtisch Platz genommen. «Ich vermute, dass alle, denen er Drasche vorstellen wollte, zumindest mehr oder weniger über den Hintergrund informiert waren. Jenisch auf jeden Fall.»

«Woher wusste Theodor Bülau von Chateauneufs Bemühungen? Auch er war über das geplante Treffen informiert. Er erwähnte es mir gegenüber beiläufig.» Hendrik versuchte, die Rolle von Bülau in diesem Zusammenhang neu zu überdenken.

«Ich kann nur annehmen, dass auch Bülau konkrete Vorstellungen über die zukünftige Gestalt unseres Rathauses hat. Ob er an einem eigenen Entwurf arbeitet, weiß ich aber nicht. Zumindest hat er sich mit dem Bau der ‹Gesellschaft› als ernst zu nehmender Konkurrent selbst deklassiert. Eine weitere Vergabe hochrangiger Aufträge wird es für Bülau wohl nicht mehr geben.»

«Warum haben Sie das alles nicht publik gemacht?», fragte Hendrik irritiert. Irgendwie, so ging es ihm durch den Kopf, passte das alles noch nicht zusammen.

«Mangels Beweisen», lautete Reichardts schlichte Antwort. «Vor dem Hintergrund des Brandes würden doch alle Beteiligten abstreiten, wann und wie die Pläne zur

Neubebauung zustande gekommen sind. Überlegen Sie doch mal! Immerhin wütete die zerstörerische Kraft des Feuers genau im Planungsgebiet.»

«Eine interessante These», murmelte Hendrik geistesabwesend. Erst als er begriff, worauf Reichardt hinauswollte, blickte er erschrocken auf.

«Haben Sie sich schon mal gefragt, warum die gerade fertig gestellten Neubaugebiete zwischen Esplanade und Neuem Jungfernstieg vom Feuer verschont blieben?», setzte der Architekt nach.

Hendrik mochte nicht darüber nachdenken. Der Verdacht zog sich wie eine Schlinge um seinen Hals. Er musste an Helena denken. Sollte ihr Tod Folge einer groß angelegten Brandstiftung gewesen sein? Alles in Hendrik sträubte sich dagegen, dieses Wort auch nur zu denken.

Reichardt blätterte in seinem Manuskript. «Ich werde die Zusammenhänge aber mittels eines Fallbeispiels in meinem Städtebau-Handbuch veröffentlichen, indem ich darauf hinweise, dass die Gefahr niederträchtiger Bauspekulationen bei zukünftigen Stadtplanungen mehr Berücksichtigung finden muss. Ein paar Beispiele, ein paar Verdachtsmomente und Unterstellungen ... mit kritischem Blick wird man so manches darin wieder erkennen können, vielleicht auch den Werdegang der eigenen Stadt. Was jedoch Alexis' Ideen angeht, so werden sie mit Sicherheit – von wem auch immer – in absehbarer Zeit umgesetzt. Da ich der Struktur seiner städtebaulichen Planung nur zustimmen kann, werde ich mich hüten, sie anzugreifen.»

Hendrik erhob sich und griff nach den Büchern. Womit konnte er sich Reichardt gegenüber erkenntlich zeigen? Sollte er versprechen, den nächsten Besuch in Begleitung von Clara zu machen? Vielleicht könnte man auch einen gemeinsamen Theaterbesuch planen. Aber jede Plauderei privater Natur wäre in diesem Moment unangemessen gewesen. Hendrik verabschiedete sich freundlich und dankte für die Informationen. Er konnte keinen klaren Gedanken fassen. Wie benommen taumelte er zurück auf die Straße. Fast automatisch zog es ihn zur Baustelle von St. Petri. Vielleicht, so seine Hoffnung, würde er Baumeister Chateauneuf dort antreffen. Er hatte nicht wenige Fragen an ihn.

Hendrik Bischop schritt die Steinstraße stadteinwärts. Er überquerte die Domstraße, und vor ihm lag der mächtige Bau des Johanneums. Die Fassaden der Seitenflügel schotteten das Gebäude von der umgebenden Bebauung ab, so als dulde dieser würdevolle Bildungstempel keine profane Nachbarschaft. Hätten nicht Reihen übergroßer, rundbogiger Fenster die Mauerflächen durchbrochen, man hätte glauben können, das Gemäuer beherberge das städtische Gefängnis. Aber der erste Eindruck täuschte. Zur Straße hin öffneten sich die gewaltigen Flügel, verbunden durch einen transparenten Arkadengang, der jedem Vorbeieilenden bereitwillig Einblick in einen lichten Innenhof gewährte. Das Wechselspiel des Lichts blendete. Hendrik kniff die Augen zusammen, bis er das Gebäude hinter sich gelassen hatte.

Auch das Kirchenschiff von St. Petri, das sich auf der gegenüberliegenden Straßenseite erhob, strahlte im Licht der frühen Mittagssonne. Das Farbspiel der rotbraunen Steine war angesichts der winterlichen Temperaturen von wohltuender Wärme. Die Bauarbeiten schienen zu ruhen. Einige Männer waren damit beschäftigt, das hölzerne Gerüst, welches ein Geflecht filigraner Schatten auf die massiven Mauern der Hauptkirche warf, aufzustocken. Hendrik inspizierte die Baustelle, aber weit und breit war keine Spur von Chateauneuf zu entdecken. Hendrik rieb sich die klammen Finger und betrachtete die ringsum aufgehäuften Steine. Eisiger Wind pfiff von den hohen Mauern herab. Die Stadt hatte lange keinen so kalten und zugleich trockenen Winter erlebt. Wer bei diesen Temperaturen auf die Straße musste, blieb ständig in Bewegung, um sich warm zu halten. Hendrik umrundete das Areal und bog zielstrebig in die Bergstraße ein. Langsam nahm er auch das Leben um sich herum wieder wahr. Die Passanten trugen schwere Mäntel oder schützten sich zumindest mit einer wärmenden Decke. Anstelle vornehmer Kopfbedeckungen trug man nun praktische Mützen, tief ins Gesicht herabgezogen und mit Tüchern umschlungen. Für längere Wegstrecken bevorzugten alle, die es sich erlauben konnten, Droschken, die mit einer Vielzahl von Decken und Fellen in der Nähe der Stadthotels auf Fahrgäste warteten. Die Anzahl der Wagen im Stadtbild erhöhte sich, je näher man sich auf die breiten Promenaden an Esplanade und Alster zubewegte.

Mit zügigem Schritt eilte Hendrik durch die Johannis Straße. Wenn er bis zwölf bei Carl Stelzner sein wollte, musste er sich beeilen.

In de Bost

Als Hendrik die Ellernthorsbrücke erreichte, fiel sein Blick auf die Zeiger von St. Michaelis. Es war kurz vor zwölf. Von hier waren es nur noch wenige Schritte bis zu Carl Stelzners Atelier. Eine Droschke parkte gegenüber, ein geräumiger, offener Kutschwagen mit zwei breiten Bänken. Hendrik vermutete, dass es sich um Hellweges Wagen handelte, der sie nach Blankenese bringen sollte, aber er war sich nicht sicher, weil keine Initialen an den Türen angebracht waren. Das Atelier war verschlossen. Hendrik schlug mehrmals gegen die Ladentür, denn Carls Wohnräume lagen im Zwischengeschoss, und die Wohnung war nur über eine Stiege hinter dem Atelier zu erreichen. Es dauerte eine Weile, bis die Silhouette von Carl hinter der Glasscheibe auftauchte.

«Komm rein, Hendrik, es ist schön, dass du gekommen bist!» Carl schaute Hendrik von oben bis unten an und schüttelte dann den Kopf. «Da müssen wir aber noch was machen! Geh mal nach oben, ich such dir was raus. Hellwege wartet hinten.»

Hendriks Miene verfinsterte sich. «Du hast doch gesagt, es ist nichts Offizielles.»

«Gerade deshalb ja! Eine Uniform könnte da einen falschen Eindruck hinterlassen.»

Jetzt begriff Hendrik. Er hatte ja immer noch den Dienstrock an.

«Vor allem etwas Warmes», bat er Carl, der mit einem Stapel Kleidungsstücke aus einem Nachbarzimmer herbeieilte. «Ist der offene Wagen da drüben unser Gefährt?»

Carl nickte und legte Hendrik eine dicke Wollhose und einen passenden Gehrock zurecht. «Kommst du klar?» Er warf einen Blick auf Hendrik, der in Unterwäsche vor dem großen Spiegel stand und sich musterte. «Jetzt machen wir einen richtigen Civilen aus dir. Warum hast du dir die Koteletten abnehmen lassen?»

Hendrik verfolgte Carls durchdringende Blicke im Spiegel. Das strahlende Blau seiner Augen leuchtete noch genauso unnatürlich wie früher. «Was heißt ‹wir›? Wohnst du nicht mehr allein?»

Im Türrahmen wurde die Gestalt von Hellwege sichtbar, und Carl gab Hendrik mit einer Handbewegung zu verstehen, dass jeglicher weitere Kommentar unerwünscht war. «Passt die Hose?»

«Wohin fahren wir eigentlich genau?» Hendrik knöpfte den obersten Steg des Rockes zu. «Passt!»

«Auf den Landsitz der Godeffroys nach Blankenese. Godeffroy hat zusammen mit Merck und Laeisz eine Actien-Gesellschaft gegründet, und ich soll die Herren nun im passenden Ambiente ablichten. Das Haus soll als Kulisse dienen.» Nun drehte sich Carl Stelzner auffordernd zu Hellwege um, der inzwischen das Zimmer betreten hatte. «Frag Christian, wenn du mehr wissen willst, er ist mit einer Nichte von Laeisz verlobt.» Darauf verließ Stelzner das Zimmer, um sich selbst für die Fahrt zu rüsten, und ließ Hendrik mit Christian Hellwege allein.

Hendrik verzog das Gesicht. «Auf einen Landsitz? Zu dieser Jahreszeit?»

Hellwege trat verlegen einen Schritt zurück, während Hendrik den Sitz des Rockes im Spiegel kontrollierte. «Es ist der letzte Tag im Jahr, an dem das Haus geöffnet ist. Die Familie Godeffroy besitzt mehrere Anwesen dort in der Nähe, und traditionell trifft sich die Familie zum Ende des Jahres in einem der Häuser. Es wird Sie übrigens interessieren, dass es das Landhaus von Richard Godeffroy ist, zu dem wir fahren.»

Hendrik überlegte. Nein, Godeffroys kannte er nicht persönlich. Die Macht dieser alteingesessenen Familie war weit verzweigt, das wusste er wohl. Sein Vater hatte ihm von Pierre Godeffroy erzählt, der zusammen mit Abendroth im Munizipalrat der Stadt gewesen war. Die Godeffroys waren Hugenotten – also Calvinisten und keine Lutheraner. Daher hatte die Familie erst 1819 die Möglichkeit der politischen Mitbestimmung in Hamburg erhalten. Seither gab es kaum einen Handelsbereich, in dem nicht mindestens ein Familienmitglied vertreten war, aber bislang hatte Hendrik selbst noch niemanden von der Familie kennen gelernt. Plötzlich fiel ihm ein, warum ihm der Name Godeffroy so präsent war: Inspektor Schütz hatte den Chinesen auf einem von Godeffroys Seglern festnehmen lassen. Dieser Tatsache hatte Hendrik allerdings keine besondere Bedeutung beigemessen, denn die Familie besaß zahlreiche Schiffe. Außerdem konnte Hellwege davon keine Kenntnis haben. Weshalb also war er der Meinung, Hendrik könne ein Interesse an Godeffroy haben? Hendrik warf ihm einen fragenden Blick zu.

«Wie ich neulich im Russie vernommen habe, sind Sie doch an Architektur interessiert. Das Haus wurde vor ungefähr zehn Jahren von einem Engländer in Zusammenarbeit mit Baumeister Chateauneuf errichtet.»

Die Arbeit hatte Hendrik eingeholt. Fast automatisch legte sich seine Stirn in Falten. Was hatte Carl noch alles arrangiert? «Wird Chauteauneuf heute etwa auch anwesend sein?»

«Aber nein! Zumindest wüsste ich nicht, wer ihn eingeladen hätte.»

«Und wer ist der englische Architekt? Etwa Lindley?»

«Aber nein!», wiederholte Hellwege. «Ein gewisser Arthur Patrick Mee.»

Den Namen hatte Hendrik noch nie zuvor gehört. Er wusste zwar, dass Chateauneuf sich 1838 für einen längeren Zeitraum in England aufgehalten hatte, aber er dachte, das habe mit Lindley zusammengehangen, denn immerhin waren Lindleys Pläne für den Hammerbrook im gleichen Jahr entstanden.

«Werden Meyer und Abendroth anwesend sein?»

«Aber nein! Meyer sicher nicht, aber ob die Familie Abendroth irgendwie vertreten sein wird, da bin ich mir nicht so sicher. Die trifft man immer und überall.»

«Seid ihr fertig?» Carl kam ins Zimmer zurück und trieb zur Eile. «Wir brauchen bestimmt mehr als eine Stunde nach Blankenese, und dann ist das Licht weg. Los jetzt!»

«Hast du gewusst, dass Chateauneuf mit dem Hausbau in Blankenese zu tun hatte?» Hendriks Frage war nicht frei von einem vorwurfsvollen Unterton.

«Ja, Christian hat es mir erzählt. Aber das ist ein Zufall. Hier geht es nur ums Geschäft. Es wird von wichtigen Leuten nur so wimmeln, aber du wirst keine Gelegenheit für ein Verhör haben. Nach dem, was Christian mir vom alten Godeffroy erzählt hat, wirst du überrascht sein, wie ungezwungen und natürlich man sich in diesen Kreisen bewegen kann.» Carl reichte Hendrik und Christian Hellwege die Mäntel. Er hatte noch zwei dicke Felldecken über dem Arm. «Die werden wir brauchen. Wenn nicht jetzt, dann auf der Rückfahrt.»

Er schloss sein Geschäft ab, und sie bestiegen den Wagen. Dem Pferd schien die Kälte nichts auszumachen. Es stand völlig still. Aus seinen Nüstern stieg heiße Atemluft in kleinen weißen Schwaden empor. Nachdem Carl seine Kisten im Fußraum vor der hinteren Bank verstaut hatte, nahm er zwischen Hellwege und Hendrik auf dem vorderen Bock Platz. Die Sonne stand an ihrem höchsten Punkt, und die Decken waren tatsächlich nicht notwendig. Hellwege ließ die Peitsche kurz knallen und der Wagen setzte sich in Bewegung. Die Fahrt ging zügig voran. Der Fahrtwind war allerdings so kalt, dass die Männer ihre Gesichter hinter dicken Schals verbargen.

Der Altonaer Posten kannte Hellwege und hatte den Wagen an der wartenden Schlange vorbeigewunken. Nun fuhren sie die Palmaille hinauf, entlang den klassizistischen Stadthäusern, deren weiße Fassaden in der Mittagssonne strahlten. Mit kleinen Säulen und Giebeln wirkten sie wie eine Theaterkulisse, zumal man an den Brandmauern in den Durchfahrten erkennen konnte, dass sich hinter den Fassaden gewöhnliche Fachwerkbauten verbargen. Das Pferd schnaubte gegen die Steigung der Allee an, und die langsame Fahrt ermöglichte kurze Einblicke in die rückseitigen Gärten, die sich hinter eisernen Gittern auf schmalen Parzellen entlang den Remisen erstreckten. Die Häuser waren viel kleiner als vergleichbare Bauten im Hamburger Stadtgebiet. Auf der landeinwärts gelegenen Seite wirkte die zierliche Pracht der seltsam einheitlichen Fassaden wie eine endlose Flucht von Spielkarten, die man akkurat nebeneinander aufgestellt hatte. Schneereste waren zu kleinen Häufchen am Straßenrand aufgetürmt.

Nach wenigen Minuten erreichten sie die Anhöhe des Altonaer Elbbergs, wo sich ihnen ein grandioser Ausblick über den Elbstrom, den Geestrand und die gegenüberliegenden Elbniederungen bot. Schon lange war Hendrik nicht mehr hier gewesen. Auch das Bahnhofsgebäude der Altona-Kieler-Eisenbahn von 1844 kannte er nicht. Aber er wusste, dass sich die städtebauliche Gestalt auf den nächsten Metern ändern würde. Hinter Ottensen gab es zwar noch vereinzelte Werkhöfe und landwirtschaftliche Betriebe, aber das Erscheinungsbild entlang der Flottbeker Chaussee war vor allem durch die zahlreichen großen Villen wohlhabender Kaufleute aus Hamburg und Altona geprägt. Ein offensichtlicher Bruch zog sich durch die Landschaft.

«Wollen wir bei Heine vorbeischauen?», fragte Hellwege und wies auf ein großes Anwesen an der Wasserseite des Weges.

«Dafür werden wir wohl kaum Zeit haben», entgegnete Stelzner und fügte hinzu: «Außerdem scheint er gar nicht in der Stadt zu sein, sonst hätte sich Campe doch sicher gemeldet. Hat Baurmeister schon mit seinem Onkel gesprochen?»

Hellwege schüttelte den Kopf. «Ich glaube nicht. Aber er ist sich ganz sicher, dass wir Unterstützung bekommen. Da vorne kommt der Donnerbalken.»

Hellwege ließ das Pferd anhalten. Vor ihnen versperrte ein großer Schlagbaum die Straße.

«Donners Nebeneinkünfte!», flaxte Carl und zog seinen Geldbeutel aus dem Mantel. Nachdem er dem Posten mehrere Taler heruntergereicht hatte, hob sich die Schranke und sie konnten ihre Fahrt fortsetzen.

«So finanziert sich der kaufmännische Adel», spottete Hellwege. «Ohne die Chaussee würde die Fahrt der Herrschaften zu ihren Landsitzen doppelt so lange dauern, und die Wagen müssten sich durch sumpfigen Morast kämpfen. Was lag da näher, als sich die Baukosten durch einen Wegezoll zurückzuholen? Aber bei dem Ausflugsverkehr heutzutage möchte ich nicht wissen, wie viel die Herren seitdem dazuverdient haben.»

Hellwege deutete auf eine riesige Villa auf der rechten Seite, deren Gartenfront von einer halbrunden Säulenloggia umfasst wurde. «Brandt nimmt nichts, der hat genug. Zahlen müssen wir erst wieder bei Amsinck.»

Tatsächlich standen die nächsten Wegsperren offen, und Hellwege kommentierte jedes der Landhäuser, dessen Anwesen sie auf der Fahrt passierten, indem er die Namen der Besitzer und einen knappen, meist spitzen, teilweise bösartigen Kommentar über die Familie abgab. Anscheinend kannte er diese Leute irgendwie persönlich, und es schwang ein distanziert abfälliger, gelegentlich anklagender Unterton in seinen Worten mit. Dabei hatte er nichts Angeberisches an sich, wenn er so über diese Gesellschaftskreise sprach, denn er selbst kam aus diesen Kreisen und war, wie die meisten hier, vermögend, ohne dass er selbst auch nur das Geringste dafür getan hätte. Sein Onkel war ein Weggefährte von Caspar Voght und Johann Daniel Lawaetz gewesen, und mit dem geerbten Vermögen hatte Christian Hellwege gleichfalls das philanthropische Erbe seines Onkels angenommen.

«Wer genug hat, muss geben, nicht nehmen!», beantwortete Carl Hendriks fragenden Blick. Hellwege tat, als konzentriere er sich ganz auf die Fahrt und als habe er daher die Worte des Freundes nicht vernommen. Aber Hendrik bemerkte den Ansatz eines Lächelns und deutete es als Ausdruck bescheidenen Stolzes.

Wie Hellwege es vorausgesagt hatte, musste der Wagen kurz hinter dem ehemaligen Anwesen der Familie Thornton, das in den letzten Jahren gleich mehrmals den Besitzer gewechselt hatte und nun Johann Heinrich Schröder gehörte, erneut anhalten. Es folgten zahlreiche Wirtschaftsgebäude, Ställe, Mühlen und Remisen, die für den Betrieb der Landsitze notwendig waren, entlang der Chaussee. Danach gab es keine Unterbrechungen mehr, und die Fahrt führte vorbei an Jenischs Park hinunter zur Teufelsbrücke über die Flottbek, deren Wasserlauf von einer dünnen Eisschicht umsäumt war. Sie passierten die Voghtschen Anwesen, die mehr und mehr von Jenischs Ländereien aufgezehrt wurden, und der Wagen setzte seinen Weg entlang Baurs Villa in Richtung Nienstedten fort. Bis zum Gasthof Jacob stieg die Chaussee an, und die Segler auf dem Elbstrom schienen den Wagen überholen zu wollen.

Noch einmal deutete Hellwege auf eine große Villa, die hinter hohen Buchen auf der Landseite versteckt lag, und murmelte: «Parish. Mit Getreidehandel reich geworden. Das Comptoir der Parishs stand neben unserem Haus in der Deichstraße.» Dann schlossen sich über ihnen die kahlen Baumwipfel, und die Chaussee verengte sich von einer Prachtstraße zu einem breiten, parkumfriedeten Landweg.

«Die Ländereien der Familie Godeffroy!» Carl Stelzner musterte den Stand der Sonne und war erleichtert.

«Sind wir da?», fragte Hendrik.

«Wir biegen hier vorne links ab und fahren hinunter in die Bost», bestätigte Hellwege.

Kurz darauf schimmerten die Umrisse eines Gebäudes zwischen riesigen Kastanien und Buchen hindurch. In Anbetracht der anderen Häuser, die sie auf der Fahrt entlang der Chaussee passiert hatten, hatte Hendrik etwas Größeres erwartet. Das Haus war zwar von vorzüglicher Eleganz, aber seine Ausmaße waren im Gegensatz zu den Villen an der Chaussee doch eher bescheiden. Der Wagen hielt neben einer ganzen Kolonne von Kutschen und Planwagen, einem Fuhrpark unterschiedlicher Gespanne, die ungeordnet und scheinbar willkürlich vor dem zweigeschossigen Haus parkten. Aber es gab kein Begrüßungszeremoniell. Jeder der Anwesenden schien beschäftigt. Überall liefen Menschen durcheinander, in einem stetigen Strom kamen Bedienstete aus der Haustür und trugen die unterschiedlichsten Sachen zu den Wagen.

Die drei Ankömmlinge betrachteten die Szenerie eine Zeit lang, dann stiegen sie vom Wagen und mischten sich unter die Menge. Tatsächlich deutete nichts auf ein gesellschaftliches Ereignis hin. Die Angestellten des Hauses waren damit beschäftigt, Koffer, Kisten und Kleiderstapel durchs Haus zu tragen, und sie zu verstauen. Es machte den Eindruck, als würde ein ganzes Hotel leer geräumt. Niemand schien von den Neuankömmlingen Notiz zu nehmen. Sie schoben sich an den scheinbar ziellos Umhereilenden vorbei durch das Foyer in die Halle und betraten den Salon, wo mehrere Leute zwanglos beisammen standen.

Die Türflügel zum Garten waren geöffnet, und auch auf der Veranda herrschte reges Treiben. Auf der Terrasse stand man um einen großen Tisch, auf dem aus zwei kupfernen Kesseln eine Bouillon geschöpft wurde. Alle Anwesenden trugen schwere Wintermäntel und manövrierten die Suppenlöffel vorsichtig an den wollenen Schals vorbei zum Mund. Kinder rannten umher, versteckten sich hinter den weiten Mänteln und sprangen einem urplötzlich vor die Füße. Niemand schien daran Anstoß zu nehmen. Hendrik war überrascht; eine Zusammenkunft ehrbarer Hamburger Kaufleute hatte er sich doch anders vorgestellt, auch wenn es sich um eine erklärtermaßen «zwanglose» handeln sollte. Die meisten der Anwesenden wirkten wie dick vermummte Waldarbeiter, die vollkommen deplatziert zwischen den vornehmen englischen Möbeln herumstanden. Auf den Tischen und Anrichten des Salons prangten auch keine silbernen Kerzenständer oder gläserne Bonbonnieren, vielmehr standen dort einfache Brotkörbe aus geflochtenen Gräsern. Niemand schien auf irgendwelche Konventionen Rücksicht zu nehmen, und doch musste auch hier, dessen war sich Hendrik sicher, ein wie auch immer geartetes Regelwerk, einer heimlichen Verabredung gleich, alle Beteiligten führen. Die Damen beispielsweise trugen alle schottisches Karo. Hendrik schossen Sempers Ritterrüstungen und Kettenhemden durch den Kopf. Ja, das war es: Zweckmäßigkeit lautete hier das oberste Gebot.

Hellwege reichte Hendrik eine der gefüllten Suppentassen und deutete auf den Mann, der hinter dem Tisch weitere mit einer großen Kelle Suppe auffüllte. «Der Gastgeber, Richard Godeffroy.»

Hendrik staunte noch mehr. Das hatte er nun wirklich nicht erwartet.

Godeffroy lächelte ihm freundlich zu, machte aber keine Anstalten, Hendrik außer mit einem leichten Kopfnicken zu begrüßen. «Sie müssen schon entschuldigen, aber an einem solchen Tag ist es die Aufgabe des Hausherren, seine Angestellten ein wenig zu entlasten. Sie sind mit anderen Dingen beschäftigt.»

Jemand legte Hendrik eine Hand auf die Schulter. Zwischen ihm und Hellwege tauchte ein rotwangiges Gesicht auf und schaute die Neuankömmlinge neugierig an.

Christian Hellwege machte einen Schritt beiseite. «Adolph!»

«Sehr erfreut, mein lieber Christian. Habt Ihr den Dagro ...», Adolph Godeffroy stockte.

«Daguerreotypisten», half ihm Hellwege über das schwierige Wort und deutete auf Carl. «Herr Stelzner!»

Godeffroy streckte Carl Stelzner die Hand zum Gruß entgegen. «Hellwege hat mir Ihre Bilder vom abgebrannten Hamburg gezeigt. Sehr brillant. Wie ich gehört habe, porträtierten Sie auch die Abendroths? Meine Familie würde sich sehr freuen, wenn Sie Entsprechendes auch in unserem Hause arrangieren könnten. So, dann fehlen jetzt nur Ferdinand und Ernst.» Godeffroy blickte sich suchend um. «Merck steht im Salon bei meinem Bruder und Emmy. Haben Sie Laeisz gesehen?» Godeffroy streckte auch Hendrik die Hand entgegen, der sich damit abmühte, seinen Handschuh auszuziehen, was gar nicht so leicht war, da er in der anderen Hand die heiße Suppentasse hielt. Schließlich nahm er die Zähne zu Hilfe und brachte in der Eile nur ein unverständliches: «Mischop! Membrik Mischop!» hervor.

Carl lachte. «Ich werde die Gerätschaften holen», sagte er, und an seinen Auftraggeber gewandt, fügte er hinzu: «Haben Sie schon einen bestimmten Platz im Auge? Die Sonne ist jetzt sehr schön. Ich schlage vor, in den Garten zu gehen.»

Godeffroy nickte. «Ich habe vollstes Vertrauen zu Ihnen. Sagen Sie uns nur, wo wir uns aufstellen sollen. Ich suche noch schnell Laeisz.»

«Kannst du mir tragen helfen, Membrik?» Carl sah Hendrik fragend an. Der kämpfte immer noch mit den Handschuhen und der Suppentasse. Er zog eine Grimasse, stellte die Suppe ab und ging zusammen mit Carl zurück zum Wagen, um die Koffer für das fotografische Gerät und das Stativ zu holen. Als sie zurückkamen, war ein Teil der Anwesenden bereits in den Garten gegangen und wartete gespannt auf den Daguerreotypisten.

Das Haus lag auf einer kleinen Anhöhe und der Garten fiel zu allen Seiten stark ab, sodass man vom Haus aus einen ungehinderten Blick auf den Elbstrom hatte. Auf der Gartenseite hatte die Villa hohe, schmale Fenster, die im oberen Stockwerk von zierlichen Eisenbrüstungen gerahmt wurden. Der mittlere Teil der Gartenfassade war bis zur Traufe kreisförmig geschwungen. Das Haus bot wirklich eine schöne Kulisse. Carl musterte Haus und Garten, wählte den geeignetsten Standort für die Ablichtung und packte seine Koffer aus.

«Eine interessante Arbeit!», hörte Hendrik jemanden hinter sich sagen und drehte sich um. Er stand etwas abseits von den anderen. Hinter sich erblickte er den Hausherrn.

«Sie entschuldigen, aber wäre es wohl möglich, dass die Rhododendren meiner Frau mit auf das Bild kommen?» Richard Godeffroy betrachtete ihn wohl als den Assistenten des Daguerreotypisten. Er hatte die Küchenschürze abgelegt und trug jetzt einen braun karierten Tweedmantel, der fast bis zum Boden reichte. Da Hellwege nicht in der Nähe war, stellte sich Hendrik selbst vor. Glücklicherweise wusste er, was Rhododendren waren. Clara hatte ihm von diesen Buschpflanzen berichtet, welche die Kaufleute jetzt überall in ihren Englischen Gärten anpflanzten. Sie stammten irgendwo aus den Bergen Ostasiens.

«Wäre es nicht angebracht, die Blütezeit abzuwarten?», erwiderte Hendrik, und der Hausherr gab ihm Recht. Neugierig versammelten sich alle Anwesenden hinter Carl, der heftig gestikulierend die Herren Godeffroy, Laeisz und Merck in Position dirigierte.

«Immer nur das Neueste», sagte Richard Godeffroy kopfschüttelnd zu Hendrik, während er Carls Apparate musterte. «Man strebt an, in nächster Zeit vorwiegend Dampfschiffe aus Eisen für die Linienfahrt einzusetzen und die Segelflotte langsam auszumustern, und ebenso wird das gemalte Porträt durch ein Lichtbild ersetzt. Ich weiß nicht, ob sich die Abkehr von Traditionellem bewähren wird. Sind Sie informiert über die Bestrebungen meines Neffen?»

«Es geht um eine Actien-Gesellschaft...»

«Die Hamburg-Amerikanische Packetfahrt-Actien-Gesellschaft», konkretisierte Godeffroy. «Adolph, Merck und Laeisz wurden als Direktoren bestellt. Es ist die erste Überseereederei überhaupt auf Actienbasis. Ich weiß nicht, wie die Herren auf diese Weise Entscheidungen fällen wollen. Diese Reederei ist ja kein Familienunternehmen mehr, und daher scheinen mir Interessenkonflikte mit anderen Aktivitäten der Familie nur eine Frage der Zeit zu sein. Aber ich habe Adolph gewarnt, und auch sein Bruder beobachtet die Entwicklung mit Skepsis. Wäre Merck nicht mit dabei, wir hätten alle nur den Kopf geschüttelt. Bleiben Sie noch zum Essen, Herr Bischop?»

«Oh, ich bin, genau wie Herr Stelzner, zusammen mit Herrn Hellwege gekommen. Wir werden uns nach ihm richten. Aber ich danke für die freundliche Einladung. Wie es mir scheint, verbringen Sie den heutigen Tag im engeren Familien- und Freundeskreis. Da werden wir...»

«Das hat hier Tradition», unterbrach ihn Godeffroy. «Gestern war der letzte Tag der Jagd, und heute feiern wir mit allen Freunden das Ende der Landsaison. Man zieht sich in die Stadthäuser der Familie am Wandrahm und an der Esplanade zurück.»

«Ist es nicht bedauerlich, so ein schönes Haus nur das halbe Jahr über zu bewohnen?»

«Nun, der Winter hier ist zwar sehr schön anzusehen,

aber er bringt für die Frauen doch viele Unannehmlichkeiten mit sich. Vor allem haben wir Schwierigkeiten mit dem Wasser. Die Pumprohre der Brunnen frieren zu.»

«Ein wunderschönes Haus», bemerkte Hendrik, und wie beiläufig fügte er hinzu: «Von einem Engländer, wie ich hörte?»

«Arthur Mee, ein Freund aus meiner Londoner Zeit.»

«Ein Bekannter von Baumeister Chateauneuf?», fragte Hendrik.

«Die Familie hat die beiden miteinander bekannt gemacht. Sie kennen Chateauneuf? Er hat 1831, noch ganz am Anfang seiner Tätigkeit, das Gartenhaus für Cäsar gebaut. Aber Chateauneuf war kein Glücksgriff wie Hansen..., kennen Sie Frederik Hansen? Brillant, sage ich Ihnen – aber leider nicht mehr greifbar. Als man seine Qualitäten erkannte, hat man ihn schnell zurück nach Dänemark geholt. Als ich aus London zurückkam, habe ich Alexis de Chateauneuf mit der Planung dieses Hauses beauftragt, und er hat uns hervorragende Risse geliefert, aber stellen Sie sich nur vor: Er wollte doch partout in Backstein bauen!»

Hendrik zuckte zusammen. «Und da haben Sie...»

«Da habe ich Mee den Auftrag gegeben. Der hat ein paar Korrekturen vorgenommen, die Fensterbrüstungen, das Dach... aber Sie sehen ja selbst.»

Der Stolz des Hausherrn war unverkennbar. Als Hendrik erneut die Fassade der Villa in Augenschein nahm, bemerkte er, dass er über das Gespräch versäumt hatte, die Arbeit von Carl weiter zu beobachten. Die kleine Menschenmenge hatte sich bereits aufgelöst, und Hellwege kam zusammen mit Adolph Godeffroy und Merck auf Hendrik und den Hausherrn zu. Wie Hendrik erfuhr, waren die Familien Godeffroy und Merck Nachbarn am

Wandrahm. Aber obwohl Merck, wie auch den anderen hier, eine Gastrolle zufiel, stand er zweifellos im Mittelpunkt des Geschehens. Seiner charismatischen Ausstrahlung konnte man sich nur schwer entziehen, seine Leibesfülle nicht übersehen und sein dröhnendes Organ nicht überhören. Zudem schien er von geselliger und unterhaltsamer Natur zu sein.

Der Umgangston war freundschaftlich und ungezwungen. Die Gesprächsthemen kreisten um Handel und Reedereigeschäfte. Hendrik fiel die Rolle des interessierten Zuhörers zu. Es erstaunte ihn, dass niemand ihn bisher nach seinen Geschäften gefragt hatte, und er fragte sich, wie die Reaktion wohl ausgefallen wäre. War man hier nicht vielleicht nur deshalb so leger, weil sich alle Beteiligten wie selbstverständlich aus einer Schicht rekrutierten? Oder gab es für diese Leute tatsächlich keine Klassenschranken? Immerhin bewegte er sich ja hier im Kreis der heimlichen Regentschaft der Stadt. Dennoch plauderte man eher spielerisch und sparte nicht mit zynischen Kommentaren und Beurteilungen über dieses und jenes führende Gesellschaftsmitglied.

Die Themen wechselten schnell, aber es ging eigentlich nur um Handel und kaufmännische Geschäfte. Vor allem der Überseehandel nahm einen hohen Stellenwert ein.

«Übrigens, Cäsar», hörte Hendrik Peter Godeffroy, der zusammen mit seinem Bruder ein paar Schritte abseits stand, sagen, «was ist eigentlich aus dem Seeversicherungsplan geworden, den du zusammen mit Hudtwalcker angehen wolltest?»

«Du arbeitest mit Senator Martin Hudtwalcker zusammen?», mischte Adolph Godeffroy sich vorwurfsvoll ein. Auch Merck musterte Cäsar Godeffroy mit tadelndem Blick.

«Nein, nicht Senator Hudtwalcker», stellte Cäsar Godeffroy schnell richtig. «Ich habe zusammen mit dem Assekuranzmakler Nicolaus Hudtwalcker und dem Commerzdeputierten Theodor Dill in diesem Jahr einen Seeversicherungsplan ausgearbeitet. Wusstet ihr davon nichts?» Merck und die anderen schüttelten die Köpfe, und Cäsar Godeffroy fügte hinzu: «Man muss ja nicht immer mit denen zusammenarbeiten, die sich überall wichtig machen.»

Die kleine Gruppe hatte inzwischen die Terrasse des Hauses erreicht. Cäsar Godeffroy und sein Bruder Adolph wurden von ihren Frauen empfangen, und vom Salon her konnte Hendrik hören, wie Carl mit neugierigen Fragen bedrängt wurde und offenbar seine Gerätschaften und Arbeitsmaterialien einem interessierten Laienpublikum genauestens erklären musste.

Nachdem sich Hendrik vergewissert hatte, dass seine Worte nicht an fremde Ohren gelangen würden, wandte er sich vertrauensvoll an Christian Hellwege und bat um Aufklärung: «Was hat es denn mit Senator Hudtwalcker auf sich? Ich hatte eben den Eindruck, die Herren sind nicht sonderlich gut auf ihn zu sprechen.»

«Ja, das ist eine merkwürdige Sache», erläuterte Hellwege. «Hudtwalcker ist eng mit Kirchenpauer und Dill befreundet, die sich damals als Retter der Börse profiliert haben. Die genauen Hintergründe blieben mir bisher verschlossen, aber Mercks Vater hat mal etwas angedeutet. Es scheint ein Geheimnis unter den Commerzdeputierten zu sein. Die Frage geht wohl darum, was Kirchenpauer und Dill damals während der Brandnacht in der Börse gemacht haben, als sie von den Flammen eingeschlossen wurden. Die offizille Version lautet ja, dass man die kostbare Bibliothek vor den Flammen retten wollte, aber der alte Merck hat erzählt, es gab eine kleine Gruppe innerhalb der Deputierten, die sich in regelmäßigen Abständen in der Börse verabredete.»

«Das klingt geheimnisvoll. Was war ihr Anliegen?», fragte Hendrik, der zusammen mit Hellwege etwas abseits der Gesellschaft stand.

«Wie gesagt, wirklich Konkretes ist nicht in Erfahrung zu bringen», wiederholte Hellwege, hob dann aber doch an, sein internes Wissen preiszugeben. «Seit Mitte der dreißiger Jahre gab es anscheinend Unstimmigkeiten innerhalb des Senats die Stadttore betreffend ...»

Hendrik schluckte. Schon wieder war er eher zufällig auf eine anscheinend wichtige Informationsquelle gestoßen. In diesem Umfeld hatte er das am allerwenigsten erwartet. Er verspürte ein heftiges Rauschen in den Ohren. Sein Herz schlug merklich schneller, und er musste an sich halten, um Hellwege nicht versehentlich zu unterbrechen.

«Es kam zu einer regelrechten Polarisierung», setzte dieser fort, «die sich auch innerhalb der Commerzdeputation niederschlug, nachdem einige Deputierte aus heimlicher Quelle erfahren hatten, was in Erwägung gezogen wurde. Wie mir der alte Merck erzählt hat, gehörten Kirchenpauer, Hudtwalcker, Abendroth und Dill jedenfalls zu denen, die das Reformbestreben einiger Senatoren um jeden Preis unterbinden wollten. Jedenfalls haben der alte Merck, Sieveking und Salomon Heine, die ja auch alle eng mit Cäsars Vater befreundet waren, zusammen mit Peter Godeffroy auf Cäsar Godeffroy eingeredet, er solle gefälligst im Club auf Hudtwalcker und Abendroth einwirken und sie an ihre gemeinnützigen Verpflichtungen erinnern...»

«Club? Welcher Club?», fragte Hendrik nach.

«Ach so, ja – also Cäsar Godeffroy hat doch vor ungefähr zehn Jahren zusammen mit den beiden Merck-Brüdern den Hamburger Ruder-Club gegründet. Nach kurzer Zeit hat sich dort alles eingefunden, was Rang und Namen hat. Anfangs eher die persönlichen Freunde, also Charles Parish, Edgar Ross und Sillem, und später auch Lutteroth, Gossler, Heckscher und eben auch Abendroth – eine richtige Brutstätte der Elite könnte man sagen. Und Cäsar Godeffroy erhielt nun den Auftrag, über seine Beziehungen Einfluss auf Abendroth und Hudtwalcker zu nehmen – was der aber mit dem Hinweis darauf ablehnte, der Ruder-Club sei eine sportliche und keine politische Bühne. Sicherlich hatte er damit wohl Recht, aber jeder weiß ja auch, was hinter den Riemen für Vertraulichkeiten ausgetauscht werden: Gibst du mir, geb ich dir, lässt du mich, lass ich dich. Ich möchte nicht wissen, was Abendroth vor der Kulisse des Alstervorlandes beim Rudern so alles von sich gegeben hat – zu dem Zeitpunkt hat er zumindest den Großteil der dortigen Ländereien erworben. An einer Öffnung der Stadttore kann er also allein aus persönlichen Gründen gar nicht interessiert gewesen sein – zumindest zum damaligen Zeitpunkt nicht. So hatte wohl jeder der Betreffenden einen ähnlichen Grund, die entsprechenden Reformansätze innerhalb des Senats zu verhindern. Und wenn nicht auf direktem Wege der Ratsmitgliedschaft, dann über die Commerzdeputation oder über den ‹Ehrbaren Kaufmann›. In irgendeinem der Gremien ist man in diesen Kreisen ja immer vertreten.»

Hellwege unterbrach seine Ausführungen abrupt, da Richard Godeffroy zusammen mit seinem Bruder Peter zielstrebig auf sie zukam.

«Wollen Sie uns in den Weinkeller begleiten? Wir suchen noch einen ansprechenden Tropfen, der auch Merck und Laeisz zufrieden stellen soll. Ich wurde gerade aus der Küche verbannt. Dieses Jahr will man uns Hasenragout kredenzen. Wir haben gestern eine ganze Strecke erlegt, und meine Nichte hat sich die größten Töpfe geben lassen. Da wollen wir auch am Wein nicht sparen. Kommen Sie!»

Der Hausherr und sein Bruder führten Hendrik und Christian Hellwege in die Halle, die von mehreren Kindern zu einer Kegelbahn umfunktioniert worden war.

«Nun übertreibt es nicht!», rief Peter Godeffroy, und die Kinder hörten für einen Augenblick auf, die schweren, gedrechselten Holzkugeln mit lautem Getöse über den Boden zu kullern.

«Ach lass sie, Peter! Auch die Kinder genießen diesen Tag.» Und zu Hendrik und Hellwege gebeugt, fügte der Hausherr entschuldigend hinzu: «Alles geht drunter und drüber. Ein richtiges Tollhaus heute.»

«Aber Narrenfreiheit sollten wir ihnen nicht gewähren!», mahnte Peter Godeffroy, während die Männer ihre Expedition in den Weinkeller fortsetzten. «Es reicht ja schon, dass sich meine Tochter in der Küche herumtreibt. Das wird sie in Havanna gelernt haben.»

«Sei lieber froh, dass Adolph mit ihr nicht nach Samoa gegangen ist! Sonst würde sie das Ragout heute womöglich im Bastrock servieren.»

Hendrik lächelte. Der genaue Hintergrund dieser familiären Frotzeleien war ihm zwar nicht bekannt, aber er fand die Atmosphäre belustigend. Clara würde es ihm niemals verzeihen, dass er sie zu einer solchen Veranstaltung nicht mitgenommen hatte.

Der Weinkeller befand sich ganz am Ende des Kellergangs. Die schlichte hölzerne Verschalung, die das untere

Drittel der Wände bekleidete, zeugte von dem zweckgebundenen Charakter des Wirtschaftstraktes, in dem sie sich jetzt aufhielten, und der jeglichen herrschaftlichen Glanzes entbehrte. Richard Godeffroy entzündete die Kerzen eines schweren Leuchters und öffnete die Tür zum Weinkeller.

«Alle Kostbarkeiten, die das Herz begehrt. Wenn es nur nicht so kalt wäre!» Er stellte den Kerzenleuchter auf einen grob gezimmerten Holztisch inmitten des Raumes und ging auf die Regale zu. «Etwas, das ich in England stets vermisst habe. Die kultiviertesten Sitten der westlichen Welt werden dort von einer Schmach an Speis und Trank begleitet.» Vorsichtig zog Richard Godeffroy eine Flasche hervor und wischte den Staub vom Etikett. «Ein Pommard 1821. Zwei Kisten haben wir noch. Das wird reichen.» Niemand wagte zu widersprechen.

«Daher werde ich nie verstehen können, wie du es so lange in London ausgehalten hast», sagte Peter Godeffroy.

«Ich habe auf einer französischen Köchin bestanden. Wir hatten unwahrscheinliches Glück. Madame Trousseau! Aahh, jedes Mahl ein Gedicht, und dazu die Tochter eines Winzers aus dem Burgund. Aber die Einladungen bei Geschäftsfreunden – eine Katastrophe sage ich! Eine Katastrophe!»

Man hörte Schritte im Keller, dann erschienen die Umrisse von Adolph Godeffroy und Carl Stelzner im Türrahmen.

«Herr Stelzner hat euch gesucht», rief Adolph Godeffroy, «Laeisz will schon aufbrechen und hat angeboten, ihn mitzunehmen...»

«Ich möchte die Platten heute noch entwickeln», erklärte Carl. «Ich hoffe, ihr seid mir nicht böse. Christian wird dich nach Hause fahren, Hendrik.»

Hellwege nickte bestätigend.

«Oder Sie fahren mit Merck», schlug Richard Godeffroy vor.

«Nein, nein, wir fahren zusammen!», entgegnete Hellwege. «Darauf bestehe ich. Wir werden gleich nach dem Essen aufbrechen.»

«Dann hätten wir das ja geklärt», sagte Peter Godeffroy. An Adolph gewandt, fügte er hinzu: «Du richtest Laeisz aber bitte noch aus, dass ich ihn in den nächsten Tagen aufsuchen werde. Ich habe ernsthaft mit ihm über Siemssen zu sprechen.»

«Was ist mit Siemssen? Der ist doch seit über einem Jahr in Kanton.»

«Darum geht es ja gerade. Ich habe Cäsar bereits darauf angesprochen, er möge den Handelskontakt mit Siemssen einstellen. Es kann nicht angehen, dass seine Opiumgeschäfte mit falsch deklarierten Ladepapieren über unsere Schiffe abgewickelt werden, ohne dass wir davon etwas wissen!»

Erregt kam Adolph Godeffroy näher. Carl folgte ihm in den Keller.

Hendrik glaubte nicht recht gehört zu haben. Opium! Kanton! Godeffroy! Sollte er hier durch Zufall etwas über die Todesumstände der beiden Tabakdreher aus Ottensen in Erfahrung bringen können? Der chinesische Matrose hatte die Taten zwar gestanden, aber über die Hintergründe war nichts aus ihm herauszubekommen. Der Mann schwieg beharrlich. Musste Hendrik die möglichen Auftraggeber vielleicht sogar in diesen Kreisen suchen? Aber wenn die Familie Godeffroy tatsächlich in die Tat verwickelt wäre, würde man die Sache dann hier vor fremden Ohren ansprechen? Sicher nicht. Außerdem klang es ja eher so, als sei das Opium ohne Wissen der Reederei transportiert worden. Hendrik notierte den Namen Siemssen in seinem gedanklichen Notizbuch und beschloss, sich der Sache zu einem späteren Zeitpunkt anzunehmen.

«Es gibt ein paar Leute in der Stadt», setzte Peter Godeffroy fort, «die Siemssens Geschäfte bereits öffentlich in der Presse anprangern. Vor einer Woche erschien wieder ein anonymer Artikel. Unser Name darf dort nicht auftauchen! Ich habe in Erfahrung bringen können, dass eine Gruppe von Patrioten dahinter steht, an ihrer Spitze Schleiden und Wurm.»

Diese Namen brauchte Hendrik nicht zu notieren. Auch wenn er die Artikel nicht kannte, konnte er sich vorstellen, mit welcher Energie diese beiden Demagogen, die er im Hause Voigt kennen gelernt hatte, ihre Kampagne gegen den Verfall der Sitten vorantrieben. Wahrscheinlich war ihnen allein die Existenz des Überseehandels Grund genug, gegen die Godeffroys und ihresgleichen ins Feld zu ziehen.

«Wurm? Dieser Heuchler! Dieses Würmchen!» Adolph Godeffroys Stimme klang zornig. «Spielt er also wieder einmal den Moralisten! Vater hat sich damals schon über ihn aufgeregt. Was hat er doch nach dem Brand geschrieben? Ich werde diese ehrenrührige Flugschrift nie vergessen! ‹Der sei kein guter Bürger, der zerstören will, weil er Mängel sieht; aber ist denn der ein guter Bürger, der Mängel sieht und sie nicht beheben will?› Oder jedenfalls so ähnlich. Das war wirklich starker Tobak. Alles hat Hand angelegt, und er spielt seither den Moralapostel! Der soll sich hinter seinen Büchern verkriechen! Wir sollten einmal darüber nachdenken, was man gegen ihn unternehmen kann. Aber ich werde es Laeisz natürlich ausrichten. Der Familienname muss da rausgehalten werden.»

Nachdem sich Carl Stelzner und Adolph Godeffroy verabschiedet hatten, herrschte plötzlich betretenes Schweigen.

«Sollten wir nicht eine Flasche öffnen?», schlug Hellwege vor.

«Aber nicht hier unten. Hier ist es viel zu frostig», entgegnete der Hausherr.

«Du hast mir von der Opiumsache gar nichts erzählt, Peter! Was sagt denn Cäsar dazu?»

«Er will an den Verträgen festhalten und meint, der Opiumhandel sei so oder so nicht mehr kontrollierbar. Ehrlich gesagt, bin ich mir nicht sicher, ob er nicht vielleicht doch etwas von der Fracht gewusst hat.»

Der Hausherr schüttelte missbilligend den Kopf und sagte: «Aber das ist keine Sache, die wir hier erörtern sollten.» Dann zog er mühsam zwei schwere Holzkisten unter dem Regal hervor. «Packt mal mit an! Zwei Kisten tragen sich nicht von allein.»

Ein köstlicher Duft von Thymian und gedünsteten Zwiebeln empfing sie, als sie die Kisten nach oben trugen.

Während ihrer Abwesenheit hatte man oben mehrere Tische zwischen Speisezimmer und Salon zusammengeschoben und mit Damastdecken drapiert. Das Kaminfeuer loderte und strahlte eine wohlige Wärme ab. Die übrigen Familienmitglieder und Gäste hatten Geschirr, Gläser und Bestecke zusammengetragen – anscheinend jeder, was er finden konnte, denn die Zusammenstellung war ganz und gar uneinheitlich. Aber niemand schien daran Anstoß zu nehmen, zumal man nicht wusste, welche Speisen gereicht wurden. So lagen polierte Silberbestecke neben horngefassten Obstmessern und perlmutternen Löffeln, Teller aus feinstem Porzellan konkurrierten mit bunten Fayencen, kostbare Kristallgläser standen neben ziselierten Zinnkelchen, und längs der Tafel war eine Kolonnade unterschiedlicher Kerzenleuchter aufgereiht.

Hendrik zählte flüchtig die Anzahl der Stühle. Für über dreißig Personen war gedeckt.

Richard Godeffroy hielt eine kleine Messingglocke in der Hand und gab das Zeichen, Platz zu nehmen, und unter fortwährendem Plaudern und Scherzen ließ man sich das vorzügliche Mahl schmecken. Da die Bediensteten den Landsitz bereits mit Sack und Pack verlassen hatten, um die Stadtwohnung herzurichten, übernahmen abwechselnd Gastgeber und Gäste das Servieren. Die Speisenfolge bestand aus einer Rote-Bete-Suppe mit Rahm und getrockneten Thymianblättern, Wintersalat mit Wallnüssen, dem Hasenragout mit Thymiankartoffeln und Rosenkohl und köstlich zimtigen Bratäpfeln zum Nachtisch.

Erst als die große Standuhr neunmal schlug, merkte Hendrik, dass man volle vier Stunden lang gespeist hatte. Als sich die Damen zum Abwaschen in den Keller zurückzogen, wurden Zigarren aus der Schatztruhe des Hausherrn gereicht, und noch bevor die letzte Karaffe Wein zur Neige ging, brachen Hendrik und Christian Hellwege auf.

Eingehüllt in Decken trotzten die beiden Männer im nun einsetzenden Schneetreiben der nächtlichen Kälte und lenkten den Wagen schweigend in die Stadt zurück.

Hendrik war tief in Gedanken versunken. Er konnte es immer noch nicht glauben. Wie selbstverständlich hatte ihn der Gastgeber an der Tür als «Commissarius Bischop» verabschiedet, obwohl er die ganze Zeit penibel darauf geachtet hatte, seinen Status nicht zu erkennen zu geben. Und dann hatte ihm Richard Godeffroy im Beisein seines Bruders zu verstehen gegeben, dass man sehr wohl über seine Aktivitäten informiert war. Wie hatte er ihn genannt? «Einen aufklärerischen Geist und Wegbereiter moderner Verbrechensbekämpfung!»

Obwohl Hendrik nicht eitel war, fühlte er sich dadurch geehrt, dass seine Arbeit auch in diesen Kreisen respektiert wurde, aber andererseits wusste er jetzt, dass er nun so manchen Dialog des heutigen Tages anders einzuschätzen hatte. Etwa die Situation im Keller, den Wortwechsel zwischen Peter und Adolph Godeffroy. Eigentlich hatte er das Gefühl gehabt, eher zufällig Zeuge intimer Familienangelegenheiten gewesen zu sein. Aber nun? Wieso hatte man brisante Details in Anwesenheit eines Commissarius geäußert? Hatte man das Gespräch im Weinkeller womöglich sogar extra seinetwegen inszeniert? Was versprach man sich von ihm? Er hatte sicherlich weniger Möglichkeiten der Einflussnahme als die Herren Godeffroy. Ein Großteil der Anwesenden am heutigen Tag saß doch selbst an den Hebeln der Macht! Auch wenn man es nicht betonte, so war das wahre Steuerungsinstrument der Hamburger Politik doch die Stärke dieser Familien! Ihre äußere Zurückhaltung war nichts als diplomatische Makulatur. Warum aber hatte man ihm so unmissverständlich zu verstehen gegeben, dass man über alles informiert war?

Die Fassaden an der Palmaille hatten ihren Glanz verloren. Im Dunkel der Nacht lösten sich die Konturen der städtischen Solitäre zu verschwommenen grauen Umrissen auf. Nur vereinzelt war noch Licht hinter den Fensterscheiben, und Hendrik beobachtete, wie die vormals symmetrischen Silhouetten, welche die Promenade zu den Seiten begrenzt hatten, durch die individuell gesetzten Lichtpunkte ein ganz anderes Bild ergaben. Die Maskerade war vorüber. Die Nacht bot keinen Raum für Inszenierungen.

Zu später Stunde erreichte der Wagen das Stadttor.

Hellwege musste einen statthaften Betrag zahlen. Es war nur noch wenig Betrieb. Vor dem Hotel Belvedere an der Bergstraße mühten sich ein paar Kutscher mit wuchtigen Reisekoffern ab. Bei diesem Anblick fiel Hendrik ein, dass Drasches Tochter eine Reisetasche vermisste. Wo waren Drasches Sachen abgeblieben? Angesichts der zahlreichen und überraschenden Ereignisse und Neuigkeiten der letzten Tage war so manches in Vergessenheit geraten. Umständlich kramte Hendrik sein Notizbuch hervor. Irgendwo hatte er die Adresse von Drasches Absteige auf dem Hamburger Berg notiert. Gleich morgen wollte er der Sache nachgehen.

Briefe

Es war das erste Mal, dass Hendrik von sich aus den Drang verspürte, Clara über Ermittlungsergebnisse zu unterrichten. Bislang hatte er es eher so empfunden, als wenn Clara ihn drängte. Nun schien es umgekehrt. Hendrik wusste genau, was es bedeutete, wenn man sich so begierig einen anderen Menschen herbeisehnte. Es war nicht der Wunsch nach Mitteilung allein. Voss, Schütz, Conrad und selbst seine Schwester Amalie hätten der Schilderung seiner Verdachtsmomente als interessierte Zuhörer und Gesprächspartner sicher genügend Aufmerksamkeit geschenkt. Aber es war eine bestimmte Form der Vertrautheit, nach der er sich sehnte. Das Wiedererkennen einer Geste, bestimmter Worte und Reaktionen, die Gewissheit eines lückenlosen Gedankenaustauschs – all das traf im Moment nur auf einen Menschen zu. Hendrik lag die ganze Nacht über wach und versuchte verzweifelt, sich gegen diese Erkenntnis zu wehren. Trotzdem konnte er ihn nicht ersticken, diesen Wunsch nach Geborgenheit.

Die Sonne war gerade hinter den Dächern emporgestiegen, als Commissarius Bischop am nächsten Morgen in die Große Bäckerstraße einbog, um Clara an ihrem Arbeitsplatz aufzusuchen. Mit bedächtigem Schritt folgte er der Schattenlinie, die sich entlang der Bordsteinkante des unteren Straßenabschnittes abzeichnete. Zur Straßenmitte hin glitzerte eine dünne Eisschicht, die sich über Nacht auf den Pflastersteinen gebildet hatte. Stellenweise löste sich der dünne Belag bereits im Sonnenlicht auf und bildete kleine Pfützen, aus denen sich schmale Rinnsale ihren Weg zu den Abflussgittern der neu angelegten Kanalisation bahnten. Das Haus des Apothekers lag auf der anderen Straßenseite und war bereits in helles Licht getaucht. Die Sgraffitis auf der Fassade bildeten ein feines, scheinbar lebendes Schattengeflecht – wie eine papierne oder textile Bühnendekoration. Doch ein Windhauch löste das Trugbild auf, und das Haus gefror wieder zu steinerner Realität, als Hendrik die Umrisse von Clara hinter einem der großen Schaufenster auszumachen glaubte. Er wechselte seinen Standort um wenige Meter, da das im Fenster spiegelnde Sonnenlicht das Geschehen dahinter verbarg.

Nun konnte er Clara erkennen, deren Gestalt sich vor dem dunklen Interieur der Apotheke deutlich abzeichnete. Sie stand hinter dem Verkaufstisch und war im Gespräch mit einer älteren Dame, die sich nach und nach mehrere Fläschchen bringen ließ, behutsam die Stöpsel herauszog, an den – wie Hendrik vermutete – Essenzen oder Tinkturen roch, den Kopf schüttelte und die Gefäße wieder verschloss, um sich neue bringen zu lassen. Nachdem sich diese Prozedur mehrere Minuten lang hingezogen hatte, nickte die Kundin endlich, ließ sich das betreffende Fläschchen einpacken, bezahlte und verließ die Apotheke. Clara schien jetzt allein zu sein, denn was Hendrik von seinem Standort beobachten konnte, wäre vor Publikum unschicklich gewesen: Mit einem raschen Handgriff setzte Clara ihre weiße Haube ab und löste die Spangen, mit denen sie ihre Haare hoch gesteckt hatte. Dann beugte sie sich weit vor und ließ die Haare frei nach vorne fallen, fuhr mit den gespreizten Fingern beider Hände hindurch, schüttelte sie zu einer Mähne auf, griff mit beiden Händen hinein und formte, indem sie die

Haare stramm über den Kopf zog, einen langen Zopf. Schließlich warf sie den Kopf in den Nacken und drehte die Haare zu einem Knoten, den sie mit beiden Spangen erneut fixierte. Bevor Clara die Kopfhaube wieder aufsetzte, kontrollierte sie das Ergebnis ihrer Frisur vor einem schmalen Spiegel, der sich in einer Nische neben dem großen Apothekerregal befand.

Obwohl das Ganze nur wenige Sekunden gedauert hatte, fühlte sich Hendrik wie ein Voyeur. Seine Augen tränten. Nicht ein Wimpernschlag hatte seinen Blick auf Clara unterbrochen.

Gerade wollte Hendrik seinen vermeintlich versteckten Posten aufgeben und aus dem Schatten der gegenüberliegenden Häuserzeile treten, da erschien Clara plötzlich hinter den Auslagen des Fensters und winkte direkt zu ihm herüber. Noch bevor sich Hendrik die Frage stellen konnte, wer hier eigentlich wen beobachtet hatte, winkte er zurück und überquerte die Straße.

«Guten Morgen, Hendrik.» Clara hielt ihm die Tür auf. «Hast du gewartet, bis ich allein bin? Ich sah dich schon eine Weile auf der anderen Straßenseite stehen.»

«Ja, das dachte ich mir», log Hendrik und blickte neugierig durch das Schaufenster. Man musste schon ganz genau hinsehen, wenn man gegen das blendende Sonnenlicht etwas erkennen wollte. «Ist Semper nicht da?»

«Nein, er kommt heute erst um die Mittagszeit. Was führt dich zu mir? Gibt es Neuigkeiten?»

«Äh, ja.» Hendrik stockte. Er wusste nicht, welcher Angelegenheit er den Vorrang geben sollte. «Hat dir dein Vater von unserem Frühstücksgespräch erzählt?»

«Nein, worum ging's?», fragte Clara erwartungsvoll.

Hendrik wollte sich gerade zu einem «Um uns» durchringen, als plötzlich die Ladentür geöffnet wurde. Eine junge Frau trat an den Tresen und reichte Clara einen Zettel mit einer Rezeptur. Clara öffnete ein paar Schubladen, drehte sich um, und ihr Blick schweifte suchend durch die Regale. Die junge Frau blickte zu Hendrik und grüßte mit einem freundlich zurückhaltenden Nicken, welches Hendrik erwiderte. Sie musste ungefähr in Claras Alter sein. Hendrik schätzte sie auf maximal dreißig. Ein schüchterner Blick auf Clara reichte aus, um Hendrik zum ersten Mal Claras außerordentliche Schönheit bewusst zu machen. Hatte er sie wirklich noch nie bemerkt? Es war nicht allein Claras jugendliche Ausstrahlung, die sie von gleichaltrigen Frauen unterschied. Nein, sie war mit all den Attributen gesegnet, die eine Frau auch über das heiratsfähige Alter hinaus attraktiv wirken ließen. Erst als er merkte, dass er sie anstarrte, riss er seinen Blick von Clara los.

«Die Rezeptur muss ich Ihnen anrühren. Wollen Sie etwas warten, oder kann ich Ihnen die Salbe heute Mittag vorbeibringen lassen?», hörte er sie sagen, und ihm wurde bewusst, dass ihre Stimme hier in der Apotheke ganz anders klang, als wenn er mit ihr allein oder in vertrauter Runde zusammen war – sachlich kühl, die Wortwahl freundlich und zweckbestimmt – aber belanglos.

«Das ist nicht nötig. Ich komme dann in zwei Stunden wieder vorbei, um es selbst abzuholen. Auf Wiedersehen.» Noch bevor Hendrik Anstalten machen konnte, beim Öffnen der Tür behilflich zu sein, hatte die Kundin die Apotheke wieder verlassen.

Clara machte sich einige Notizen auf der Rezeptur und wandte sich dann wieder Hendrik zu: «Was wolltest du mir erzählen?»

«Ich bin bei Reichardt gewesen.»

Claras Gesichtsausdruck verriet Enttäuschung. Hendrik wusste nicht, ob wegen der Tatsache, dass er Reichardt einen Besuch abgestattet hatte, ohne sie mitzunehmen, oder weil er nicht von seinem Gespräch mit ihrem Vater berichtete. Ahnte sie etwas, oder hatte Conrad ihr bereits etwas gesagt? Um Clara nicht noch mehr zu verärgern, beschloss er jedenfalls, seinen Ausflug mit Carl und Hellwege erst gar nicht zu erwähnen.

«Ich habe ein paar interessante Details erfahren», setzte er fort.

«Komm nach hinten, die Türschelle ist nicht zu überhören», sagte Clara, nun ebenfalls ganz sachlich.

Durch das Labyrinth der Apotheke gingen sie in den Raum, in dem Hendrik neulich zusammen mit Clara und dem Apotheker Semper gesessen hatte. Neulich? Das lag schon Wochen zurück, und Hendrik fragte sich, wie lange er wohl noch mit diesem Fall beschäftigt sein würde, der ihn in ein Geflecht aus politischen und wirtschaftlichen Intrigen geführt hatte, dessen Verbindung mit dem Toten im Fleet ihm immer noch nicht klar war und das darüber hinaus womöglich einen ganz anderen Fall konstituierte – einen Fall, der ihn gleichermaßen faszinierte wie erschreckte, einen Fall, von dem er nicht einmal wusste, ob er ihn überhaupt als solchen behandeln wollte oder durfte. Auf den ersten Blick handelte es sich dabei um einen Kampf zwischen Ideologien der Erneuerung und der Bewahrung, dahinter versteckt aber lagen die wirklichen Beweggründe der handelnden Parteien: die persönlichen Interessen von Spekulanten und Architekten, waren sie nun genährt durch Ruhmes- oder kaufmännische Gewinnsucht.

«Spann mich nicht auf die Folter!» Aufgeregt wie ein Kind rutschte Clara auf dem Stuhl hin und her.

«Es ist alles so kompliziert!» Hendrik stöhnte. «Aber

langsam formt sich ein Bild. Wie es aussieht, wurde der Neubau der Stadt bereits lange vor dem Brand beschlossen, eingeleitet durch den Abriss des Domes, des Maria-Magdalenen- und des St. Johannis-Klosters. Einer der Planverfasser der Neubebauung war, nach Reichardts Angaben, Baumeister Chateauneuf. Chateauneuf konnte sich aber aufgrund eines Zerwürfnisses mit der Baudeputation nicht durchsetzen.»

«War das die Sache mit dem Postbau am Neuen Wall, die Reichardt bei der Eröffnung der ‹Gesellschaft› ansprach? Was hat es damit auf sich?»

«Die Einzelheiten sind eher belanglos. Jedenfalls wurden die Neubauprojekte, wie etwa die Börse, nicht nach Chateauneufs Entwürfen ausgeführt. Kurze Zeit später brennt Hamburg ab.» Hendrik zögerte einen Augenblick. Dann fügte er hinzu: «Der Brand wütete genau im Planungsgebiet.»

«Und die bereits neu angelegten Straßen und die Börse ...» Clara brach ab und sah ihn mit großen Augen an.

«... blieben verschont», ergänzte Hendrik ihren Gedanken. «Durch seine Berufung in die Technische Commission für den Wiederaufbau witterte Chateauneuf eine neue Chance, wollte sein Gesamtkonzept und seine Projekte aber nicht wegen einer Materialdebatte um Backstein- und Putzbauten gefährden und war deshalb, was die letztendliche Ausführung betraf, sehr kompromissbereit.»

«Du meinst, weil die Gremien, mit denen er sich absprechen und verhandeln musste, mit Grundbesitzern, Bauunternehmern und anderen Personen besetzt wurden, die ihrerseits bestimmte Interessen verfolgten?», kombinierte Clara.

«Genau. Reichardt hat das bestätigt. Er selbst ist deswegen aus der Commission ausgeschieden.»

«Warum hat er dir das alles erzählt?»

«Ich glaube, er ist zwar ein Visionär, aber er hat sich damit abgefunden, dass er gegen die bestehenden Verhältnisse nichts ausrichten kann. Vielleicht hofft er, dass meine Arbeit dazu beiträgt, die Dinge zu verändern.»

«Und? Glaubst du das auch?»

«Das müsste ich eigentlich. Zumindest wenn die Machenschaften, auf die ich da gestoßen bin, krimineller Natur sind. Sonst hätte ich meinen Beruf verfehlt. Aber meine bisherigen Recherchen zeigen, dass mir offenbar eine weit verzweigte Übermacht gegenübersteht, deren Tun und Handeln zu allem Übel noch durch Gesetz und Verfassung sanktioniert ist.» Hendrik musste an sein abendliches Gespräch mit Conrad denken, bei dem ihm der Freund offenkundig zu verstehen gegeben hatte, dass eine Verfassungsänderung nicht allein die Mitbestimmung breiter Bevölkerungsschichten mit sich bringen, sondern auch Instrumentarien schaffen müsste, die Hendriks polizeilicher Ermittlungsarbeit in diesem Fall Rückendeckung gäben. Bis jetzt jedoch stand er ganz allein. Es wäre absurd zu glauben, die Stadt ließe es zu, dass gegen ihre eigenen Vertreter ermittelt wird – auch wenn deren Interessen nicht im Sinne des Allgemeinwohls standen.

«Du weißt also nicht, was du tun sollst?», fragte Clara.

«Es ist alles so unglaublich!», sagte Hendrik ausweichend. «Hör dir erst den Rest an: Chateauneuf hat nach dem Brand, um nicht selbst als Planverfasser auftreten zu müssen, den Aufbauplan seines Freundes Lindley unterstützt. Zumindest in Teilen kam der seinen eigenen Vorstellungen sehr nahe. Was er aber nicht wusste, war, dass William Lindley – wahrscheinlich unter dem Einfluss einiger Bauspekulanten, für die Lindley als Privatingenieur bereits vor dem Brand tätig gewesen war – die Enteignung der innerstädtischen Grundstücke als Grundvoraussetzung in seinen Wiederaufbauplan eingearbeitet hatte.»

«Das verstehe ich nicht. Welche Interessen standen denn hinter der Expropriation?»

«Auf den ersten Blick ergibt das Ganze keinen Sinn, aber wenn man weiterforscht, kommt man nicht umhin festzustellen, dass es darum ging, Genehmigungen für den großflächigen Ausbau der vorstädtischen Ländereien zu erhalten, die man vor dem Brand billig als Brach- und Weideland erworben hatte, in Wirklichkeit aber als Bebauungsfläche für Wohnhäuser nutzen wollte.»

«Der Hammerbrook!», sagte Clara triumphierend.

«Und das Alstervorland, die Uhlenhorst», ergänzte Hendrik, «die zukünftigen Stadterweiterungsgebiete.»

«Aber du hast doch immer gesagt, die Torsperre verhindere ...»

«Wahrscheinlich stand auch die Aufhebung der Torsperre bereits mit Chateauneufs erstem Plan zur Diskussion. Es dürfte für die damaligen Käufer ein Leichtes gewesen sein, an diese Informationen zu gelangen.»

«Das heißt also, es gab einen inoffiziellen Handel: Zusage zur Expropriation im alten Stadtgebiet gegen die Erlaubnis, den Hammerbrook und die Uhlenhorst mit Zinshäusern zu bebauen?»

«Anders kann ich mir die Vorgänge nicht erklären.»

«Aber ...», Clara überlegte. «Dann müsste das Aufstauen des Alsterflusses ja auch eine Bedingung gewesen sein, denn das war doch wohl die Voraussetzung für die Trockenlegung der Sumpfgebiete.»

Hendrik nickte und zuckte resignierend mit der Schulter. «Chateauneufs ursprünglicher Plan ist aus verständlichen Gründen nicht auffindbar», sagte er. «Er selbst wird das alles natürlich auch abstreiten. Und ohne den Plan werde ich nicht beweisen können, dass das Aufstauen der Alster nicht erst nach dem Brand beschlossen wurde.»

Clara schaute Hendrik besorgt an. So mutlos hatte sie ihn noch nie erlebt. Er hielt den Kopf in die Hände gestützt und atmete tief. Behutsam strich ihm Clara mit der Hand durchs Haar.

«Übrigens weiß ich jetzt auch», bemerkte Hendrik, ohne seine Haltung zu verändern oder Anstalten zu machen, sich Claras Berührung entziehen zu wollen, «welche Rolle der Kreis um Voigt und Bülau spielt.»

«Nämlich?»

«Auch dort muss man von den Stadterweiterungsplänen Kenntnis gehabt haben. Wasserbaudirektor Hübbe, ein entschiedener Gegner des Aufstauens, hat damals die Interessen dieser Gruppe vertreten, die eine Ausdehnung der Stadt und damit eine Veränderung der historischen Stadtstruktur auf jeden Fall verhindern wollte. Man plante nämlich selbst einen Stadtneubau, allerdings in mittelalterlichen Formen. Chateauneuf hat mir von einer Gruppe national gesinnter ‹Patrioten› berichtet, die sich regelmäßig in der Deichstraße traf, um den Neubau der Stadt in solcher Form zu erörtern. Er selbst war dort einige Male anwesend.»

«Aber wenn das alles wahr ist», folgerte Clara, «dann war der Brand ja für alle Beteiligten von großem Vorteil. Ich meine, ohne den Brand …»

«… erscheinen die Vorkommnisse sinnlos, willst du sagen», ergänzte Hendrik schon wieder Claras Gedanken. «Genau das ist es ja, worüber ich mir die ganze Zeit den Kopf zerbreche. Jeder, der von den Plänen wusste, hätte einen gewichtigen Grund gehabt, die Stadt in Schutt und Asche zu legen.»

Beide schwiegen eine Zeit lang. Clara hatte aufgehört, durch Hendriks Haare zu streichen und blickte ihn mit sorgenvoller Miene an.

«Hast du schon mit meinem Vater darüber gesprochen?»

«Nein. Womöglich würde er mir zu verstehen geben, dass er diesen Verdacht bereits seit langem hegt, und mich fragen, warum ich erst jetzt auf diesen Gedanken gekommen bin.»

«Glaubst du, der Tod des Ziegeleibesitzers steht in direktem Zusammenhang mit alledem?»

«Ich weiß es nicht.» Hendrik seufzte. «Manchmal weiß ich schon gar nicht mehr, ob ich dem Mord an Drasche überhaupt noch genügend Aufmerksamkeit schenke. Vielleicht hat er durch seine Geschäfte von alledem etwas erfahren. Vielleicht wurde er zum Mitwisser, ohne sich dessen bewusst zu sein. Vielleicht hat er auch versucht, den Ankauf seiner Steine mit seinem Wissen zu erpressen. Es gibt so viel Vielleicht.»

«Meinst du, er war mit seinem Mörder verabredet?»

«Auch das weiß ich nicht, aber der Verdacht liegt nahe. Du selbst hast ja herausgefunden, dass es in besagter Nacht keine Veranstaltung in der Nähe des Tatortes gegeben hat, die seine vornehme Kleidung gerechtfertigt hätte. Und im Bericht deines Vaters steht, er habe nur wenige Stunden im Wasser gelegen.»

«Und was gedenkst du nun zu tun?»

«Es gibt eine Sache im Fall Drasche, der ich noch nicht nachgegangen bin: Bislang gibt es keinen Hinweis auf den Verbleib des Gepäcks, welches er nach Auskunft seiner Tochter mit sich geführt hat.»

Das Schellen der Türglocke unterbrach das Gespräch. Clara stand auf und wollte Hendrik auffordern, sitzen zu bleiben und auf sie zu warten, doch auch Hendrik erhob sich und begleitete sie in den Verkaufsraum der Apotheke.

«Viel Glück!», flüsterte Clara ihm noch ins Ohr, bevor sie unter die Augen der Öffentlichkeit trat.

Hendrik nickte den zwei älteren Damen, die sich die Auslagen im Schaufenster anschauten, beiläufig zu, verabschiedete sich höflich und verließ die Apotheke zügigen Schrittes, ohne sich noch einmal der ‹Verkaufsdame› zuzuwenden.

Hendrik erreichte das Millerntor zur späten Mittagszeit. Er hatte den Pferdeomnibus genommen, der seit nun schon acht Jahren nach regelmäßigem Fahrplan eine Verbindung zum dänischen Altona herstellte. Das Fuhrwerk bot zwölf Fahrgästen mit mäßigem Gepäck Platz. Die beiden Bänke der Kabine waren voll besetzt. Hendrik gegenüber saßen zwei ältere Damen, die sich über das Wetter und ihre Gebrechen unterhielten. Ihre prall gefüllten Einkaufstaschen zeugten von Wohlstand und Langeweile. Hendrik musste an Sillem's Bazar denken. Die junge Mutter, die mit zwei Kindern auf dem Schoß neben ihm saß, konnte sich so etwas nicht leisten. Vielleicht hatte sie einen Arztbesuch oder ähnlich Notwendiges zu erledigen. Das Fahrgeld war für sie gewiss, so ließ der Blick auf ihre Kleidung schließen, eine große Ausgabe. Vorne saßen zwei Fahrensleute, die Seesäcke zwischen die Beine geklemmt, und unterhielten sich lautstark über die Höhe ihrer Heuer und das in St. Pauli zu erwartende Amüsement. Die anderen Fahrgäste waren wohl Kaufleute und Händler. Sie waren in dicke Mäntel gehüllt und strebten schweigend ihren Geschäften in Altona oder am Hamburger Berg in der westlichen Vorstadt entgegen, die seit 1833 offiziell St. Pauli hieß.

Der Wagen hielt. Die beiden Pferde traten unruhig auf der Stelle. Hendrik schaute aus dem Fenster. Es war die Zeit des Wachwechsels, der von der Garde diesseits des Tores mit militärischen Würden vollzogen wurde. Jenseits der beiden Wachhäuser hatte sich ein kleiner Menschenauflauf gebildet. Eine Schar vorstädtischer Handwerker ließ, wie so oft, ihrem Unmut gegenüber der Wache mit heftigen Pöbeleien freien Lauf. Im Gegensatz zu ihren Hamburger Kollegen mussten sie beim Passieren der Stadttore erhebliche Abgaben leisten, obwohl sie annähernd die gleichen Steuern entrichteten.

Am Spielbudenplatz stieg der Commissarius aus. Eine kleine Menschenmenge wartete vor dem Actien-Theater, das eine der Attraktionen des Stadtteils war, auf Einlass. Die wenigen Menschen, die um diese Tageszeit und trotz der winterlichen Kälte den Weg hierher fanden, wurden angezogen durch die Wagen und Buden der Gaukler, Schausteller und kleiner Varietés. Noch herrschte kein Hochbetrieb. Erst mit Anbruch der Dunkelheit würden sich die Plätze füllen, die Menschen sich dicht um die kleinen Feuerstellen fragwürdiger Attraktionen drängen. Einen Großteil der nächtlichen Besucher machten die Seefahrer und Reisenden aus, die, nach monatelanger Abstinenz, die Dienste der gewerblichen Damen suchten. Hier auf dem Berg hatten sie eine große Auswahl. Nach dem Brand hatte Hamburg die Gelegenheit wahrgenommen, eine große Anzahl stadtbekannter Prostituierter, deren Unterkunft in den provisorisch errichteten Budenreihen zunehmend zum Problem wurde, in die Vorstädte St. Pauli und St. Georg abzuschieben. Ein fragwürdiger Vorgang, den Hendrik nur belächeln konnte, zumal nur ein geringer Teil der Dirnen tatsächlich in die Vorstädte abgewandert war. Der Großteil der Prostituierten, meist

Gelegenheitshuren aus Gründen der Armut, hielt sich im Gewirr der Gänge versteckt und konnte sich dort erfolgreich einer Obrigkeitskontrolle entziehen.

Trotzdem war der Hamburger Berg – Hendrik hielt weiterhin an diesem vertrauten Namen fest – zum Auffangbecken all derer geworden, die innerhalb der Stadtmauern nicht erwünscht waren. Für Durchreisende stellte er das typische Vergnügungsviertel einer Hafenstadt dar. Die selbst auferlegte Toleranz, das Privileg des Ruchbaren sicherte den Bewohnern zwischen Hamburger Millerntor und Altonaer Nobistor das Überleben. Dabei bot dieser Bezirk keinen rechtsfreien Raum. Hendrik war immer wieder davon fasziniert, dass der Hamburger Berg kaum eine höhere Verbrechensrate aufwies als die Hafengebiete der Hamburger Altstadt. Vielleicht lag es daran, so Hendriks Vermutung, dass einfach weniger Delikte zur Anzeige kamen, da sie traditionell im Milieu ‹geregelt› wurden.

Drasches Absteige war schnell gefunden. Die Wirtin der Herberge «Zur Freiheit» war eine überaus gestandene Person. Nicht allein ihre körperlichen Ausmaße waren beeindruckend, auch ihre Stimme beherrschte mit markerschütternd-rabiatem Ton ihre ganze Umgebung.

«Was woll'n Se? Auskünfte gibt's hier nich! Hier wird nur bezahlt und geschlafen. Wär ja noch schöner! Da könnte ja jeder kommen!!»

Hendrik hatte fast vergessen, dass hier ein anderer Umgangston und andere Umgangsformen herrschten. Wortlos hielt er der Frau einen Silbertaler unter die Nase.

«Was soll ich'n damit?» Sie wollte das Geld schon wie selbstverständlich wegstecken, aber Hendrik zog seine Hand blitzschnell zurück.

«Na! Was woll'n Se denn nun?», fragte die Frau.

«In welchem Zimmer hat der Mann aus Husum gewohnt? War er in Begleitung einer großen blonden Frau, kräftige Statur ...»

«Ach der! Sie sind ja nun wohl schon der dritte, der nach dem fragt. Machte gar nich so'n interessanten Eindruck! Gott im Himmel, was war denn bloß mit dem? Woll'n Se sein Zimmer?»

«Was war'n das für Leute, die nach ihm gefragt haben?», fragte Hendrik leise. Dem Organ der Wirtin hätte er ohnehin nicht Paroli bieten können.

«Was weiß ich! So'n großer Tumber! Sagte, er käme von der Hamburger Polizei! Hab ich ihn aber nicht geglaubt. Da kann ja jeder kommen! Den hab ich ...»

Damit konnte sie nur Johannes Schütz meinen. «Und wer hat noch nach ihm gefragt?», fiel Hendrik der Wirtin ins Wort.

«Och! So'n Lütter mit zwei Kollegen. Ziemlich feiner Zwirn. Sah nich nach Stunk aus. Woll'n Se nun das Zimmer, oder was?»

«Ist das Gepäck noch da?», fragte Hendrik.

«Die Leute komm' hier nicht mit Gepäck her, höchstens mal 'n Seesack», grinste die Frau unfreundlich.

«Der Mann hatte aber Gepäck bei sich, viel Gepäck! Mindestens zwei Taschen. Und abgeholt hat er sie nicht.»

«Der hatte nix!», sagte die Wirtin im Brustton der Überzeugung. «Das hab ich den andern auch schon gesagt!» Hendrik kramte mehrere Geldstücke aus seiner Tasche und hielt sie der Frau hin: «Für jede Minute, die ich hier länger rumsteh, nehm ich ein Silberstück wieder weg. Sind alle fort, komm ich heut Abend wieder und mach den Laden zu!» Die Worte des Commissarius klangen ruhig, aber dennoch entschlossen.

Die Wirtin hatte begriffen: «Max, komm mal!», rief sie in gemäßigtem Ton über die Schulter.

Im hinteren Teil der Stiege wurde ein Vorhang beiseite geschoben, und eine wenig Vertrauen erweckende Person schob sich mit behäbigem Schritt und laut schnaufend an die Seite der Wirtin. Max musste wohl um die drei Zentner wiegen und machte den Eindruck, als wenn er für gewöhnlich in einem Varieté Stiere oder ähnlich große Tiere zur Strecke brachte. Seine kurzen, kräftigen Arme standen kampfbereit vom Körper ab. «Schwierichkeiten, Elsbeth?!»

Automatisch wich Hendrik einen Schritt zurück, aber die Silberstücke hielt er weiterhin gut sichtbar hoch.

«Sach mal, Max», wandte sich die Wirtin dem Ungetüm zu, «erinnerst du dich an den Holsteiner mit der großen Blonden?»

Max fixierte die glänzenden Taler mit seinem Blick. Seine Augen funkelten mit den Silberstücken um die Wette. «Die nie'n Wort über die Lipp'n krichte?»

«Und oben denn immer so'n Geschrei anstimmte», ergänzte die Wirtin.

«Ja, klar.»

«Hatten die Sachen dabei, Max?», sagte die Frau in einem Ton, als sei dies eine vollkommen unsinnige Frage.

«Weiß nich! Is' schon her», sagte Max unsicher und warf seiner Chefin einen fragenden Blick zu.

Hendrik nahm ein Silberstück und steckte es zurück in die Manteltasche.

«Nu überleg doch mal, Max! Sind die Sachen vielleicht bei Herbert?», fauchte die Wirtin.

Max zuckte mit den Achseln. «Kann schon sein. Die Herrschaften sind doch nich wiedergekommen. Nach 'ner Woche geb ich die Sachen immer zum Herbert.»

«Wo wohnt Herbert?» Hendrik legte die Silbertaler auf den Tisch.

«Och, mal hier, mal da, nich Elsbeth?» Max verlagerte sein Körpergewicht von einem Fuß auf den anderen. Hätte es sich dabei nicht um einige Zentner gehandelt, es hätte sicherlich verlegen gewirkt.

«Kannste ihm ruhig sagen. Der hier macht kein Ärger.» Schnell griff die Wirtin nach den Geldstücken und ließ sie in einer ausrangierten Zigarrenkiste verschwinden.

«Zuletzt hat er, glaub ich, Quartier inner ‹Franzosenwache› gehabt.»

«Danke, Max.» Hendrik schmiss ihm das Geldstück aus der Manteltasche zu. «Bleibt unter uns!»

Mit einem überraschend wendigen Griff fing Max das Silberstück und zog sich wieder hinter den Vorhang zurück.

«Woll'n Se nich doch 'n Zimmer? Für 'n spendablen Herrn wie Sie kann ich auch noch eine besorgen, die mit hochgeht.» Der Tonfall der Wirtin hatte einen heuchlerischen Klang bekommen.

Hendrik lehnte dankend ab.

«Wenn das Ärger gibt mit dem Herbert, wer'n Se Ihres Lebens nich mehr froh!» Nachdem die Frau gemerkt hatte, dass kein Geld mehr zu machen war, nahm ihre Stimme wieder den gewohnt unfreundlichen und abweisenden Ton an.

«Kein Wort von mir.» Hendrik steckte beide Hände in die Manteltaschen, ließ sich nicht anmerken, dass er die Drohung nicht ernst nahm, drückte den Türverschlag mit dem Knie auf und ging. Draußen blies ihm die kalte Dezemberluft entgegen. Auf dem Hamburger Berg war es für gewöhnlich noch ein paar Grad kälter als in der Stadt. Hendriks Atem bildete weiße, warme Luftschwaden, die der Wind verwehte.

Die ‹Franzosenwache› lag etwa eine Viertelstunde von hier, zwischen Nobistor und Pauluskirche. Es war eine stadtbekannte Spelunke, Treffpunkt für Gesindel und zwielichtige Gestalten, Tummelplatz für Glücksspieler, Versammlungsort für Hehler und Diebe, eine Bühne für halbseidene Aufschneider und Wichtigtuer – kurzum ein zentraler Knotenpunkt des kriminellen Milieus. Wer als Fremder hierher vordrang, brauchte Stehvermögen und Durchsetzungskraft. Ahnungslose wurden hoffnungslos ausgenommen. Bier und Wein waren schlecht, gestreckt oder gepanscht. Der Schnaps hingegen, so ging das Gerücht, enthielt die höchsten Prozente der ganzen Vorstadt.

Hendrik Bischop schritt die alte Seilerstraße entlang. An jeder Straßenecke musste er seinen Körper gegen den Wind stemmen. Trotz der Kälte standen einige Dirnen zwischen den Vorbauten der Budenreihen und lächelten ihm erwartungsvoll entgegen. Die Not hielt der Kälte stand. Junge Frauen und Mädchen versuchten, mit aufreizender Stellung ihre Vorlieben und ‹Spezialitäten› zu veranschaulichen und winkten die Vorbeieilenden zu sich heran in der Hoffnung, im harmlosen Gespräch Lust auf die warmen Hinterzimmer zu wecken. Einige wenige hoben sogar kurz ihre Röcke und zeigten, was eigentlich im Verborgenen bleiben sollte. Andere wiederum, zumal wenn sie in kleinen Grüppchen zusammenstanden, kicherten albern, wackelten mit den Hüften, riefen anzügliches Kauderwelsch oder schritten, angespornt durch die Zurufe ihrer Kolleginnen, provozierend auf die wenigen Passanten zu. Davon bedrängt fühlte sich nur, wer kein Suchender war.

Hendrik ließ sich nicht beirren. Hier gab es keine Verlockung für ihn, obwohl ihm einige der Mädchen sicherlich gefallen hätten. Seit Helenas Tod hatte er sich zu keiner

Frau hingezogen gefühlt – außer zu Clara. Aber das war etwas anderes. War es das wirklich? Er überquerte die Reeperbahn und ging Richtung Pinnasberg. Von Süden stiegen vereinzelt dunkle Rauchschwaden über die Dächer der Vorstadt. Der Qualm vorbeifahrender Dampfschiffe sammelte sich an den Elbhöhen wie in einem Trichter, vermengte sich mit den Gerüchen und Ausdünstungen der im Uferbereich angesiedelten Betriebe und zog weiter oben durch die Straßenzüge von St. Pauli. Zwischen Uferhang und Flussbiegung hingegen überwog der Gestank, den die Schlote der dort ansässigen Fischräuchereien verbreiteten.

Eigentlich hätte er Johannes Schütz heute bei sich haben sollen, dachte Hendrik, als er die Tür zur ‹Franzosenwache› öffnete. Aber um diese Zeit herrschte noch trügerische Ruhe. Einige reglose Körper, Opfer stundenlanger Zecherei, lagen über den Tischen. Trotz der Kälte stank es nach Fusel und Schweiß.

«Schnaps is aus!», tönte es ihm roh aus einem der hinteren Räume entgegen. Aber der Commissarius schritt zügig am Tresen vorbei, geradewegs dem Verschlag entgegen, aus dessen Richtung er die Stimme vernommen hatte. Nichts regte sich.

«Hallo!», rief er laut, aber niemand antwortete.

Nach einigen Minuten hatten sich seine Augen an die Dunkelheit gewöhnt. Da öffnete sich eine Tür neben dem Verschlag, und eine schmale, hagere Gestalt trat ihm entgegen.

«Komm'Se in zwei Stunden wieder, dann is Nachschub da!», wurde Hendrik barsch angewiesen. Dann hörte er ein giftiges: «Ach nee, der Herr Commissarius! Lange nich hier gewesen. Was verschafft uns die Ehre?»

Gelassen lehnte sich Hendrik an den Türpfosten, verschränkte die Arme vor der Brust und schwieg.

«Was darf's denn sein? Für solche wie Sie gibt's hier nix gratis. Außerdem hab ich ja schon gesagt, der Vorrat is …»

«Hör zu, Edgar», unterbrach Hendrik den Wirt ruhig. Er kannte Edgar Holzlöffel seit vielen Jahren. Aufgrund seiner Begabung, Papiere oder wichtige Dokumente so meisterhaft zu manipulieren, dass selbst einem Buchhalter kaum je etwas auffiel, wurde er unter seinesgleichen nur ‹Oblaten-Ede› genannt. Alles in allem war er, auch wenn er gerne den Fiesen markierte, eher harmlos.

«Ich will nur eine Auskunft, Edgar. Es wird nichts weiter geschehen. Du hast zwei Möglichkeiten. Entweder du hilfst mir, oder ich sorge dafür, dass die Garde hier regelmäßige Streife läuft.»

«Und? Was soll'n das bringen?» Oblaten-Ede grinste überlegen, so als ziele diese Drohung ins Leere.

«Gar nichts, Edgar! An euren Schiebereien hier bin ich nicht interessiert. Aber für euren Umsatz würde das nicht förderlich sein. Ich dachte da so an drei Wochen verstärkter Streife.» Hendriks Gesichtsausdruck blieb unveränderlich, nur seine Mundwinkel hoben sich kurz und spiegelten für den Bruchteil einer Sekunde Edgars Grinsen.

Der Wirt schluckte. Er kannte den Commissarius und dessen Entschlossenheit nur zu gut. Dieser hatte schon häufig mal bei Scherereien ausgeholfen, mehr als einmal ein Auge zugedrückt, wenn es für diesen oder jenen aus dem Milieu brenzlig wurde. Nur bei wirklichen Verbrechen, Mord und Totschlag oder ähnlich kapitalen Dingen, so hatte ein jeder hier erfahren müssen, verstand Commissarius Bischop keinen Spaß. Es war so eine Art gegenseitiger Absprache. Der Ehrenkodex blieb davon unberührt. «In Ordnung Herr Commissarius. Was woll'n Sie wissen?»

«Ich suche einen Herbert. Wohnt der noch hier?»

«Der wird Ihnen aber nich helfen können. Liecht oben und is stramm wie fuffzich Pfaffensäcke! Was hat'n der gemacht?», fragte Edgar neugierig.

«Der hat überhaupt nichts gemacht», beruhigte ihn Hendrik. «Er hat nur etwas, wofür ich mich interessiere.»

«Na, Sie könn's ja versuchen. Ich weiß von nichts!» Edgar drehte sich achselzuckend weg, und Hendrik Bischop zwängte sich durch die schmale Tür zur Stiege. «Auf'm zweiten Flur rechts die dritte», hörte er Edgar hinter sich sagen.

Allein stieg er die Treppe nach oben. Die Stufen waren ausgetreten und knarrten. Nur wenig Licht schien herein. Die Fensterscheiben waren allesamt kaputt und die Rahmen mit einfachen Holzbrettern vernagelt. Der Putz bröckelte von den Wänden. Ein Geländer gab es nicht. Vorsichtig setzte Hendrik einen Fuß vor den anderen. Wie es jemand in volltrunkenem Zustand schaffen konnte, diese Stiege ohne Sturz hoch- oder runterzukommen, war ihm ein Rätsel. Es blieb nur wenig Licht zur Orientierung. Hier und dort hörte er hinter den Türen leises Gemurmel, Wortfetzen, deren Bedeutung Hendrik nicht verstehen konnte, denn durch die Ritzen pfiff laut der Wind. Hendrik stolperte über einen Eimer. Die Stimmen verstummten für einen kurzen Augenblick, und Hendrik hörte nur noch seinen eigenen Atem. Dann schob er sich tastend an der Wand des Korridors entlang. Ohne anzuklopfen, öffnete er die dritte Tür. Beim Eintreten musste er sich bücken. Die Kammer war winzig. Es war dunkel und stank bestialisch nach Erbrochenem. Auf dem Bett konnte er Herberts Umrisse erkennen. Hendrik ging zur Dachluke und riss den Vorhang zur Seite. Der Mann auf dem Bett schlief fest. Hendrik hatte ihn noch nie zuvor gesehen. Er ging zurück auf den Korridor und nahm einen von den

Eimern, in die unaufhörlich Wasser vom Dachstuhl herabtropfte.

«Herbert?!» Mit einem Schwung leerte Hendrik den Eimer, indem er dem Schlafenden das eiskalte Wasser über den Kopf schüttete. Die Wirkung ließ nicht auf sich warten. Herbert schnappte nach Luft und wollte aus dem Bett springen, aber Hendrik hatte vorsorglich einen Stuhl zur Hand genommen und drückte den Mann mit dem Stuhlbein gegen die Wand.

«Polizei», flüsterte Hendrik und drückte fester zu. Herbert war nicht so betrunken, dass er die aussichtslose Situation, in der er sich befand, hätte verkennen können.

«Und?», röchelte er.

«Ich lass jetzt los und will keine Schreierei. Hab nur ein paar Fragen.» Langsam zog Hendrik das Stuhlbein zurück.

Herbert fasste sich an den Hals und setzte sich im Bett aufrecht hin. Er war eher schmächtig, und Hendrik wäre ihm auch ohne seine Attacke körperlich überlegen gewesen. Aber man konnte ja nie wissen. Jedenfalls hatte der Commissarius sich durch seine Maßnahme den nötigen Respekt verschafft.

«Das ist vielleicht 'ne Art», beschwerte sich Herbert vorwurfsvoll. Dann rieb er sich das Gesicht mit einem Handtuch trocken.

«Um es gleich klarzustellen: keine Fisimatenten! Eine Lüge von dir, und es geht ab in den Bau. Ich weiß ohnehin alles.»

«Was soll das dann hier? Sagen Sie schon, worum geht's?»

Hendrik blickte sich um. Der Schein der langsam sinkenden Sonne tauchte die Kammer in ein diffuses Licht. Ein Bett, ein kleines Tischchen, ein Schrank und der

Stuhl stellten das gesamte Mobiliar des Zimmers dar. Wo hätte Herbert hier Hehlerware deponieren können? Vielleicht arrangierte er sich mit Kumpanen? «Ich habe gehört, du bist so eine Art Sammelstelle für herrenloses Gepäck.»

Herbert blickte den Commissarius fassungslos an, als sei er sich keiner Schuld, zumindest aber keines Deliktes bewusst, welches das Vorgehen des Eindringlings hätte rechtfertigen können. Langsam richtete er sich auf und rückte sein Hemd zurecht. Hendrik ließ ihn für keinen Augenblick aus den Augen. Vorsichtig beugte sich Herbert zur Schranktür hinüber, öffnete sie und fingerte ein paar trockene Kleidungsstücke heraus.

«Ist Herbert dein Künstlername?»

«Maschulski! Herbert Maschulski. Aus Danzig. Bin hier letztes Jahr hängen geblieben.» Herbert schlüpfte in eine Hose. Angekleidet wirkte er nicht wie ein Ganove. Ob er vielleicht ein Hochstapler war? Auch die Schuhe, die er unter dem Bett hervorzog, passten eigentlich nicht ins Milieu der ‹Franzosenwache›. Trotzdem machte er einen ungehobelten Eindruck. Aus einem kleinen Beutel kramte er Rasiermesser und ein Stück Seife hervor; traute sich aber nicht, das Messer zu öffnen.

«Ich bin nicht gekommen, um dir bei der Morgentoilette zuzusehen!» Hendriks Stimme klang drohend. «Die Koffer aus der ‹Freiheit›. Die sind doch wohl bei dir gelandet! Ich kenne da jemanden, der sie vermisst.»

«Scheiße! Da war doch nix drin außer Klamotten und 'n paar Zettel», antwortete Herbert überrascht.

«Den Besitzer haben wir in Hamburg aus einem Fleet gezogen.»

Herbert Maschulski, der bis zu diesem Zeitpunkt – obwohl er sich ertappt fühlte – die Ruhe selbst gewesen war, blickte erschrocken auf. «Damit habe ich aber nichts zu tun!», beeilte er sich zu sagen. «Ich hole nur immer die Sachen ab, die liegen bleiben. Manchmal bringt's ein paar Taler beim Höker. Aber ich bring doch keinen um! Normalerweise sind's Sachen von Seefahrern. Die sind am Morgen meist so betrunken oder aus Angst vorm Achteraussegeln so in Eile, dass sie die Hälfte vergessen. Na ja, und dann sammel ich die Sachen ein, bevor sie weggeschmissen werden. Da ist doch nix Verbotenes dran! Wegen dem Schiet bring ich doch keinen um!»

Hendrik sah, dass Herberts Angst nicht gespielt war. Vielleicht war er noch nie mit dem Gesetz in Konflikt geraten – zumindest zitterte er vor Aufregung am ganzen Körper. Sicher war er nicht mehr als ein kleiner Spitzbube, dachte Hendrik. «Was für Zettel?», fragte er.

«Briefe!», entgegnete Herbert.

«Briefe?», fragte Hendrik überrascht. «Was hast du damit gemacht?»

«Weggeschmissen, Mensch! War'n nur olle Liebesbriefe und so'n Geseier. Keine Wertsachen! Überhaupt nix von Wert!», beteuerte Herbert. «Die Klamotten hab ich natürlich verscherbelt», fügte er hinzu.

«Also gut! Liebesbriefe. Woher weißt du das? Hast du sie gelesen? Kannst du überhaupt lesen?»

«Na klar, kann ich lesen!», entgegnete Herbert empört, als wenn es unter Ganoven das Natürlichste der Welt sei. «Hab in Danzig in 'nem Kontor gearbeitet. Da muss man Lesen und Rechnen können.»

«Keine Papiere, Verträge, Akten oder so was?», hakte Hendrik nach.

«Nix!», versicherte Herbert.

‹Das war's also!›, dachte Hendrik. ‹Die ganze Mühe umsonst!› Es war nicht anzunehmen, dass Herbert auch nur das Geringste mit Drasches Tod zu tun hatte. Zumal Drasche von kräftiger Statur gewesen war. Nun ja, mit einer Axt oder ähnlich schwerem Gerät hätte sicherlich auch eine schmächtige Person wie Herbert Drasche erschlagen können. Aber Medicus Roever hatte keine Anhaltspunkte für ein solches Vorgehen gefunden; er hatte eher einen sehr spitzen Dolch oder eine andere Stichwaffe als Tatwerkzeug vermutet. Die große Wunde neben dem Einstich stammte nach Roevers Dafürhalten vom Aufprall des schweren Körpers, nachdem er über die Brüstung der Brücke gestoßen worden war.

Herbert Maschulski zog einen alten, mit Wasser gefüllten Zinkeimer unter dem Tisch hervor und schäumte die Seife auf. «Sie erlauben doch?», fragte er fast unterwürfig.

Hendrik nickte. Es war wohl auszuschließen, dass Herbert mit dem Rasiermesser auf ihn losging. Mit zittrigen Fingern klappte Herbert das Messer auf. Die Klinge fuhr mit kratzendem Geräusch über seine Wange, schob den Seifenschaum vor sich her und hinterließ eine feine Blutspur. ‹Ein Zirkel›, schoss es Hendrik beim Anblick des Messers durch den Kopf. ‹Das Mordwerkzeug war ein Zirkel! Das Arbeitsgerät und Symbol des Architekten.›

«Erzähl mir von den Briefen! Worum ging's? Wer hat sie geschrieben? An wen?» Hendrik schlug mehrmals mit der Hand auf den Stuhl, der zwischen ihnen stand, um Herbert zur Eile anzutreiben.

«Ja, also», stammelte Herbert, «die Briefe, zwei waren's, hat 'ne Frau geschrieben, an irgend 'nen Typen, wie sehr sie ihn liebt, na ja, was die Weiber eben so schreiben ...»

«Hast du alles gelesen?»

Herbert blickte verlegen zu Boden. «Nun ja, aber ich erinnere mich nicht an alle Einzelheiten.»

«Solltest du aber!»

«Sie würde ein Kind von ihm erwarten, eben so'n Blabla.» Herbert schüttelte verächtlich den Kopf.

«Etwas genauer, bitte!», fuhr ihn Hendrik an. «Es ist wichtig.»

Herbert überlegte. «Nun, sie wollte mit ihm zusammenleben, aber sie war anscheinend verheiratet … wollte sich trennen … hat gedroht sich umzubringen … klang so'n bisschen nach Erpressung. Ich sag ja: was die Weiber so schreiben. Is doch meist nix dran.»

«Sind keine Namen gefallen?», fragte Hendrik und konnte seine Neugierde kaum verbergen.

«Nö, nich mal 'ne Anrede. Aber die Briefe waren, soweit ich mich entsinne, mit einem großen C. unterschrieben», fügte Herbert hinzu.

«Wohin hast du die Briefe geworfen?»

«Mann, das is'n paar Wochen her, da kann ich mich doch nich mehr dran erinnern!»

Hendrik schüttelte den Kopf, schloss die Augen und schwieg.

«Und, was is denn nu?», fragte Herbert nach einiger Zeit erwartungsvoll, als stünde ihm für seine Auskünfte eine Belohnung zu.

«Nichts», antwortete Hendrik in Gedanken versunken. «Es ist nichts und es passiert nichts.» Langsam erhob er sich und bewegte sich Richtung Tür.

Auf dem Korridor hatte sich ein kleiner Menschenauflauf gebildet. Die Wände waren wohl sehr hellhörig. Hendrik ignorierte die finsteren Blicke, die ihn trafen und bahnte sich einen Weg zur Stiege. Niemand stellte sich ihm in den Weg oder machte Anstalten, sich mit dem Commissarius anlegen zu wollen.

In die Schankstube war immer noch kein Leben eingekehrt. Oblaten-Ede wischte mit einem alten Lappen flüchtig über den Tresen. «Na? Alles in Butter?», murmelte er, erhielt aber nur einen ungehaltenen Seufzer als Antwort. In Gedanken war Hendrik schon auf dem Weg zurück nach Hamburg. Er hatte einen ganz konkreten und sehr beunruhigenden Verdacht – und er musste sich beeilen.

Der Pferdeomnibus war pünktlich. Gegen vier Uhr erreichte Hendrik das Millerntor.

Abgereist

Commissarius Bischop nahm den kürzesten Weg zur ABC-Straße. Wenn er mit seiner Vermutung richtig lag, musste er sich beeilen. Er hatte sich durch sein Interesse an den Geschehnissen um den Wiederaufbau der Stadt von seinen Pflichten ablenken lassen. Es war unverzeihlich. Warum war er dieser Spur nicht schon längst gefolgt? Wochenlang hatte er die absurdesten Theorien aufgestellt, einen gigantischen Hintergrund vermutet, war wilden Spekulationen aufgesessen und in Versuchung geraten, sogar ehrwürdige Senatsmitglieder zu verdächtigen – und dabei lag die Lösung in Wahrheit so nah. Warum nur war er nicht von Anfang an seinem kriminalistischen Gespür konsequent nachgegangen? Bereits bei seinem ersten Zusammentreffen war ihm diese Frau verdächtig vorgekommen. «Großes C.», murmelte Hendrik. Der Vorname von Chateauneufs Frau war Caspara. Lange waren die beiden noch nicht verheiratet.

Hendrik blieb stehen. Vor ihm erhob sich die mächtige Backsteinfassade von Chateauneufs Postbau. Unbewusst hatte er doch einen Umweg eingeschlagen. War es wirklich so einfach? Waren all die Zusammenhänge, die er vermutet hatte und denen er nachgegangen war, nur seiner Phantasie entsprungen?

Hendrik kam zu spät. «Heute morgen gegen zehn», so konnte er von einem Nachbarn in Erfahrung bringen, war der Baumeister Alexis de Chateauneuf nach Christiania abgereist. Das Schiff hatte den Hamburger Hafen um die Mittagszeit verlassen. Hendrik überlegte, ob er nach Cuxhaven telegraphieren sollte. Aber er zögerte. Konnte es sein, dass Chateauneuf ihn an der Nase herumgeführt hatte?

Niedergeschlagen und mit einer gehörigen Portion Wut im Bauch schlenderte der Commissarius über den schneebedeckten Jungfernstieg. Er hatte keine Beweise. Rein gar nichts hatte er in der Hand, womit er hätte eingreifen, geschweige denn Chateauneuf in Cuxhaven von Bord des Schiffes holen können. Man hätte ihn ausgelacht. Machte es überhaupt einen Sinn, der Sache unter diesen Umständen weiter nachzugehen?

Wenn es tatsächlich so war, dass Drasche ein Verhältnis mit der Frau des Baumeisters gehabt hatte, wenn vielleicht sogar das Kind, das sie erwartete … Nein, das konnte doch nicht sein! So etwas konnte doch nicht unbemerkt geschehen! Zumindest Chateauneuf hätte es bemerken müssen! In diesen Kreisen konnte man sich nicht so mir-nichts-dir-nichts für ein paar Nächte ein anderes Quartier suchen. Außerdem war Drasche geschäftlich von der Fürsprache des Baumeisters abhängig. Da wäre es mehr als töricht gewesen, das ganze Vorhaben durch ein Verhältnis mit der Frau des eigenen Mentors zu gefährden. Aber Hendrik war sich auch bewusst, dass er kaum etwas über Chateauneufs Ehefrau wusste. Zweimal hatte er sie gesehen und kein Wort mit ihr gesprochen. Chateauneuf hatte ihm seine Frau nicht vorgestellt. Genau genommen war der Baumeister am Abend der Einweihung der «Gesellschaft» sogar bemüht gewesen, eine Bekanntschaft zu verhindern. Selbst Reichardt hatte Chateauneufs plötzlichen Aufbruch an jenem Abend mit Skepsis quittiert. Oder war womöglich sogar Chateauneufs Frau selbst am Tod von Drasche beteiligt? Hendrik erschrak, als er merkte, wie er sich erneut in wilden Spekulationen verfing. Es waren nichts als Phantastereien. Außerdem war es für eine Überprüfung jetzt zu spät. Weder Chateauneuf noch seine Frau waren greifbar. Mit ihrer Abreise tat sich für Hendrik eine große Leere auf. Es fiel ihm schwer, sich mit dem Gedanken abzufinden, dass er den Fall Drasche wohl zu den Akten legen musste.

Kurz nach sechs bog Hendrik entschlossen in die Große Bäckerstraße ein. Noch nie hatte er Clara aus der Apotheke abgeholt. Ob sie sich freuen würde? Doch Clara Roever hatte das Geschäft bereits am Nachmittag verlassen; ganz plötzlich und überstürzt sei sie aufgebrochen, «obwohl Kunden im Geschäft waren», wie der Apotheker Semper berichtete. Also machte sich Hendrik auf in Richtung Gertrudenstraße. Es dämmerte schon, als er das Haus von Conrad und Clara erreichte.

Clara empfing ihn voller Ungeduld. Aufgeregt zog sie Hendrik ins Haus, und noch bevor er Gelegenheit hatte, seinen schweren Wintermantel abzustreifen, schoss es aus ihr heraus: «Ich habe Neuigkeiten. Rate, wen ich heute gesehen habe! Die Frau von Chateauneuf!»

Hendrik fühlte sich überrumpelt. Eigentlich war er mit einem ganz anderen Anliegen gekommen.

«Das ist nicht … nicht möglich. Du musst … du musst dich irren!», stammelte er.

«Ich weiß, du hast mir ja erzählt, dass Chateauneuf dir sagte, sie sei bereits nach Norwegen abgereist, aber höre …» Clara war ganz außer Atem. Sie berichtete Hendrik ausführlich, was geschehen war. «Es war am frühen Nachmittag, kurz nachdem du gegangen warst. Zuerst nahm ich sie nur als Schatten an der Fensterscheibe wahr. Das Geschäft war voller Kunden, und anfangs dachte ich, ich hätte mich geirrt. Aber dann kam sie die Treppe hoch und wollte die Apotheke betreten, und als sie mich bemerkte, machte sie auf dem Absatz kehrt und ging eiligen Schrittes zurück auf die Straße. Ich verstehe das nicht. Sie kennt mich doch! Ich habe sie doch schon öfter in der Apotheke bedient. Aber inzwischen glaube ich, dass sie früher nie auf die ‹Verkaufsdame› geachtet hat und mich erst in deiner Begleitung am Abend in der ‹Gesellschaft› richtig wahrgenommen hat. Und heute hat sie mich wohl wieder erkannt. Und was tut sie? Sie flieht vor mir – vor der Begleiterin des Commissarius!»

Hendrik schaute Clara ungläubig an. Sie konnte ja gar nicht wissen, welchen Wert er ihrer Erzählung beimaß, denn noch hatte er ja keine Gelegenheit gehabt, Clara von den Geschehnissen auf dem Hamburger Berg zu berichten.

«Und dann?», fragte Hendrik gespannt. Er hatte seinen Mantel noch immer nicht abgelegt. Langsam tropfte es aus den Aufschlägen auf den Zimmerboden. Keiner von beiden bemerkte es.

«Einen Augenblick stand ich wohl wie versteinert, dann hab ich meinen Mantel gegriffen und bin ihr natürlich hinterher. Ganz vorsichtig bin ich ihr gefolgt. Sie ist aber nicht Richtung Gänsemarkt, sondern schnellen Schrittes über die Zollenbrücke zur Gröninger Straße gegangen. Es war richtig spannend.» Claras Stimme klang, als sei es erst Minuten her.

«Hat sie dich nicht bemerkt?», fragte Hendrik.

«Sie hat sich ständig umgedreht, um zu prüfen, ob ihr jemand folgt. Ich glaube aber, sie hat mich nicht gesehen. Ich habe mich, so gut es eben ging, immer im Verborgenen gehalten. Nummer 31 ist sie dann eingekehrt. Ich habe noch ein bisschen gewartet, aber sie ist nicht wieder herausgekommen. Dann habe ich mich bei einem Höker erkundigt. In Nummer 31 wohnt ein Holzhändler aus Christiania namens Möller.» Sie machte eine dramatische Pause und sah Hendrik aufgeregt an. «Na, wie findest du das? Da stimmt doch irgendwas nicht!»

«Nein, da stimmt tatsächlich irgendwas nicht!», entgegnete Hendrik. Vor allem irritierte ihn der Name des Holzhändlers, den Chateauneufs Frau aufgesucht hatte, denn im Gegensatz zu Clara war ihm der Name Möller im Zusammenhang mit Chateauneufs Frau inzwischen geläufig. Hendrik hielt ihn für ihren Mädchennamen, aber er fragte sich, warum sie ihn offenbar immer noch benutzte. Was hatte es mit dieser Frau nur auf sich? «Wie es aussieht, hatte sie ein Verhältnis mit dem Ziegeleibesitzer. Womöglich stammt das Kind, das sie erwartet, sogar von Drasche.»

In groben Zügen erzählte Hendrik, was er tagsüber in Erfahrung gebracht hatte: von seiner Fahrt nach St. Pauli, der Herberge, der ‹Franzosenwache› und schließlich von Herbert und den Briefen. Clara fand das alles äußerst spannend, und sie war stolz auf ihre eigene Detektivarbeit.

Hendrik dachte an die abendliche Heimfahrt von der Eröffnungsfeier der «Gesellschaft», bei der Clara ihm von den merkwürdigen Einkäufen Caspara Möllers in der Apotheke erzählt hatte. Damals hatte er ihnen keine besondere Bedeutung beigemessen. Aber jetzt?

«Übrigens», sagte Hendrik, «du hast mir doch erzählt, Chateauneufs Frau sei mehrmals in eurer Apotheke gewesen und habe Rattengift gekauft ...»

«Nicht direkt Rattengift», sagte Clara und überlegte kurz. «Sie hat nach Schweinfurter Grün verlangt. Zwei Eimer hat sie davon gekauft.»

«Schweinfurter Grün? Was ist das?»

«Ein grünlicher Farbstoff, der für den Anstrich von Schiffsböden benutzt wird.»

«Schiffsböden?» Was hatte das jetzt wieder zu bedeuten?

«Ja. Schweinfurter Grün dient als Fäulnisschutz. Und in Skandinavien, wo viele Häuser ausschließlich aus Holz gebaut werden, benutzt man die Farbe in feuchten Gegenden auch als Kelleranstrich.»

Hendrik schüttelte den Kopf, zum einen, weil er verwirrt war, und zum anderen, weil Clara ihn in Erstaunen versetzte. «Sag mal, woher weißt du das alles?»

«Das hat mir Semper erzählt. Als Chateauneufs Frau danach verlangte, wusste ich auch noch nicht, was Schweinfurter Grün ist», erklärte Clara, und Hendrik war irgendwie beruhigt, denn manchmal empfand er ihren Bildungsstand und ihre Sachkenntnis doch als beängstigend.

«Und was hat das mit Ratten zu tun?», fragte er.

«Die Pigmente darin haben einen hohen Anteil von Arsensulfid.»

«Arsenik?»

«Genau!», bestätigte Clara. «Hochtoxisch – aber Ratten sind schlaue Tiere. Als wenn sie die Gefahr riechen könnten, rühren sie Holz, das mit Schweinfurter Grün gestrichen wurde, anscheinend nicht an. Dabei ist Arsenik völlig geruchsneutral.»

«Und der Farbstoff?»

«Auch!», erklärte Clara, und Hendrik war sofort klar, dass sie es selbst ausprobiert hatte. «Das Arsenik ist fest in der Farbe gebunden. Nur bei der Verarbeitung ist Schweinfurter Grün gefährlich giftig.»

«Oder wenn man es isst», bemerkte Hendrik.

«Sicher», sagte Clara leichthin. «Aber wer isst schon Holz?»

«Eben», bemerkte Hendrik knapp. Am liebsten hätte er sich selbst geohrfeigt, denn ihm war schlagartig klar geworden, dass er viel zu lange gebraucht hatte, um auf die richtige Spur zu kommen. Aber immerhin war es Clara, die ihn darauf gebracht hatte.

«Ich werde sofort zur Gröninger Straße gehen.»

«Nimmst du mich mit?», fragte Clara erwartungsvoll. «Schließlich habe ich die Vorarbeit geleistet», fügte sie nicht ohne Stolz hinzu.

«Nein, das geht nicht!», sagte Hendrik schnell. «Es ist richtig, du hast mir sehr geholfen. Aber die Sache könnte gefährlich werden. Ein paar Teile passen noch nicht zusammen. Ich weiß nicht, was mich in der Gröninger Straße erwartet. Vielleicht ist es sogar besser, wenn ich Inspektor Schütz mitnehme.»

Clara versuchte, Hendrik mit allen Mitteln davon zu überzeugen, dass ihre Anwesenheit vielleicht sogar von Vorteil sein könne. Trotzig stampfte sie mit den Füßen, gestikulierte wild mit den Armen und argumentierte, so gut sie nur konnte, aber schließlich fügte sie sich doch seiner Entscheidung.

«Ich werde dir heute Abend alles berichten», beruhigte er sie. «Ist Conrad da?»

«Nein, er kommt heute später.»

«Gut. Grüß ihn von mir und erzähl ihm alles. Ich komme heute noch zurück, um zu berichten, aber es kann spät werden.» Mit diesen Worten zog Hendrik Clara kurz an sich und küsste sie zart auf den Mund. Wäre er nur eine Sekunde länger geblieben, er hätte ihr verlegenes Erröten wahrgenommen. Mit Herzklopfen verließ er das Haus.

Entgegen seiner Ankündigung machte Hendrik keinen Umweg über die Polizeiwache an den Raboisen, um sich

Verstärkung in der Person von Johannes Schütz zu holen. Sein Weg führte ihn direkt in die Gröninger Straße. Handels- und Kaufmannshäuser mit prächtigen Fassaden prägten das Bild des ganzen Straßenzuges. Die räumliche Struktur der alten Stadt schien noch unberührt, obwohl auch hier schon viele neue Putzfassaden zwischen den Backstein- und Fachwerkbauten zu finden waren. Die Unterschiede waren hier aber, so stellte Hendrik fest, nicht so gravierend wie andernorts, da sich fast alle Häuser mit aufwendigem Fassaden- und Giebelschmuck präsentierten. Alt und Neu unterschieden sich eben weniger stark voneinander als Arm und Reich. Hendrik erschien diese Erkenntnis als recht banal, und im nächsten Moment dachte er: ‹Aber genau das scheint das aktuelle Problem in Hamburg zu sein. Genau diese beiden Kategorien will man strikt voneinander trennen.› Aber so modern die geplanten Wohnviertel in den Stadterweiterungsgebieten auch sein mochten, es blieb doch Wohnraum für die einkommensschwache Bevölkerungsschicht. Allein aus diesem Grund, so war sich Hendrik sicher, würde man dort kaum über einen Mindeststandard hinauskommen.

Hendrik atmete tief die würzige Luft ein. Jedes Mal wenn er das Viertel zwischen Catharinenkirche und Wandrahm betrat, überkam ihn eine Sehnsucht nach fernen Ländern und fremden Welten – ihn, der, abgesehen von Italien, noch kein anderes Land bereist hatte. Es lag wohl an den Gerüchen, die hier aus den großen Speichern strömten. Gerüche so vielfältig und sonderbar, dass sie die Phantasie anregten, indem man versuchte, sie unbekannten Orten zuzuordnen, wie Hendrik es bisweilen auch mit den fremden Sprachen tat, die er in den Seefahrerspelunken des Hafens hörte. Es war stets einer seiner größten

Wünsche gewesen, sich auf einem der Handelsschiffe einzuquartieren und mit nach Madagaskar, China oder Brasilien zu fahren. Es roch nach Kaffee und seltenen Gewürzen, Tee, Nelken und Pfeffer, nach Holz, Arrak und Kautschuk. In diesem Viertel begann für Hendrik die weite Welt. Hinzu kamen die seltsamen Geräusche. Da war das schabende Reiben der Sperrbalken, die vor den Wasserzufahrten der einzelnen Landestellen ausgerichtet waren. Die Eisenketten klirrten einen eigenen Gesang, untermalt vom seichten Plätschern des Wassers, von anschlagenden Wellen und gurgelnden Abflüssen. Hendrik fand, es klang beruhigend. Die Menschen, die hier wohnten, so stellte er sich vor, schliefen stets bei offenem Fenster, um dem Gesang des nächtlichen Hafens, den Melodien der Wasserstraßen lauschen zu können. Er verweilte noch einen kurzen Augenblick an der Brandstwiete, beobachtete das nächtliche Wellenspiel im Fleet und bog dann in die Gröninger Straße ein.

Nummer 31 war eines jener Gebäude, die während der letzten zweihundert Jahre kaum eine Änderung erfahren hatten. Der abgetreppte Giebel der hohen Backsteinfassade war mit prächtigen Voluten geschmückt. Im Gegensatz zum Nachbarhaus, dessen Fenster hell erleuchtet waren, flackerte nur in der ersten Etage ein schwacher Widerschein von Kerzenlicht. Hendrik stieg die Stufen zum Portal empor. *Holzhandelscomptoir Möller* stand auf einem einfachen Schild. Hendrik betätigte den Glockenzug und lauschte auf seinen Klang in der Tiefe des Gebäudes. Nach kurzer Zeit vernahm er Schritte, und hinter dem Portal wurde eine Laterne sichtbar.

«Einen Moment!», tönte es dumpf hinter der Tür. Dann folgten klappernde Geräusche wie von einem Schlüsselbund. Schließlich wurde die schwere Tür einen

Spalt breit geöffnet. «Bitte, Sie wünschen?», fragte eine Männerstimme mit skandinavischem Akzent.

«Guten Abend, mein Name ist Hendrik Bischop. Ich habe eine Verabredung mit Madame de Chateauneuf. Treffe ich sie hier an?»

«Oh!» Der ältere Herr, der Hendrik die Tür geöffnet hatte, war für einen Augenblick überrascht, schüttelte dann aber vehement den Kopf. Aus einem Hinterzimmer hörte Hendrik eine Frau in einer ihm nicht bekannten Sprache etwas rufen. Es folgte ein kurzer Wortwechsel in dieser Sprache. Das Einzige, was Hendrik davon verstand, war sein eigener Name.

Im nächsten Moment trat die Frau von Baumeister Chateauneuf in den Flur. «Es ist schon gut, Onkel! Ich habe Herrn Bischop erwartet. Treten Sie bitte ein!» Sie sprach in gebrochenem Deutsch und machte eine einladende Handbewegung.

Hendrik betrat die geräumige Diele, und es entspann sich eine kurze und heftige Debatte zwischen Onkel und Nichte, deren Inhalt Hendrik nur erahnen konnte. Dann wandte sich der Mann wütend ab und verschwand in einem der Nebenzimmer.

«Ihr Gatte sagte mir, Sie seien gestern früh nach Christiania abgereist», begann Hendrik vorsichtig. «Wie ich sehe, entspricht das nicht ganz den Tatsachen.»

«Kommen Sie doch bitte mit nach hinten! Wie ich vermute, wird unsere Unterredung etwas länger dauern.»

Hendrik folgte der Frau. Über ein paar Stufen erreichten sie den Zwischenbau, eine Art Kommunikationszentrale, die in den alten Kaufmannshäusern traditionell auf halber Höhe zwischen Wohn-, Handels- und Lagerbereich lag und gewissermaßen die Grenze zwischen Berufs- und Privatleben darstellte.

Sie kamen in einen Raum, der von einem übergroßen Kontorschrank beherrscht wurde. Die restlichen Einrichtungsgegenstände – ein Stehpult, eine kleine Anrichte, ein Tisch sowie mehrere Sessel und Hocker – gruppierten sich verloren um das imposante Möbel. Die Frau öffnete eine Schublade der Anrichte, nahm ein paar Kerzen heraus, tauschte sie gegen die abgebrannten Stummel eines geschwungenen Tischleuchters aus und zündete sie an. Die plötzliche Helligkeit blendete Hendrik.

«Ich reise demnächst auf einem Handelsschiff meines Onkels ab», sagte Chateauneufs Ehefrau und forderte den Commissarius auf, Platz zu nehmen. Sie raffte ihr Kleid und ließ sich umständlich auf einem einfachen Hocker nieder. Das fortgeschrittene Stadium ihrer Schwangerschaft war nicht mehr zu übersehen und forderte ihren Tribut.

Erst als Hendrik sich an das Licht gewöhnt hatte, nahm er Einzelheiten ihrer Erscheinung wahr. Das Gesicht der Frau hatte harte Züge – dennoch hatte es auch etwas Sinnliches, vor allem um den ungewöhnlich großen Mund. Der Spitzenbesatz ihrer Bluse schimmerte im Kerzenlicht.

«Weiß Ihr Mann, dass Sie noch in der Stadt sind?»

«Darf ich Ihnen einen Tee anbieten?», fragte die Frau ausweichend. Gleichzeitig erhob sie sich, um eine große Kanne von der Anrichte zu holen. Während sie den Tee in zwei große Becher füllte, lächelte sie angestrengt. «Es fehlt ja der Kandis!» Ihre Zerstreutheit wirkte gespielt.

Gelassen ertrug Hendrik ihren Versuch, am Ritual gesellschaftlicher Höflichkeit festzuhalten und den Grund seiner Anwesenheit zu leugnen. «Die Rolle der unfreiwilligen Gastgeberin steht Ihnen nicht. Machen Sie es mir nicht so schwer!», sagte er nach einer Weile.

Die Frau strich sich nervös mit den Fingern durchs Haar

und setzte sich verlegen wieder hin. «Es hat wohl wenig Sinn, Ihnen etwas vorzumachen», sagte sie leise. «In diesem Hause bin ich Caspara Möller und bleibe dem Umfeld meines Gatten fern. Mein Mann weiß gar nichts.» Dann fügte sie hinzu: «Im Gegensatz zu Ihnen, wie ich annehmen darf?»

Hendrik nickte und schwieg.

«Woher kennen Sie meinen Aufenthaltsort?», fragte Caspara Möller, um sich gleich darauf selbst die Antwort zu geben. «Es war die Apothekerin, sie ist mir gefolgt – Ihre Frau, nicht wahr?» Ihre Finger massierten unentwegt ihre vor Erregung zuckenden Mundwinkel.

«Ja», hörte Hendrik sich zu seinem eigenen Erstaunen sagen. Für einen Moment überlegte er, wie gerne Clara ihn begleitet und dies gehört hätte. Dann hob er die Augenbrauen und blickte Chateauneufs Frau auffordernd an. Würde sie ihm von sich aus ihr Geheimnis preisgeben?

«Ich glaube, ich bin Ihnen eine Erklärung schuldig», begann sie, als hätte sie Hendriks Gedanken lesen können.

«Ist es in Ihrer Heimat üblich, ein Doppelleben zu führen?» Hendrik erschrak über die Heftigkeit seiner Worte. Er war nicht hier, um sich als Sittenwächter aufzuspielen.

«Hier war nie meine Heimat und wird es auch niemals sein», entgegnete die Frau. Ihre Stimme schwankte zwischen Melancholie und Selbstbehauptung. «Jeder Mensch braucht einen Ort, an den er sich zurückziehen kann. Ein Refugium des Vertrauens. Um allein zu sein.»

«Und um allein zu leben?», hakte Hendrik nach.

«Sie werden nicht übersehen haben, dass ich nicht mehr lange allein sein werde. Da ist es an der Zeit, Entscheidungen zu treffen.»

«Ich dachte eher an Ihren Mann, dem Sie entfliehen.»

«Das mag wohl sein.»

«Sie mögen mich als indiskret empfinden», sagte Hendrik entschuldigend, «aber es ist mein Beruf, unbequeme Fragen zu stellen und den Sachen auf den Grund zu gehen.»

«Es war der Wunsch meines Vaters, Baumeister Chateauneuf zu ehelichen. Ich habe mich ihm gebeugt.» Verlegen senkte sie den Kopf, und doch hatte es den Anschein, als tue ihr diese Beichte wohl.

«Wie lange ging das schon mit Maximilian Drasche?» Hendriks Tonfall war teilnahmslos und ohne Vorwurf. Der Sachverhalt eines Ehebruchs war schon prekär genug. Hendrik fand es überflüssig, die peinliche Situation, in der sich die Frau befand, unnötig zu betonen. Daher nahm er mit seiner Frage gewissermaßen ein Geständnis vorweg. Lag er mit seiner Vermutung falsch, so würde er es umgehend erfahren.

«Seit Alexis ihn das erste Mal in unser Haus brachte.» Die Antwort wurde von gefühlvollem Augenaufschlag begleitet und zeugte von Erleichterung. «Er hatte etwas, dem ich mich nicht entziehen konnte. Ihm ging es ebenso», versuchte Caspara Möller das Geschehene zu erklären.

In Hendriks Ohren klang es furchtbar gewöhnlich. «Liebe auf den ersten Blick, nennt man so etwas wohl», konstatierte er verständnisvoll und setzte zu einem Lächeln an, aber angesichts Drasches Schicksal schien ihm das überaus unpassend, und seine Gesichtszüge gefroren zu einem undurchdringlich-dienstlichen Blick. Alle Verdachtsmomente hatten sich auf einen Schlag bestätigt. Innerhalb weniger Sekunden revidierte Hendrik in Gedanken eine komplexe Mordtheorie und reduzierte sie zu einer zwischenmenschlichen Tragödie. Jetzt musste er hartnäckig bleiben, um den Tathergang rekonstruieren zu können. Er durfte keine Rücksicht auf die Frau nehmen, die sichtlich um Fassung bemüht war.

«Ihr Geburtsname ist Caspara Möller und Sie unterschreiben Ihre Briefe mit einem großen C?»

Caspara Möllers Gesichtszüge erstarrten. «O Gott, Sie haben die Briefe! Dann wissen Sie ja alles!» Ihre Hände glitten verzweifelt über ihren Bauch.

«Ich weiß nur noch nicht, wer Drasche getötet hat.»

«Da fragen Sie noch?» Caspara Möller schlug die Hände vors Gesicht. «Alexis war es! Er hat ihn getötet! Alexis hat ihn ermordet!» Tränen der Wut und der Verzweiflung strömten über ihre Wangen.

«Wusste er von Ihrem Verhältnis? Wusste er, dass Drasche der Vater des Kindes ist? Haben Sie ihm das erzählt?» Hendrik fühlte sich nicht ganz wohl in seiner Haut. Einerseits hatte er Mitleid mit dieser Frau, deren zukünftiges Leben, deren gesellschaftliches Ansehen durch die Frucht in ihrem Leib zerstört schien, aber andererseits hatte sie ihr Schicksal mit einer törichten, vermeidbaren Tat selbst heraufbeschworen.

«Nein! Ich habe es ihm nicht erzählt. Er wusste es. Er muss es gewusst haben!» Caspara Möller wischte sich die Tränen mit einem Taschentuch aus dem Gesicht.

«Dann hat Drasche es ihm selbst erzählt», folgerte Hendrik.

«Vielleicht wollte Maximilian ihn auch erpressen?», schluchzte sie.

«Womit erpressen?»

«Alexis hatte ihn doch in alles eingeweiht», erklärte die Frau mit tränenerstickter Stimme. «Was er nicht erfahren sollte, war, dass Alexis die Steine letztendlich nicht mehr gebrauchen konnte, weil er keine Aufträge mehr erhielt.

Das habe ich ihm erzählt. Ich habe Maximilian auch von den Landkäufen berichtet. Wissen Sie davon?»

Hendrik blickte sie erstaunt an und nickte. Die Möglichkeit, dass Drasche versucht haben könnte, Chateauneuf unter Druck zu setzen, hatte er ja bereits in Erwägung gezogen, aber Hendrik war sich nun nicht mehr sicher, welches Ziel Drasche dabei vor Augen hatte: Steine oder die Frau? Oder beides? Wenn Drasche von Chateauneufs Frau tatsächlich über alle Details unterrichtet worden war, dann hatte er auch Kenntnis von den Vorgängen während der Wiederaufbauplanung. Das wiederum hieße, dass Chateauneuf sich nicht nur mit einem Nebenbuhler konfrontiert sah, sondern zusätzlich durch eine gesellschaftliche Diskreditierung. Sein gesamtes Lebenswerk wäre bedroht gewesen. ‹Ein substanzielles Tatmotiv›, dachte Hendrik.

«Er kannte ja alle Einzelheiten», fuhr die unglückliche Frau fort, «und er hat Alexis wohl gedroht, damit an die Öffentlichkeit zu gehen. Das hat er mir gegenüber einmal angedeutet. Das traue ich ihm auch zu. Und dann hat Alexis alles erfahren und ihn ins Fleet gestoßen.»

«Ihr Mann weilte zur möglichen Tatzeit in Bergedorf», wandte Hendrik ein.

«Das behauptet er!»

«Wir haben es überprüft.»

«Es kann nicht sein! Ich weiß, dass er es war! Vielleicht hat er jemanden beauftragt.»

«Warum sind Sie sich so sicher?»

«Weil Alexis mir eine Woche nach der Tat gedroht hat. Er hat auch gesagt, er wolle das Kind nicht, ich solle es wegmachen lassen. Er hat mich seitdem nicht mehr berührt, mich mit jedem seiner Blicke gestraft. Dabei kann ich nicht einmal mit Gewissheit sagen, ob das Kind wirklich von Maximilian ist …» Caspara Möller fuhr sich mit der Hand über den Mund, so als wolle sie das Gesagte zurücknehmen. Dann gewannen die Tränen wieder die Oberhand.

«Woher hätte Alexis von unserem Verhältnis wissen können, wenn nicht von Maximilian selbst?» Caspara Möller versuchte, die Tränenflut zu stoppen und atmete schwer. «Wenn Sie Maximilians Sachen haben, dann haben Sie doch genug Beweise gegen Alexis! Verhaften Sie ihn!» Es war eine flehentliche Bitte.

«Das kann ich nicht», antwortete Hendrik betrübt. «Selbst wenn alles so gewesen ist, wie Sie vermuten – und ich nehme an, dass es den Tatsachen entspricht –, ich habe keine Beweise. Ich habe auch die Briefe nicht gelesen …»

«Aber Sie sagten doch …», fiel ihm die Frau entsetzt ins Wort.

«Ich weiß nur von ihrer Existenz. Den genauen Inhalt der Briefe kenne ich nicht. Sie wurden vernichtet. Zwar haben Ihre Worte bestätigt, was ich vermutet habe, aber beweisen kann ich das Ganze nicht.»

Caspara Möller schaute Hendrik ungläubig an. Sie schien im Zweifel, ob Hendrik die Wahrheit sagte. «Und die Unterlagen, die Maximilian bei sich hatte?», fragte sie bestürzt.

«Was waren das für Sachen? Ich weiß nur von den Briefen.»

«Ein Entwurf über die Lieferbedingungen, ein Kostenvoranschlag, ein Vertrag und die Pläne von Alexis' Rathausprojekt.»

Hendrik erinnerte sich. Die Wirtin hatte erzählt, dass außer Schütz noch jemand anders nach Drasches Sachen gefragt hatte. Ein kleiner Mann. Vielleicht tatsächlich Chateauneuf selbst! Hatte er die Unterlagen an sich genommen? Sicherlich hatte er der Wirtin viel Geld dafür geboten. Oder Herbert? Egal! Auch wenn es so gewesen sein sollte, hatte er die Sachen mit Sicherheit längst vernichtet.

«Aber es muss doch Gerechtigkeit geben!», stöhnte Caspara Möller leise.

«Mit der Gerechtigkeit ist das so eine Sache», sagte Hendrik, und es klang, als habe er mehr zu sich selbst gesprochen. Dann dachte er an Chateauneufs gesundheitliche Verfassung und an das Gift, das Caspara Möller in Sempers Apotheke gekauft hatte. Er musterte die Frau. War sie zu einer solchen Tat fähig?

«Haben Sie schon einmal von der Marshschen Probe gehört?», fragte Hendrik, obwohl er sich sicher war, dass sie nicht wusste, was es damit auf sich hatte. Conrad hatte vor einigen Jahren mit Hilfe dieses neuartigen Verfahrens dazu beigetragen, den scheinbar natürlichen Tod eines reichen Hamburger Zuckerbäckers als Giftmord zu enttarnen. Die Frau des Zuckerbäckers hatte ihrem Gatten über ein Jahr lang minimale Dosen von Arsenik unter das Essen gemischt. Giftmord, so empfand es Hendrik, war die weiblichste, weil in ihrer scheinbar gewaltfreien Durchführung durchdachteste Mordmethode überhaupt. Die Frau des Zuckerbäckers war, wie so viele Frauen vor ihr, davon ausgegangen, dass ihr Handeln unentdeckt bleiben würde, gerade weil es so subtil war. Was sie kaum wissen konnte, war, dass es seit geraumer Zeit eben die Marshsche Probe gab, ein Verfahren, bei dem man auch bei Toten den genauen Arsenspiegel, die Menge des Giftes im Körper, bestimmen konnte.

«Mediziner können mit dieser Probe Vergiftungen nachweisen», erklärte Hendrik, und fügte nach einer kurzen Pause scheinbar beiläufig hinzu: «Wie beispielsweise solche durch Schweinfurter Grün.»

Caspara Möllers Augen blitzten nur kurz auf. Wenn der Schein der Kerzen Hendrik nicht geblendet hätte, dessen war er sich sicher, hätte er genau erkennen können, wie ihre Pupillen sich in diesem Augenblick schreckartig geweitet und kurz darauf wieder zusammengezogen hatten. Er kannte dieses Phänomen aus zahlreichen Befragungen und Verhören. Anfänglich hatte er geglaubt, es zeuge allein von Überraschung, aber mit der Zeit hatte er erkannt, dass dieser Reflex häufig einem unfreiwilligen Schuldbekenntnis gleichkam.

Caspara Möllers Stimme klang plötzlich distanziert, ihre Wortwahl überlegt, als sie sagte: «Mein Onkel benutzt die Farbe zum Anstrich bestimmter Hölzer.»

«Dann sollte er aufpassen. Die Pigmente enthalten eine hohe Konzentration von Arsenik – wie Sie wissen: ein tödliches Gift», erklärte Hendrik.

Die Frau schaute ihn regungslos an.

Hendrik war sich sicher, sie würde seine Worte richtig interpretieren. Obwohl er es eigentlich für unnötig hielt, entschloss er sich, dem unausgesprochenen Verdacht noch einmal Nachdruck zu verleihen: «Eine wohl dosierte Arsenikvergiftung ist der schleichende Tod. Der ganze Körper wird langsam von innen aufgefressen. Erst klagt man nur über Bauchschmerzen, dann kommen Übelkeit, ständiges Erbrechen und Durchfall hinzu, später Wahnvorstellungen und Krämpfe, und am Schluss dringt nicht selten das Blut mit dem Schweiß des Fiebers durch die Poren. Eine schreckliche Vorstellung, nicht wahr?»

Von der ebenso realistischen wie brutalen Schilderung scheinbar ungerührt, versuchte Caspara Möller weiterhin, die Rolle der Unwissenden zu spielen: «Ja, furchtbar! Warum erzählen Sie mir das alles?»

«Sie sollten sich in Ihrem Zustand» – Hendrik deutete

fürsorglich auf ihren Bauch, aber gleichzeitig enthielten seine Worte eine unmissverständliche Warnung – «auf jeden Fall von diesen Stoffen fern halten!»

Caspara Möller schwieg.

«Die Marshsche Probe wird für gewöhnlich nur dann angewandt», fügte Hendrik abschließend hinzu, «wenn ein konkreter Verdacht besteht.»

Sie blickte ihn fragend an, aber Hendrik ließ sich nicht anmerken, was er weiter zu tun gedachte. Ihm wurde plötzlich bewusst, dass er mit dem Fall Drasche bereits abgeschlossen hatte, noch bevor er dieses Haus betrat. Es war allein der Wunsch nach Bestätigung eines Verdachts, der ihn hierher getrieben hatte. Ohne Beweise hatte er so oder so keine Handhabe gegen wen auch immer. Abgesehen davon hinderte ihn sein Gerechtigkeitssinn daran, eine moralische Schuldzuweisung zu formulieren. Er sah es nicht als seine Aufgabe, den Moralapostel zu spielen. Und was Caspara Möller betraf, so war sich Hendrik sicher, dass sie aus eigener Kraft zu einer angemessenen Auffassung von Gerechtigkeit gelangen würde. Aber das sollte nicht sein Problem sein.

«Ich werde die Ermittlungen einstellen», sagte er abrupt und blickte Caspara Möller streng in die Augen. Was er dort sah, war eine Mischung aus Erleichterung, Schuldbewusstsein und Verzweiflung. Dann stand er auf und verließ, ohne sich noch einmal umzusehen oder sich zu verabschieden, schnellen Schrittes das Haus.

Als die schwere Tür ins Schloss fiel und sich Commissarius Bischop in die kalte Nacht begab, war der Fall Drasche für ihn nur noch ein kleines Rädchen in einem großen Mechanismus, welchen es zu durchleuchten galt. Er war schon dabei, sich einen Plan zurechtzulegen. An oberster Stelle stand der Zirkel um Bülau und Voigt. Wo, hatte Chateauneuf gesagt, hätte man sich getroffen? Richtig, in der Deichstraße. Es musste doch in Erfahrung zu bringen sein, ob die Gruppe auch am Abend des 5. Mai 1842 dort getagt hatte! Hendriks Verdacht war ungeheuerlich. Vielleicht waren die Phantasien um eine Erneuerung der Stadt, die auf den ersten Blick wie reaktionäre Hirngespinste anmuteten ... Hendrik mochte diesen Gedanken vorerst nicht zu Ende denken. Außerdem war Bülau zum damaligen Zeitpunkt in Lothringen beschäftigt und gar nicht in der Stadt gewesen. Aber alle anderen Familienmitglieder hatten die ganze Zeit in Hamburg gelebt. Vielleicht ... Unwillig schüttelte Hendrik den Kopf. Schon wieder diese vielen Vielleichts!

Zuerst aber wollte Hendrik zu Clara. Ja, heute Abend wollte er sie fragen. Er dachte an eine gemeinsame Reise. Vielleicht nach Venedig. Vielleicht ...

Epilog

Nun, was aus Hendrik und Clara geworden ist? Da es sich bei den beiden um fiktive Gestalten handelt, werden sie letztendlich wohl, so hofft der Autor, zueinander gefunden haben. Auch die Polizei-Inspektoren Johannes Schütz und Henning Voss, die Gestalten auf dem Hamburger Berg, Amtsmedicus Conrad Roever sowie der Ziegeleibesitzer Maximilian Drasche und seine Tochter Katharina sowie das Tatgeschehen an der Trostbrücke sind Produkte der Phantasie. Allerdings, so ist anzumerken, verschmelzen – nicht nur an dieser Stelle – Phantasie und Realität: *Heinrich Drasche*, in diesem Roman ein Bruder der fiktiven Katharina, lebte tatsächlich im Wien des 19. Jahrhunderts und übernahm in den vierziger Jahren die Großziegelei von Alois Miesbach, aus der 1869 schließlich die «Wienerberger Ziegelfabriks- und Baugesellschaft» hervorging – eine der größten europäischen Klinkerfabriken damaliger Zeit. Die Erfindung des Ring- und Kohleofens zur Backsteinproduktion wurde von mir um etwa fünfzehn Jahre vordatiert. Seine Existenz hätte das Baugeschehen 1842 nachhaltig beeinflusst. Erst in den sechziger Jahren des vorigen Jahrhunderts lieferte die industrielle Fertigungsmethode den Grundstein für eine weitere Verbreitung von Ziegelrohbauten.

Alle anderen Ähnlichkeiten in diesem Roman sind beabsichtigt, denn sie entsprechen weitgehend der historischen Realität. Aus diesem Grund werden die beteiligten Personen auch mit ihrem wirklichen Namen aufgeführt.

Die Dialoge sind jedoch, ebenso wie das Zusammentreffen einiger Personen, etwa im Hause Godeffroy, frei erfunden. Obwohl die Quellenlage nicht eindeutig ist, wurde darauf geachtet, zumindest die Intentionen der jeweiligen Architekten nicht zu verfälschen. *Carl Ferdinand Stelzner*, der zusammen mit Hermann Biow in Hamburg ein Atelier für Daguerreotypie betrieb, gilt durch seine Ablichtungen des durch den Brand zerstörten Hamburgs als einer der ersten «Reportagefotografen». Die Kriminalistik bediente sich der Fotografie erst in den achtziger Jahren des 19. Jahrhunderts.

Auch die familiären Verflechtungen zwischen den Familien *Voigt*, *Hübbe*, *Schleiden*, *Speckter* und *Bergeest* einerseits sowie den Familien *Godeffroy*, *Merck*, *Jenisch*, *Parish* und *von Oertzen* andererseits entsprechen der Wirklichkeit. Etwaige Verdachtsmomente gegenüber Wasserbaudirektor *Heinrich Hübbe* sowie *Jakob Heinrich Ludolff* (1793–1873), *Martin Hudtwalcker*, *Gustav Heinrich Kirchenpauer* (1808–1887), *Theodor Dill* oder anderen Senatoren, Bürgerschaftsmitgliedern und Commerzdeputierten bleiben jedoch Spekulation. Die angesprochenen Mitgliedschaften im 1836 von *Johann Cäsar VI. Godeffroy* gegründeten Hamburger-Ruder-Club entsprechen den Tatsachen. Die Gründung der Hamburg-Amerikanischen Packetfahrt-Actien-Gesellschaft durch *Adolph Godeffroy*, *Ernst Merck* und *Ferdinand Laeisz* fällt, ebenso wie der von *Cäsar VI. Godeffroy*, *Theodor Dill* und *Nicolaus Hudtwalcker* ausgehandelte Seeversicherungsplan, ins Jahr 1847.

Christian Friedrich Wurm (1803–1859), Historiker und Lehrer am Akademischen Gymnasium, wurde 1848 Mitglied im «Frankfurter Parlament». Direkt nach dem Hamburger Brand hatte er die Flugschrift *« Ein Wort an meine Mitbürger »* verfasst. Die Person *Christian Hellwege* ist ein Produkt meiner Phantasie. Der Hamburger Kaufmann *Georg Theodor Siemssen* war zwar seit 1846 im chinesischen Kanton ansässig, aber weder er selbst noch seine Firma waren nachweislich in irgendwelche Opiumgeschäfte verwickelt.

Mit dem Scheitern der Bürgerlichen Revolution 1848 musste *Gottfried Semper* (1803 – 1879) wegen seiner Beteiligung an den März-Aufständen aus Deutschland fliehen. Er lebte bis 1851 in Paris, später in London, bevor er 1855 als Professor an das Polytechnikum in Zürich berufen wurde. Die Apotheke, die Semper 1845 für seinen Bruder in der Großen Bäckerstraße 22 / 24 erbaute, wurde 1896 abgebrochen.

Christian Frederik Hansen (1756 – 1845) studierte an der Kunstakademie Kopenhagen. 1784 wurde er königlich-dänischer Landesbaumeister für Holstein, 1805 Landesbaumeister für Schleswig und 1823 Oberbaudirektor des Königreichs Dänemark. Nach seinen Entwürfen entstanden neben den Stadthäusern an der Altonaer Palmaille zahlreiche klassizistische Landhäuser in den Elbvororten: 1789 – 1792 baute er für Cäsar V. Godeffroy die Villa Elbchaussee 499, 1790 – 1792 für Peter Godeffroy das Landhaus Elbchaussee 547, 1794 / 95 das Landhaus Blacker (nach Umbauten später als Goßlerhaus bekannt – das heutige Bezirksamt Blankenese) sowie 1804 – 1806 das Landhaus Baur (das heutige ‹ Elbschlösschen ›). *Richard Godeffroy* ließ sein Landhaus In de Bost 39 / 40 1836 durch den englischen Architekten *Arthur Patrick Mee* ausführen. Eine zeitweilige Mitarbeit von *Alexis de Chateauneuf* ist zwar dokumentiert, datierte Pläne von ihm sind jedoch – im Gegensatz zu den Bauten auf dem Grundstück Elbchaussee 499 – nicht erhalten.

Carl Ludwig Wimmel (1786–1845), seit 1815 maßgebender Entwurfsarchitekt in der Hamburger Baudeputation und seit 1841 Baudirektor, war geradezu ein Fanatiker des Klassizismus. Noch heute zeugen bauliche Rudimente an der Esplanade Nr. 37 von seinen architektonischen Vorstellungen. Nach seinen Bauten für das Krankenhaus St. Georg fand jedoch auch der Backstein als Baumaterial bei seinen Entwürfen Verwendung. Insbesondere bei Kleinbauten – etwa Polizeiwachen oder das von 1828–1830 errichtete Detentions-Gefängnis – verwendete er Backstein, verbunden mit Werksteingliederungen, als Flächenmaterial.

Johann Martin Jenisch (1793–1857) war seit 1827 Senator und Präses der Baudeputation. Er galt als Förderer des Klassizismus im Sinne von Wimmel. 1845 ließ sich Jenisch sein abgebranntes Stadthaus an den Großen Bleichen durch *August de Meuron*, der bereits 1843 das Thalia-Theater am damaligen Pferdemarkt entworfen hatte, in Renaissanceformen neu erbauen. Das «Palais Jenisch» wurde 1907 abgebrochen. Als «Jenisch-Haus» beherbergt das nach Entwürfen von *Karl Friedrich Schinkel* (1781–1841) und Bauinspektor *Gustav Forsmann* (1795–1878) entworfene und 1831–1834 in Othmarschen errichtete Landhaus der Familie heute ein Museum.

Der von 1837–1840 auf dem ehemaligen Domplatz errichtete Neubau des «Johanneums» – des akademischen Gymnasiums sowie der Gelehrtenschule – wurde 1943 zerstört. Die 1839–1841 ebenfalls nach Entwurf von Wimmel und Forsmann erbaute Neue Börse bildet noch immer den Kern der zwischen 1856 und 1912 mehrfach umgebauten heutigen Hamburger Börse. Mit dem Neubau des Hamburger Rathauses wurde nach langer Planungsgeschichte erst 1886 begonnen. Der erste Wettbewerb von 1854, den der Engländer Georg Gilbert Scott mit einem neugotischen Entwurf gewann, führte, wie auch ein weiterer Wettbewerb 1876, zu keinem baulichen Ergebnis. Bis 1897 wurde das Rathaus schließlich nach dem Entwurf eines «Baumeisterbundes» unter maßgeblichem Einfluss von Martin Haller fertig gestellt. Ein Großteil der seit 1842 (und davor!) für den «Wiederaufbau» des Rathauses angefertigten Entwürfe ist nicht erhalten.

Carl Friedrich Reichardt (1803–1871) war als ausgebildeter Architekt Hamburgs wichtigster Architekturtheoretiker und -kritiker seiner Zeit. Er hatte von 1827–1832 bei Schinkel in Berlin gearbeitet und hielt sich von 1833–1840 in den USA auf. Gegen Scotts siegreichen Entwurf zum Rathauswettbewerb von 1854 verfasste Reichardt unter dem Titel *Über den Neuen-Rathaus-Bau in Beziehung auf die Stylfrage und unser öffentliches Bauwesen* eine Polemik. Dieser 1855 veröffentlichten Schrift waren zahlreiche kritische Publikationen zum Hamburger Wiederaufbau vorausgegangen. So schrieb Reichardt 1842 *Einige Worte über die Wahl des Plans zum Wiederaufbau Hamburgs* und 1854 *Freie Phantasien über Hamburgs bauliche Ausdehnung und äußere Verschönerung.* Das Manuskript zu seinem Städtebau-Handbuch ist im Zweiten Weltkrieg verbrannt. Das heutige Erscheinungsbild der 1844 bis 1846 ausgeführten Alsterarkaden ist das Ergebnis denkmalpflegerischer Vorstellungen um 1950 und entspricht in seiner Homogenität nicht der Ursprungsgestalt.

Julius Campe (1792–1867) lebte und arbeitete seit 1823 in Hamburg. Sein Domizil hatte er erst an der Neuen Burg 22, später ab 1845 in der Schauenburger Straße 59. Um seine Person – und seinen Verlag – scharte sich das geistige Zentrum des «Jungen Deutschland». Neben *Heinrich Heine*, *Ludwig Börne*, *Heinrich Laube* und *Theodor Mundt* gruppierten sich vor allem all jene um Campe, deren Werke ab 1835 in Preußen verboten worden waren. Hierzu gehörten auch *Karl Gutzkow*, der bis 1842 in der ABC-Straße lebte, sowie *Georg Gottfried Schirges* und *Ludolf Wienbarg* (1802–1872), letzterer von 1842–1846 als Herausgeber der *Hamburger literarischen und kritischen Blätter*. Auch der Buchhändler und Schriftsteller *Carl Baurmeister* sowie der Hamburger Advokat *Johann Gustav Gallois* (1814–1872) gehörten dieser Gruppe an. Julius Campe war zudem eng mit *Karl Sieveking* befreundet. Syndicus Sieveking, bis 1846 der liberale Leiter der Hamburger Zensurkommission, kämpfte bis zu seinem Tod 1847 für die «Freiheit der Presse».

Der Architekt *Theodor Bülau* (1800–1861) erhielt nach 1847 keine Aufträge mehr und arbeitete bis zu seinem Tod als Zeichenlehrer. Seine Bauten an der Schleusenbrücke 9–13, an den Raboisen 66–68 sowie am Glockengießer Wall für die Privatschule Dr. Schleiden, sind nicht erhalten. Das Haus Ferdinandstraße 65 ist heute so stark überformt, dass die gotisierenden Formen nicht mehr zu erkennen sind. Das Gebäude der Patriotischen Gesellschaft wurde 1923/24 im Treppenhausbereich und Dachgeschoss verändert. Im Zweiten Weltkrieg ist das Haus ausgebrannt. Von 1949 bis 1957 wurde der neugotische Backsteinbau unter der Leitung von Friedrich Ostermeyer vereinfacht wiederhergestellt.

Alexis de Chauteauneuf (1799–1853) verlegte seine Tätigkeit ab 1847 nach Christiania (Oslo) in Norwegen, wo er mit dem Neubau der Apostelkirche beauftragt worden war. Seine Frau *Caspara Möller*, Tochter eines Schulleiters aus Christiania, hatte 1848 eine Fehlgeburt und kehrte danach in ihre Heimatstadt zurück. Alexis de Chateauneuf reiste aufgrund einer schweren Krankheit 1850 zurück nach Hamburg und starb drei Jahre später in der Heilanstalt für Geisteskranke in Hornheim bei Kiel – einem Gebäude, welches er selbst entworfen hatte. Bereits seit 1847, so kann man Berichten entnehmen, wurde Chateauneuf von krampfartigen Anfällen geplagt; ein genaues Krankheitsbild konnte nie diagnostiziert werden. Dass eine schleichende Vergiftung schuld an seinem Ableben gewesen sei, entspringt freilich ebenso der Phantasie des Autors wie die gesamte kriminalistische Romanhandlung um den Toten im Fleet. Die 1845–1847 nach Entwürfen von Chateauneuf erbaute Postanstalt – heute «Alte Post» genannt – wurde zwischen 1968 und 1971 unter Erhalt der historischen Fassaden in ein modernes Geschäfts- und Bürohaus umgewandelt. Die Gebäude in der ABC-Straße sind, ebenso wie das Stadthaus von Dr. Abendroth am Neuen Jungfernstieg, nicht erhalten.

«Prätzmanns Passage», später in «Scholviens Passage» umbenannt, bestand bis 1910. Die Wohnstraße musste dem Bau des heutigen «Alsterhauses» weichen. Ein ähnliches Schicksal teilte «Sillem's Bazar»: Die Einkaufspassage wurde 1880 abgebrochen und durch den «Hamburger Hof» ersetzt. Dieser Bau wurde – quasi als Reminiszenz an die ursprüngliche Funktion – von 1976 bis 1979 wieder zur Einkaufspassage umgebaut. Die Gängeviertel verschwanden seit dem Einsetzen des City-Baubooms während der zwanziger Jahre. An ihrer Stelle zeugen noch heute die großen Kontorhäuser vom Verdrängungsprozess, der die Hamburger Altstadt seitdem kontinuierlich vom Wohnort zum Büro- und Handelsstandort umformte.

Während die Wohngebiete um die Alster in ihrer Struktur weitgehend erhalten blieben, wurden die engen Wohnhöfe des späteren Arbeiterquartiers auf dem Hammerbrook («Jammerbrook») während der Bombennächte von 1943 vollständig zerstört. Bereits 1842 war das Gebiet entwässert und mit Brandschutt aus der zerstörten Innenstadt aufgeschüttet worden. Den Plan für das rechtwinklige System von Straßen und Kanälen, deren Überreste noch heute in der darauf erbauten Bürostadt City-Süd nachvollziehbar sind, hatte 1838 William Lindley entworfen.

Über den Grund der 1837 getätigten Landkäufe in den späteren Stadterweiterungsgebieten durch *Karl Heine*, *Adolf Jenquell*, *Heinrich Christian ‹Stock›meyer* sowie Senator *August Abendroth* (1767–1842) kann an dieser Stelle nur spekuliert werden. Die Hintergründe sind bis zum heutigen Tage nicht geklärt. Die Stadttore von Hamburg öffneten sich erst 1860/1861 mit der Aufhebung der Torsperre. Auch die Ursache des Brandes, der am 5. Mai 1842 in der Deichstraße 44 ausbrach und, angefacht durch benachbarte Schellack-, Arrak- und Gummilager, bis zum 8. Mai einen Großteil der Hamburger Altstadt verwüstete, wurde nie geklärt.

B 3/´1

Petra Hammesfahr

«Spannung bis zum bitteren Ende.» Stern

Der Puppengräber
Roman. rororo 25704

Lukkas Erbe
Roman. rororo 25705

Die Sünderin
Roman. rororo 25706

Das Geheimnis der Puppe
Roman. rororo 22884

Meineid
Roman. rororo 22941

Die Mutter
Roman. rororo 25707

Die Chefin
Roman. rororo 23132

Roberts Schwester
Roman. rororo 23156

Merkels Tochter
Roman. rororo 23225

Bélas Sünden
Roman. rororo 23168

Das letzte Opfer
Roman. rororo 25709

Mit den Augen eines Kindes
Roman. rororo 23612

Ein süßer Sommer
Roman. rororo 23625

Die Lüge
Roman. rororo 25708

Seine große Liebe
Roman. rororo 24034

Die Freundin
Roman. rororo 23022

Der Schatten
Roman. rororo 24051

Am Anfang sind sie noch Kinder
Roman. rororo 24350

Ein fast perfekter Plan
rororo 23339

Erinnerung an einen Mörder
Roman.
rororo 24805

Weitere Informationen in der Rowohlt Revue *oder unter* www.rororo.de

MIX
Papier aus verantwortungsvollen Quellen
FSC® C083411

Das für dieses Buch verwendete FSC®-zertifizierte Papier
Lux Cream liefert Stora Enso, Finnland.